W0323438

Antonio Fian

Das Polykrates-Syndrom

Roman

Literaturverlag Droschl

1

Die Studenten schienen nicht recht bei der Sache zu sein in diesem Wintersemester, jedenfalls hatte sich im Copyshop auch an diesem Nachmittag kaum jemand blicken lassen, so dass ich gegen vier mit dem Gedanken gespielt hatte, wegen Krankheit zu schließen, aber vielleicht wäre dann ein verärgerter Kunde auf die Idee gekommen, die Firmenleitung anzurufen, und einen Halbtagsjob, der eine Krankenversicherung und ein kleines Gehalt garantierte und in dem man überdies Zeit hatte zu tun, was man tun wollte, setzte man nicht leichtfertig aufs Spiel. Also blieb ich an der Kassa sitzen und versuchte, an einigen der Sketches weiterzuarbeiten, die ich in den letzten Wochen angefangen hatte, aber ich kam nicht recht in Form. Rita hatte mir am Abend davor stundenlang Vorwürfe gemacht, dass ich mich verzettelte und zu wenig verdiente und dass ich meine Hoffnung, die Sketches eines Tages an eine Fernsehanstalt zu verkaufen, besser heute als morgen aufgeben sollte. Nicht dass ich ihre Anfälle von Streitlust nicht kannte, aber ich war gewohnt, dass sie zyklisch auftraten, in Abständen von zwei bis drei Wochen, neuerdings aber war sie fast täglich schlecht gelaunt, und unsere Streite endeten immer seltener im Bett. Es hing wohl damit zusammen, dass sie zuviel arbeitete. Sie hatte die Administratorenstelle an ihrer Schule übernommen, die Verwaltungsarbeit fraß sie auf, und außer mir war keiner da, an dem sie sich abreagieren konnte.

Aber Sie dürfen nicht denken, dass, was an diesem Tag begann, eine Folge von Eheproblemen war. Wir hatten keine Eheprobleme. Krisen, wie wir gerade eine durchmachten, waren kein Grund zu zweifeln an der stabilen Mischform aus Vernunft-

und Liebesehe, die wir uns aufgebaut hatten. Wir kannten uns seit unserer Studienzeit, wir schliefen seit über fünfzehn Jahren miteinander, also war es uns schließlich logisch erschienen zu heiraten. Ich liebte Rita. Sie war die einzige, die immer Verständnis dafür gehabt hatte, dass ich trotz des abgeschlossenen Studiums nicht Lehrer geworden war, sondern mich lieber mit dem Halbtagsjob und Nachhilfestunden über Wasser hielt. Sie wusste, dass ich nicht zum Lehrer taugte, dass es mir nie gelungen wäre, das richtige Maß an Terror zu finden, den man auf die Schüler ausüben musste, um nicht von ihnen terrorisiert zu werden. Das einzige, worüber wir gänzlich verschiedener Ansicht waren, waren meine Sketches. Sie konnte sie nicht leiden und behauptete, niemand außer mir würde über sie lachen können. Aber früher hatte sie mit ihrer Meinung hinterm Berg gehalten, außer wenn ich sie ausdrücklich darum gebeten hatte. Dass sie unaufgefordert an ihnen herumnörgelte, war neu.

Ich legte also die Arbeit zur Seite und sah wieder meinem einzigen Kunden zu, einem schmächtigen jungen Mann, der Kleidung nach aus noblem Elternhaus, der damit beschäftigt war, ein umfangreiches Buch zu kopieren. Seit mehr als einer Stunde arbeitete er bereits, ich konnte es nicht mehr sehen, das ewige Deckel auf, Buch umdrehen, umblättern, Buch wieder umdrehen, Deckel zu, Licht, und da capo, und es bereitete mir daher eine gewisse Genugtuung zu wissen, dass er seine Arbeit nicht zu Ende bringen würde. Es war viertel vor sechs, ihm fehlte noch gut ein Drittel, und ich hatte nicht vor, Überstunden zu machen. Ich erledigte die Abrechnung, was keine große Sache war an einem Tag wie diesem, machte mehrmals die Kassenlade auf und zu, um seine Aufmerksamkeit zu erregen und ihn darauf hinzuweisen, dass es Zeit war Schluss zu machen, und zerriss schließlich, als all das nichts fruchtete, lautstark eins nach dem anderen die Blätter mit den misslungenen Schreibarbeiten dieses Nachmittags.

Das war die letzte Handlung in meinem alten Leben, von dem ich heute weiß, dass es kein Leben war, und in das ich doch, wenn das möglich wäre, ohne zu murren zurückkehren würde.

Die Tür ging auf, und eine junge Frau trat ein. Ich schätzte sie auf Mitte zwanzig, sie hatte dunkles Haar und trug einen grasgrünen Lackledermantel. Ihre Handtasche hatte die Ausmaße eines Wäschesacks. Sie blickte sich kurz um, steuerte dann mit dem Lächeln der nicht mit den Gegebenheiten Vertrauten auf mich zu und fragte, drei von Hand beschriebene Blätter hochhaltend, ob es wohl möglich wäre, noch rasch einige Kopien zu machen. Ich reichte ihr eine Copycard und wies auf den Kopierer gleich neben der Kassa. Sie las aufmerksam die Instruktionen, legte ein Blatt ein, drückte die Taste, und das Gerät begann zu arbeiten. Nachdem es die erste Kopie ausgeworfen hatte, lächelte sie mir strahlend zu, als sei ihr etwas ungeheuer Schwieriges gelungen, und, nun ja, ich lächelte zurück, was hätte ich sonst tun sollen.

Als die Kopien fertig waren, kramte sie in ihrer Handtasche, brachte einen Zettel zum Vorschein, kritzelte etwas darauf, legte ihn in den Kopierer und drückte die Kopiertaste, nahm dann die fertige Kopie, packte alles in die Tasche und kam zur Kassa, um zu bezahlen.

»Sehen Sie, so schnell geht das«, sagte sie und legte eine Zehnschillingmünze hin.

»Leider nicht bei allen.« Ich deutete auf den Studenten, der ungerührt weiter kopierte, und schob ihr das Wechselgeld hin.

»Schönen Abend noch«, sagte sie und wandte sich zum Gehen.

Ich zog ein Gesicht. »Haben Sie nichts anderes?«

»Anderes?« Sie blieb stehen.

»Alle sagen heute ›Schönen Abend noch‹. In der Früh sagen sie ›Schönen Tag noch‹, am Nachmittag sagen sie ›Schönen Abend

noch‹. Haben Sie nichts anderes? Ciao? Grüezi? Tschüss, wenn's sein muss?«
Sie lächelte. »Bis bald? Würde Ihnen das besser gefallen?«
Sagen Sie nicht, Sie hätten sofort eine passende Antwort gewusst. Aber schneller als ich wären Sie vermutlich gewesen. Ich finde nie passende Antworten. Ich bin der klassische Treppenwitzcharakter, in meinem Gehirn muss eine Art Schlagfertigkeitsblockade eingebaut sein. Wenn ich mich recht erinnere, stammelte ich irgendetwas von allzeit bereit, und falls sie wieder einmal etwas zu kopieren habe, aber da war sie schon an der Tür.
Ich sah ihr nach, wie sie draußen an den Fenstern vorbeiging, ohne sich noch einmal umzudrehen, und als sie außer Sicht war, betrachtete ich das Kopiergerät, an dem sie gerade noch gestanden war und Kopien gemacht und mir zugelächelt hatte. Ich ließ die ganze Szene Revue passieren, ihr Kramen in der Handtasche, wie sie etwas auf einen Zettel kritzelte, den Zettel kopierte und, ja eben, nichts und. Der Ablauf war unvollständig. Sie hatte den Deckel des Kopierers nicht noch einmal aufgemacht. Die Vorlage musste noch drin liegen.
Man glaubt nicht, wie viele Vorlagen in Kopierern vergessen werden. Obwohl der ganze Laden vollgepflastert ist mit der Aufforderung, an die Vorlagen zu denken, finden wir an manchen Tagen mehr als zwanzig, und außer wenn es sich um Dokumente handelt, werden sie erstaunlich selten abgeholt. Die Chance, dass sie wegen eines handgeschriebenen Zettels wiederkam, war äußerst gering, aber immerhin, sie bestand. Ich machte also den Deckel auf und drehte den Zettel um. Ihre Handschrift war für eine Frauenhandschrift ungewöhnlich wackelig. Die Botschaft war kurz. Sie lautete: Hübsches Hemd.
Ich weiß nicht, wie Sie reagiert hätten, aber ich, nun ja, wie soll ich sagen, ich hatte nicht mit etwas Derartigem gerechnet.

Früher hätte ich wahrscheinlich gesagt, es war wie ein Schlag ins Gesicht, aber seit ich weiß, wie ein Schlag ins Gesicht sich anfühlt, bin ich vorsichtig mit solchen Vergleichen. Ich betrachtete mein Hemd. Ein Billa-Hemd, schwarz mit weißen Längsstreifen, zweiachtundvierzig, praktisch, strapazierfähig, gut waschbar. Aber hübsch? Nein. Hübsch war dieses Hemd nicht, bestenfalls nicht augenscheinlich hässlich. Es war nicht das Hemd, das sie meinte.

Ich schaute auf die Uhr, zwei vor sechs. Der Student kopierte in aller Ruhe, als hätten wir bis Mitternacht geöffnet. »Geschäftsschluss«, sagte ich und schaltete ihm den Kopierer aus, »ab neun ist wieder geöffnet.« Er tobte ein bisschen, von wegen er müsse das Buch noch an diesem Abend zurückbringen, aber ich hörte ihm nicht zu. Ich schaltete auch die anderen Geräte ab, versperrte die Kassenlade, machte die Lichter aus. Der Arsch war immer noch da und drohte, er werde sich bei der Firmenleitung beschweren. Auch das beeindruckte mich nicht. Es war mein Recht, um sechs zuzusperren, eine Rüge wegen Unhöflichkeit war das Äußerste, womit ich würde rechnen müssen, also schob ich ihn zur Tür hinaus und sperrte ab. »Schönen Abend noch«, sagte ich.

Realistisch betrachtet, bestand wenig Hoffnung, dass ich sie noch finden würde. Höchstwahrscheinlich saß sie längst in der U-Bahn und war auf dem Weg in einen der Außenbezirke und amüsierte sich mit der Vorstellung, dass ich, wenn ich ihren Zettel fand, genau so reagieren würde, wie ich reagierte. An jedem anderen Tag wäre ich nach Hause gefahren, und das Äußerste an Risiko, das ich eingegangen wäre, wäre gewesen, die Augen zu schließen, wenn ich mit Rita schlief, und mir meine eigenen Bilder zu machen. Ich habe bis heute keine Erklärung dafür, warum ich stattdessen die entgegengesetzte Richtung einschlug, den Adlerblick aufgesetzt, ob ich sie irgendwo ent-

deckte. An der Kreuzung Ring / Schottengasse sagte ich mir, dass sie, falls sie nicht in die Straßenbahn oder U-Bahn gestiegen war, nur in Richtung Innenstadt gegangen sein konnte, und nahm also diesen Weg, an Passanten vorbeidrängend, Kinder zur Seite schiebend, als ginge es um mein Leben.
Und im Grunde war es das. Es ging um mein Leben. In dem Augenblick, als sie den Laden betreten hatte, hatte sich in mir ein Endlostonband eingeschaltet, das sagte: Hier ist dein Leben, lass es nicht wieder weggehen. Aber vielleicht täusche ich mich, vielleicht war es eine Alarmanlage, die schrillte: Finger weg! Egal. Hinten nach reitet die alte Urschel, wie Ritas Großmutter gesagt hätte.
Ich arbeitete mich weiter ins Zentrum vor, Freyung, Naglergasse, und staunte, wie viele Frauen diese auffälligen grünen Mäntel trugen. Aber dann, am Anfang des Grabens, sah ich sie tatsächlich. Sie trat aus einer Trafik und ging die Stufen zur U-Bahn hinunter. Ich folgte ihr in sicherem Abstand, und mir fiel auf, dass etwas Respekteinflößendes an ihr zu sein schien. Im Gedränge waren es immer die Entgegenkommenden, die zur Seite traten. Sie stieg in einen Zug Richtung Reumannplatz, und noch während ich mich fragte, ob ich völlig durchgeknallt war, stieg ich ebenfalls ein, in den Waggon dahinter, und drängte mich durch bis zum Wagenanfang, um sie weiter beobachten zu können. Sie hatte einen Sitzplatz erobert (vermutlich wäre sogar ein Querschnittgelähmter aufgesprungen, um ihr seinen zu überlassen) und holte die Zettel, die sie kopiert hatte, aus ihrer Handtasche, faltete sie, steckte sie in einen Briefumschlag, adressierte ihn und klebte eine Marke darauf, dann versenkte sie ihn wieder in der Tasche und starrte für den Rest der Fahrt aus dem Fenster, oder besser, betrachtete sich im Spiegel, denn viel mehr als man selbst lässt sich, wenn man in einer U-Bahn aus dem Seitenfenster sieht, nicht betrachten.
Am Keplerplatz stand sie auf, und wir stiegen aus, ich als

erster. Am Bahnsteig gegenüber stand ein Zug nach Kagran. Noch hätte ich umkehren können, aber da ich schon so weit gegangen war, wollte ich zumindest wissen, wo sie wohnte, und hoffte nur, dass sie nicht vorhatte, noch irgendwo einen Kaffee zu trinken oder einen Schaufensterbummel zu machen. Sie zeigte jedoch kein Interesse an den Geschäften der Fußgängerzone, woraus ich schloss, dass sie tatsächlich in der Nähe zu Hause war. Keine Frau, auch nicht die außergewöhnlichste, geht achtlos an so vielen Schaufenstern vorüber, es sei denn, sie tut es jeden Tag und kennt das Angebot in- und auswendig. Sie verließ bald die Fußgängerzone und bog ab in das Geflecht schmutziger und schlecht beleuchteter Gassen, aus dem dieser Bezirk hauptsächlich besteht. An einem Briefkasten machte sie kurz halt und warf den Brief ein, und während ich wartete, dass sie weiterging, fiel mir auf, dass ich in Gedanken schon die längste Zeit Szenen durchspielte, in denen ich sie ansprach und sie immer herzlich über meine originellen Worte lachen musste und die, vorerst jedenfalls, in einem Café bei einem Tequila endeten. Natürlich hatte ich nur die Bilder, die Worte fehlten mir.

Die Gassen, durch die wir nun gingen, waren ausgestorben, in Favoriten schien es kein Leben zu geben außerhalb der Fußgängerzone, alles hielt sich in Wohnungen auf, vor Fernsehapparaten und Computerbildschirmen, befasst mit Haus- oder Schul- oder Bastelarbeiten, mit Sex und Ehekriegen, und ich fragte mich gerade, wie viele Jahre es wohl dauern mochte, bis man trübsinnig wurde in einer Gegend wie dieser, als ich aus der Seitengasse, in die sie gerade eingebogen war, einen Aufschrei hörte, dann ein Klatschen, dann eine Männerstimme, die sehr unschöne Worte ausstieß. Ich begann zu laufen, erreichte die Gasse und sah einen großen, kräftigen, langhaarigen Mann, der sie umklammert hielt, die Linke drohend erhoben, als werde er im nächsten Augenblick wieder zuschlagen.

Ich blieb an der Hausecke stehen und dachte: Hau ab. Das hier geht dich nichts an.
Sagen Sie nicht, Sie hätten etwas anderes gedacht in diesem Augenblick, sagen Sie nicht, Sie hätten ohne zu zögern eingegriffen, wenn Sie knapp siebzig Kilo wiegen und Ihre sportliche Betätigung seit Jahren in nichts anderem bestanden hat, als hin und wieder im Kaffeehaus eine Partie Billard zu spielen.
Im übrigen bin ich nicht weggerannt. Ich nahm all meinen Mut zusammen und brüllte: »Lassen Sie die Frau in Ruhe!« Ich nahm an, wenn ich laut genug war, würden überall Fenster aufgehen und der Mann würde keine andere Wahl haben, als sie loszulassen und die Flucht zu ergreifen (und ich würde zu ihr gehen und ihr aufhelfen, und sie würde mir danken, und wir würden in ein Café gehen und einen Tequila trinken und), aber die Fenster blieben geschlossen. Schallschutzfenster, dachte ich, irgendein Scheißvertreter hat der ganzen Gasse Schallschutzfenster aufgeschwatzt, und das ist der Erfolg. Der Mann wandte mir, ohne seinen Griff zu lockern, das Gesicht zu. »Hau ab«, rief er, »das geht dich nichts an!« Ich drohte, die Polizei zu rufen, und näherte mich den beiden langsam. Als ich vor ihnen stand, riss ich an seinem Arm, und ich sah noch, dass er tatsächlich losließ, dann spürte ich, wie sich ein Rammbock in meine Magengrube bohrte und ein Vorschlaghammer mein Gesicht traf, dann war es dunkel.
Ich weiß nicht, wie lang ich ohne Bewusstsein war, lang genug jedenfalls, dass die beiden Zeit hatten zu verschwinden. Mein Gesicht und mein Brustkorb schmerzten (offenbar hatte er mir, als ich schon am Boden lag, noch einmal kräftig gegen die Rippen getreten). Ich hievte mich in eine sitzende Stellung und dachte: Glück gehabt. Ich weiß, das klingt seltsam, aber so war es. Glück gehabt, dachte ich, wenigstens hat er dir nicht in die Eier getreten. Die Vorstellung, dass er es statt auf meine

Rippen auf meinen Unterleib abgesehen hätte haben können, machte mich schaudern, und dass er unversehrt war, ließ mich die übrigen Schmerzen leichter ertragen.
»Geht's Ihnen gut?« Es war eine Frauenstimme, und sie kam vom Himmel. Ich schaute nach oben. Im zweiten Stock stand ein Fenster offen, eine dicke Frau lehnte am Fensterbrett.
»Geht's Ihnen gut?« wiederholte sie.
»Könnte schlimmer sein«, antwortete ich wahrheitsgemäß.
»Ist wirklich alles in Ordnung? Mir scheint, Sie bluten.«
Ich befühlte mein Gesicht. Die rechte Gesichtshälfte unter dem Auge war feucht. Der Mann wusste, wie man einem Gegner ein Cut beibrachte.
»Haben Sie vielleicht ein Tuch oder – «
Noch ehe ich den Satz zu Ende hatte sprechen können, segelte ein feuchter Lappen herunter. Ich fing ihn auf und drückte ihn gegen die Wange.
»Danke«, sagte ich, »Sie sind sehr liebenswürdig. Haben Sie gesehen, wo die beiden hingegangen sind?«
»Welche beiden? Als ich das Fenster aufgemacht habe, haben Sie gerade begonnen aufzustehen.«
»Haben Sie nichts gehört? Es muss ziemlich laut gewesen sein hier.«
»Schallschutzfenster«, sagte die Frau. »Und man muss den Fernseher sehr laut drehen, um nicht das Programm der Nachbarn zu hören. Wollen Sie, dass ich die Polizei rufe?«
Es muss seltsam ausgesehen haben, wie aus meinem Nicken plötzlich ein Kopfschütteln wurde. Aber wenn die Polizei hier erschien, würde ich aufs Revier müssen, und man würde ein Protokoll aufnehmen und mich ins Unfallkrankenhaus bringen, und es wäre ziemlich schwierig gewesen, Rita zu erklären, wie es dazu gekommen war, dass ich in Favoriten in eine Schlägerei verwickelt worden war.
»Was hattest du in Favoriten zu suchen?«

»Ich bin einer Frau nachgegangen.«

»Du bist *was*?«

»Einer jungen Frau nachgegangen. Ich habe mir vorgestellt, sie anzusprechen, auf einen Tequila einzuladen und dann mit ihr zu schlafen.« Mein Körper zog sich zusammen bei der Vorstellung, wie Rita mir ihr Knie in den Unterleib rammte.

»Darf ich das Tuch behalten?« fragte ich.

»Geschenk des Hauses«, sagte die Frau. Dann war das Fenster geschlossen.

2

Rita war außer sich vor Wut. »Und er ist einfach abgehauen?« fragte sie ungläubig, während sie meinen Brustkorb mit Arnikatinktur behandelte.
»So schnell, wie er da war, so schnell war er wieder weg«, sagte ich.
»Hat denn niemand versucht, ihn aufzuhalten?«
«Es war vor der Börse, da gibt es nicht viele Leute um diese Tageszeit.«
»Aber warum bist du nicht – «
»Ich sage dir doch, ich wollte nicht mit der U-Bahn fahren. Es war ein schöner Abend, ich wollte ein Stück zu Fuß gehen.«
»Das meine ich nicht. Warum bist du nicht zur Polizei gegangen?«
»Und was hätte ich dort erzählt? Ich weiß nicht einmal, ob es ein Mann oder eine Frau war.«
»Irgendetwas musst du doch gesehen haben. Hatte er einen Helm?«
»Ich weiß nicht. Ich glaube. Und sag nicht immer ›er‹.«
»Vermutlich trug er auch ein Rennfahrertrikot. Einer dieser Magistratsbeamten, die sich für Eddy Merckx halten.«
Rita war mit der Behandlung fertig. Mein Brustkorb war professionell bandagiert und stank. Sie trat einen Schritt zurück und betrachtete zufrieden ihr Werk, dann, weniger zufrieden, mein Gesicht. »Bist du sicher, dass du nicht ins Krankenhaus willst? Wenn die Wunde nicht genäht wird, behältst du eine Narbe.«
»So tief ist das nicht«, sagte ich. »Außerdem sind Narben sehr männlich.«
An dieser Antwort können Sie ermessen, wie konzentriert ich

war. Mir die Geschichte mit dem Radfahrer auszudenken, war nicht schwierig gewesen. Ich wusste, wie sehr Rita Radfahrer hasste, als Fußgängerin, weil sie zu schnell fuhren, als Autofahrerin, weil sie selbst zu schnell fuhr. Auch ein Rollerskater wäre in Frage gekommen, aber in der Innenstadt um diese Jahreszeit war mir ein Radfahrer plausibler erschienen. Die Unfallversion hatte Hand und Fuß, ich musste nur darauf achten, dass ich mich nicht jetzt noch, wie man sagt, in Widersprüche verwickelte. Aber »außerdem sind Narben sehr männlich«, das war wirklich gut, ein erstklassiges Ablenkungsmanöver.

Kurz überlegte ich, ob es nicht doch besser wäre, auf Ritas Vorschlag einzugehen und ins Krankenhaus zu fahren (im Grunde wollte ich keine Narbe), aber wer weiß, vielleicht hätte man mich dort doch noch gezwungen, eine Anzeige zu machen, und auf dem Polizeirevier wäre ich sicher nervös geworden und hätte nicht mehr gewusst, ob ich mit einem Radfahrer oder einem Rollerskater zusammengestoßen oder von einer Dampfwalze überfahren worden war, und die Beamten hätten Verdacht geschöpft und nachgehakt und ich wäre schließlich zusammengebrochen und hätte alles zugegeben, und Rita wäre mit versteinertem Gesicht danebengesessen und hätte gesagt, dass du einer Frau nachgehst, hätte ich dir verziehen, aber dass du mich belogen hast, verzeihe ich dir nie.

»Man müsste gegen diese Art Radfahrer viel härter vorgehen«, sagte sie. »Dauernd regen sie sich auf, dass zu wenig getan wird für sie, aber in Wahrheit wird viel zu viel getan, und der Erfolg ist, dass sie von Jahr zu Jahr mehr Schaden anrichten.«

»Es war ja auch meine Schuld«, sagte ich. »Ich bin ohne zu schauen – «

»Es ist doch Wahnsinn«, rief sie, »die Gehsteige einfach zweizuteilen, links Gehweg, rechts Radweg, man kann sich ja nicht ununterbrochen darauf konzentrieren, dass man nicht auf die falsche Seite tritt! Außerdem haben Fahrräder eine Klingel.«

»Rennräder nicht«, sagte ich.
»Es war also ein Rennrad?«
Unkonzentriertheit. Scheiße. Ich hätte mir in den Hintern treten können. »Nein, nur … Ich weiß nicht …«, stotterte ich.
»Es war ziemlich schnell, andererseits hatte es ein ziemliches Gewicht. Möglicherweise war es eines von diesen alten Waffenrädern.«
»Du wirst doch ein Rennrad und ein Waffenrad auseinanderhalten können.«
»Ich habe es doch nicht gesehen! Erst als ich den Aufprall – «
»Hat er dich denn von hinten angefahren?«
Diese Frau war schlimmer als die Polizei.
»Nein, von vorn. Herrgott! Ich war mit meinen Gedanken woanders. Ich habe nicht aufgepasst. Wahrscheinlich war überhaupt alles meine Schuld.«
Rita hatte das Verbandszeug eingepackt und machte sich auf den Weg ins Badezimmer, um es wieder im Arzneischrank zu verstauen. »Was muss dir zustoßen, damit du endlich bereit bist, etwas zu unternehmen?« sagte sie vorwurfsvoll. »Diese Raser sind gemeingefährlich. Stell dir vor, wir hätten ein Kind, und irgend so ein – «
»Wir haben aber keins«, sagte ich. »Du bist diejenige, die immer sagt, es ist noch zu früh.«
Das saß. Damit hatte sie nicht gerechnet. Zwar wusste ich, wie gefährlich es war, dieses Thema anzuschneiden, aber im Augenblick war nur wichtig, dass ihre Fragerei aufhörte.
Sie machte ein beleidigtes Gesicht, als sie wieder ins Zimmer kam. »Und wer soll das finanzieren?« sagte sie.
Ich stellte mich dumm. »Wer soll was finanzieren?«
»Erhältst du uns, wenn ich in Karenz gehe? Mit deinem Halbtagsjob für Idioten?«
»Ich kann in Karenz gehen«, sagte ich. »Ich bin ein moderner Vater.«

Sie lachte. Es war dieses unangenehme Lachen, das mich normalerweise aus dem Zimmer treibt. Diesmal musste ich es aussitzen. »Kleine Kinder sind nicht teuer«, sagte ich, »sie kosten weniger, als die Kinderbeihilfe ausmacht. Und wenn du mir nicht zutraust, ein Baby aufzuziehen, kann ich mehr Nachhilfestunden geben. Ich verlange mehr. Schließlich bin ich Akademiker.«

«Wer braucht schon Nachhilfestunden in Geschichte?«

»Bis auf Mathematik reicht es in allen Fächern bis zur Matura. Und meine Erfolgsquote liegt weit über dem Durchschnitt.«

Sie begann, den Geschirrspüler auszuräumen. Der Geschirrspüler steht bei uns gewissermaßen im Wohnzimmer. Die Wohnung war Substandard gewesen, als wir sie gemietet hatten. Riesige Räume, aber das Klo draußen auf dem Gang, und das Badezimmer eine Duschkabine in der Küche. Also haben wir die Sanitärräume an die Stelle der alten Küche gesetzt und aus einem der Zimmer eine Wohnküche gemacht. Normalerweise hätten wir uns das nicht leisten können, aber Ritas Vater war gestorben, und sie hatte ein bisschen geerbt, außerdem gab es für solche Umbauten geförderte Kredite. Es war ziemlich viel Arbeit, aber sie hat sich gelohnt. Die Wohnküche sieht schön aus und ist gemütlich, sie hat nur den Nachteil (oder Vorteil, je nachdem), dass es leicht ist, Lärm zu machen, wenn man dem anderen mitteilen will, dass man schlechte Laune hat.

Rita sagte etwas, aber es war nicht zu verstehen im Geklapper der Teller.

»Ich verstehe dich nicht«, sagte ich.

»Das ist mir nicht neu«, sagte sie.

Ich hielt es für klüger, den Mund zu halten. Dass sie mir Vorhaltungen machte, war nur gerecht. Schließlich war es nicht eben korrekt gewesen, einer anderen Frau nachzugehen in der Hoffnung, sie ins Bett zu kriegen. Und mit einem Mal schien mir, was ich getan hatte, so absurd, dass ich beinahe laut gelacht hätte. Ich war allen Ernstes, einem plötzlichen Entschluss folgend, einer anderen Frau nachgegangen, und diese andere Frau hatte sich mit Sicherheit, vermutlich ebenfalls einem plötzlichen Entschluss folgend, einen Scherz mit mir erlaubt. Ich stellte mir vor, was geschehen wäre, wenn ich sie tatsächlich angesprochen hätte. Sie hätte gebrüllt vor Lachen, so laut, dass überall die Schallschutzfenster aufgegangen wären, und hätte gerufen: Seht euch diesen Idioten an!

Sie hatte Schläge verdient, genauso wie ich. Der einzige, der nicht in die Geschichte passte, war dieser Langhaarige. Ich wusste nicht, wie er zu ihr stand, aber mich zu schlagen hatte er kein Recht.

Das Ausräumen des Geschirrspülers hatte Rita ein wenig beruhigt. »Wie fühlst du dich?« fragte sie.

»Ging mir schon besser.«

»Mir auch.«

»Tut mir leid. Ich habe Unsinn geredet.«

»Wirst du schlafen können?«

»Mal sehen.«

»Wirst du morgen arbeiten gehen?«

»Mal sehen.«

»Wir könnten sonst nach Vösendorf fahren wegen der Vorhänge.«

Mich schauderte. Vösendorf, das hieß: Shopping City. Millionen von Geschäften auf engstem Raum, dazu einige tausend Möbelhäuser. Der Kriegsschauplatz des freien Markts. Nicht dass ich etwas gegen den freien Markt habe, solange man ihm Grenzen setzt. Ich habe auch nichts gegen das Militär, solange es in den Kasernen bleibt. Aber Vösendorf ist offene Feldschlacht. Und noch dazu Rita. Schon das Vorhänge-Aussuchen würde zwei Stunden in Anspruch nehmen, und in dieser Zeit würde ihr einfallen, was wir sonst noch unbedingt brauchten,

und da wir schon hier waren… Vor fünf Uhr nachmittags würden wir das Schlachtfeld nicht wieder verlassen. Aber ich hatte Glück.
»Ist morgen nicht Mittwoch?« fragte ich. »Dann geht es nicht. Muttertag.«
Unmöglich, werden Sie jetzt sagen. Muttertag ist immer Sonntag, der zweite Sonntag im Mai. Aber das ist nicht mein Muttertag. Mein Muttertag ist Mittwoch, der Tag, an dem ich meine Mutter im Seniorenheim besuche.
Rita machte die Kühlschranktür auf, betrachtete längere Zeit den Inhalt und schloss sie wieder. »Dann fahre ich allein«, sagte sie.
»Können wir nicht am Samstag fahren?« sagte ich.
Sie schüttelte den Kopf. »Man kriegt keinen Parkplatz. Man kriegt keine Luft. Nein, ich fahre allein.«
»Du weißt, sie – «
»Ja, ich weiß! Du hast mit dir vereinbart, sie einmal in der Woche zu besuchen, und es ist völlig unmöglich, das an einem anderen Tag zu tun, wenn ich keine Zeit habe, nach Vösendorf zu fahren.«
»Ich sage ja nicht, dass es unmöglich ist. Du hättest es mir früher sagen sollen. Musst du nicht überhaupt in die Schule morgen?«
»Schon vom heiligen Leopold gehört?«
»Herrgott, ich bin kein Lehrer! Wen außer die Lehrer kümmert der heilige Leopold?«
»Die Schüler. Die Eltern. Die Ehemänner. Aber kein Problem. Ich fahre nach Vösendorf und du besuchst deine Mutter.«
»Sei nicht stur. Ich bin ihr einziger Kontakt zur Außenwelt.«
»Du bist auch der einzige, der sie erträgt. Du bist ein Muttermasochist.«
Es hatte nicht viel Sinn weiterzureden. Im Grunde hatte Rita recht. Meine Mutter war eine Pest. Ich weiß nicht, wann sie

so geworden ist. Sie war keine unangenehme Mutter gewesen, als ich ein Kind war. Es war irgendwie schleichend gegangen, vermutlich werden Lehrerinnen so im Alter. Aber es hatte auch Vorteile, wenigstens lag sie uns nicht auf der Tasche oder wollte bei uns wohnen. Sie hatte früh vorgesorgt. Als das alte Kühllagerhaus am Handelskai zu einem Seniorenheim umgebaut wurde, hatte sie gleich nach Baubeginn einen Platz reserviert, und eine Woche nach ihrem zweiundsiebzigsten Geburtstag war sie eingezogen. Es wäre nicht unbedingt nötig gewesen, aber ein altes Problem mit dem Hüftgelenk machte ihr das Stiegensteigen beschwerlich, außerdem wollte sie nicht allein sein, sie brauchte jemanden, den sie terrorisieren konnte. Mit ihren wenigen Verwandten hatte sie sich schon lang überworfen. Es war nicht angenehm, sie regelmäßig zu besuchen, aber erstens fühlte ich mich dazu verpflichtet und zweitens steckte sie mir jedes Mal ein bisschen Geld zu, weil sie fürchtete, dass auch ich nicht mehr kommen würde, wenn sie es nicht tat.

Rita hatte sich in ihr Zimmer zurückgezogen und saß am Computer über irgendwelchen Tabellen. Ich überlegte, ob ich zu ihr gehen und versuchen sollte, mich mit ihr auszusöhnen, aber ich entschied, dass es günstiger wäre, das auf den nächsten Tag zu verschieben, wenn sie vom Einkaufen zurück war und sich über die neuen Vorhänge freute.

Das Liegen war unangenehm, die Schmerzen wurden stärker, und ich nahm Tabletten, um schlafen zu können. Bis sie zu wirken begannen, lenkte ich mich ab, indem ich eine junge Frau einen grünen Lackledermantel ablegen ließ und mir vorstellte, was sie darunter anhatte. Wie eine Ausschneidepuppe, der man verschiedene Kleidungsstücke aus Karton umhängen kann, zog ich sie um und beließ es schließlich bei einem kurzen schwarzen Rock, schwarzen Strümpfen und einem enganliegenden roten Rollkragenpullover.

3

Obwohl es schon Jahre her war, dass das Kühllagerhaus abgerissen und an seiner Stelle das Sonnenheim errichtet worden war, hatte die Straßenbahnstation noch lange danach so geheißen, vermutlich weil es einige Zeit gedauert hatte, bis sich bei den zuständigen Beamten herumgesprochen hatte, dass es keine besonders glückliche Lösung war, wenn man, um zu einem Seniorenheim zu kommen, an der Station Kühllagerhaus aussteigen musste. Immerhin war daraufhin tatsächlich eine Umbenennung erfolgt, das ist nicht alltäglich in Wien. Wer zum Österreichischen Rundfunk will, muss bis heute an der Station Taubstummengasse aussteigen, und dass das Fernsehen nicht in der Blindengasse untergebracht ist, grenzt an ein Wunder. Ich hatte einmal einen Sketch geschrieben, in dem alle Seniorenheime an solchen Straßenbahnstationen lagen, Kühllagerhaus, Inlandsschlachthof, Zentralfriedhof, aber er war irgendwie zu wienspezifisch. In einem Kabarettprogramm hätte man ihn vielleicht verwenden können, für das Fernsehen war er untauglich.

»Du?« sagte meine Mutter, als ich den Aufenthaltsraum betrat.

»Hast du den Bundespräsidenten erwartet?« Ich ging zu ihr, küsste sie auf die Wange und stellte ein Päckchen mit Apfeltaschen vor sie auf den Tisch. Meine Mutter liebte Apfeltaschen, aber sie brachte es nicht über sich, die paar Stationen zum Praterstern zu fahren und sich selbst welche zu kaufen. Sie öffnete das Päckchen und betrachtete den Inhalt.

»Sie werden von Mal zu Mal kleiner«, sagte sie.

»Sie waren immer so«, sagte ich. »Alles, was aus einer Kondito-

rei kommt, ist klein. Du beschwerst dich jedes Mal. Und wenn ich dir die großen vom Bäcker bringe, isst du sie nicht.«
»Sie liegen mir im Magen. Zuviel Teig. Und das bisschen Apfelfülle kommt aus der Konserve. Trotzdem: Wenn man bedenkt, was sie kosten, sind diese Apfeltaschen unverschämt klein. Willst du eine?«
Ich lehnte ab. »Geht es dir gut?« fragte ich.
Sie schob ein Stück Mehlspeise in den Mund. »Willst du das wirklich wissen?«
Nein, ich wollte es nicht wissen. Ich wollte nur, dass die Zeitmessung reformiert wurde und eine Stunde fünf Minuten dauerte, mehr wollte ich nicht. Aber mein Wunsch wurde nicht berücksichtigt, also sah ich meiner Mutter beim Essen zu und den anderen Alten beim Fernsehen. Auf dem Bildschirm unterhielt sich Al Bundy brüllend laut mit Tochter Dumpfbacke, und dem zugespielten Lachen nach musste ihr Dialog sehr komisch sein. Die Alten allerdings zeigten keine Anzeichen von Amüsement. Es hatte etwas Groteskes, wie im Fernsehen ein fiktives Publikum vor Lachen brüllte und die Zuseher im Aufenthaltsraum keine Miene verzogen.
»Die Baranyi ist gestorben«, sagte meine Mutter, als sie mit ihrer ersten Apfeltasche fertig war.
Ich hatte keine Ahnung, wer die Baranyi war. »Das tut mir leid«, sagte ich.
»Weißt du überhaupt, wer die Baranyi war?«
»War das nicht die Frau im Rollstuhl aus dem Zimmer neben dir?«
»Das ist die Bellusich. Der geht es von Tag zu Tag besser. Vermutlich wird sie demnächst an der Behindertenolympiade teilnehmen. Die Baranyi war keine dreißig. Eine von den Schwestern. Sie ist vom Tanzen nach Hause gekommen und schlafen gegangen und nicht mehr aufgewacht.«
»Gehirnblutung«, sagte ich.

Meine Mutter nahm die zweite Apfeltasche in Angriff. »Unmöglich«, sagte sie. »Sie hatte kein Gehirn. A propos, wie geht es Rita?«
Sehen Sie, das war es, was Rita meinte, wenn sie mich einen Muttermasochisten nannte. Niemand außer mir hätte solche Gemeinheiten hingenommen. Aber zu widersprechen wäre ebenfalls sinnlos gewesen, es hätte meine Mutter nur zu noch größerer Bösartigkeit angespornt. Außerdem hatte ich nicht gelernt, ihren Bosheiten zu begegnen. Bis zu ihrer Pensionierung hatte sie sich an ihren Schülern ausgetobt und mich in Ruhe gelassen. Sie hatte Englisch und Geschichte unterrichtet, und wer sie in beiden Gegenständen und womöglich auch als Klassenvorstand hatte, den konnte im späteren Leben nichts mehr erschrecken. Einmal, beim Billardspielen, hatte ich einen Mann in meinem Alter kennengelernt, der mir während des Spiels ununterbrochen von seiner Schulzeit erzählte. Seine Phantasien, was er mit meiner Mutter machen würde, falls er ihr zufällig auf der Straße begegnete, waren von so ausgesuchter Grausamkeit, dass ich es vorzog, das Café zu verlassen, bevor er herausfand, dass der Sohn seiner früheren Lehrerin zum Greifen nahe war.
»Rita geht es gut«, sagte ich. »Sie hat viel Arbeit mit der Administration, aber es geht ihr gut.«
»Sie ist immer unzufrieden«, sagte meine Mutter. »Sie weiß gar nicht, wie gut es ihr geht.«
»Doch, sie weiß es. Ich sage dir doch, es geht ihr gut.«
»Du bist genauso. Das kommt davon, dass du nichts Richtiges arbeitest. Du hattest alle Möglichkeiten, und du hast sie nicht genützt.«
»Können wir von etwas anderem reden? Was sagt der Arzt?«
»Er ist ein Trottel. Er sagt, ich soll spazieren gehen.«
»Er hat recht. Warum kommst du uns nicht hin und wieder besuchen? Rita kauft gerade neue Vorhänge.«

»Sie werden mir nicht gefallen. Rita hat einen anderen Geschmack. Sie wird mich fragen, wie mir die Vorhänge gefallen, und ich werde die Wahrheit sagen, und sie wird beleidigt sein, und ihr werdet Streit haben. Das will ich nicht. Du hast sie dir ausgesucht, du musst mit ihr leben.«

»Du könntest ins Theater gehen. Früher bist du oft ins Theater gegangen.«

»Früher wurde noch Theater gespielt. Heute wird alles in den Dreck gezogen.«

»Woher willst du das wissen, wenn du nicht hingehst?«

»Ich lese Zeitungen. Ich habe das Fernsehen.«

Es war hoffnungslos. Zwar war sie fast immer schlecht gelaunt, aber doch selten so schlecht wie diesmal. Dazu die vor sich hin stierenden Alten und der brüllende Fernseher, es war zum Kotzen. Eine vollbusige Blondine betrat eben Al Bundys Schuhgeschäft. Sie trug einen grellgrünen Mantel. Ich tastete nach dem Cut auf meiner Wange.

»Was ist mit deinem Auge?« fragte meine Mutter.

»Fahrradunfall«, sagte ich.

»Du fährst Fahrrad? Ich wollte das nie. Du warst immer unsicher. Aber dein Vater hat darauf bestanden, dass du ein Fahrrad hast. Ein Bub muss Fahrrad fahren können. Ich wollte das nie.«

»Ich bin nicht Fahrrad gefahren. Ein Radfahrer hat mich überfahren.«

»Hast du ihn angezeigt?«

»Nein. Es war meine Schuld.«

Sie schüttelte den Kopf. »Du warst immer unvorsichtig. Mit deinen Gedanken immer woanders.«

Ich klopfte mit der flachen Hand auf den Tisch und stand auf.

»Wenn dein Arzt sagt – «

»Er ist nicht mein Arzt.«

»Egal. Er sagt, du sollst spazieren gehen, also lass uns spazieren gehen. Lass uns zum Mexikoplatz gehen und in der Kirche eine Kerze für Papa anzünden. Gestern war sein Namenstag.«

»Ich weiß. Ich staune, dass du es weißt.« Sie überlegte. »Es ist kalt draußen.«

»Du ziehst den Mantel und die Pelzstiefel an, und in einer Stunde sind wir wieder zurück, und ich lasse dich in Frieden. Aber jetzt komm.«

Sie lamentierte noch ein bisschen, aber schließlich stand sie auf, hakte sich bei mir unter, und wir gingen auf ihr Zimmer, um den Mantel zu holen. Die blöde Erlebach saß auf dem Bett und arbeitete an einem sehr hässlichen Stickbild.

»Grüß Gott, Frau Erlebach«, sagte ich, als wir eintraten.

»Sie erkennt dich nicht«, sagte meine Mutter.

»Natürlich erkennt sie mich. Nicht wahr, Frau Erlebach«, schrie ich, »Sie wissen, wer ich bin?«

Die blöde Erlebach hob den Kopf und nickte mir lächelnd zu.

»Sie registriert absolut nichts«, sagte meine Mutter. »Aber sie will nicht allein sein, also schickt man sie zu mir, um mich zu quälen. So ist es immer. Sie wollen, dass ich ausziehe. Ich lasse mir nicht alles gefallen, das passt ihnen nicht. Aber schließlich zahle ich genug. Ich muss mir nicht alles gefallen lassen.«

»Geht es Ihnen gut?« krächzte die blöde Erlebach.

»Bestens, Frau Erlebach, danke. Und Ihnen?«

»Oh, danke, danke. Sehr gut. Sehr gut geschmeckt.«

Sie wandte ihre Aufmerksamkeit wieder ihrer Stickarbeit zu, und meine Mutter sagte: »Im Sommer kann ich wenigstens auf dem Balkon sitzen, aber jetzt bleiben mir nur der Aufenthaltsraum und das Fernsehen.«

»Genau deswegen solltest du tun, was der Arzt sagt. Oder willst du werden wie sie?«

Das war mir herausgerutscht. Aber glücklicherweise hatte ich nicht laut gesprochen, die blöde Erlebach schien nichts mitbekommen zu haben, jedenfalls deutete nichts darauf hin.

Meine Mutter war inzwischen mit dem Anziehen fertig, und wir machten uns auf den Weg. Auf dem Flur begegneten wir einer der Schwestern.
»Ich will nicht, dass die Erlebach ununterbrochen in meinem Zimmer hockt«, sagte meine Mutter.
Die Schwester ließ sich nicht aufhalten. »Ich werde sehen, was ich tun kann«, sagte sie und war schon um die Ecke gebogen.
»Sie ist die Schlimmste«, sagte meine Mutter, als sie außer Hörweite war. »Seit sie hier Dienst macht, geht es der blöden Erlebach viel schlechter. Sie gibt ihr falsche Tabletten, damit sie stirbt. Angeblich kann sie nicht mehr zahlen.«
»Mutter, bitte…«
»Vielleicht ist sie ihr auch nur lästig, und deshalb muss sie weg. Wie damals in Lainz. Mundspülung. Wer ihnen Arbeit macht, Mundspülung.«
»Erstens ist die Erlebach nicht blöd, zweitens ist das hier nicht Lainz, und drittens bist du da und passt auf.«
»Und wie soll ich beweisen, dass sie der Erlebach falsche Tabletten gibt?«
Ich verlor die Nerven. »Hör auf damit!« schrie ich meine Mutter an.
»So redest du also mit mir«, sagte sie. »Hat dir das Rita beigebracht?«
Wir schwiegen den ganzen Weg, erst als wir den Mexikoplatz überquerten, sagte meine Mutter: »Lauter Türken. Oder sind das schon die Russen?«
»Marsianer«, sagte ich. »Sie sind dabei, die Weltherrschaft zu übernehmen.«
Meine Mutter fand das nicht komisch. »Mir macht es ja nichts mehr aus«, sagte sie, »aber ihr werdet noch staunen, was auf euch zukommt, wenn nichts dagegen unternommen wird. Dein Vater hat immer gesagt – «
»Er war ein alter Nazi.«

»Er war kein alter Nazi!«
»Doch. Er war ein netter Mensch, aber ein alter Nazi.«
»Ich hätte keinen alten Nazi geheiratet.«
»Als du ihn geheiratet hast, war er noch ein junger Nazi.«
»Er war vierzig. Das ist nicht jung.«
»Dann eben ein Nazi in den mittleren Jahren.«
»Hörst du jetzt auf damit! Gestern war sein Namenstag. Er war ein guter Mann. Und er war ein guter Vater. Also sprich nicht so von ihm.«
»Ich sage doch, er war ein netter Mensch. Er hatte nur seltsame Ansichten.«
Das war im Grunde übertrieben. Ich sagte es nur, um meine Mutter zu ärgern. Soweit ich das beurteilen konnte, hatte mein Vater dieselben Ansichten wie die meisten österreichischen Staatsbürger seines Alters, und es gab in seinem Bekanntenkreis weder hochrangige Nazis noch ehemalige Widerstandskämpfer. Und er war tatsächlich ein guter Vater, schon weil etwas Großväterliches an ihm war. Er war vierzehn Jahre älter als meine Mutter und fast fünfzig, als ich zur Welt kam. Sie war seine zweite Frau. Seine erste war bei der Befreiung Wiens ums Leben gekommen, verständlich also, dass er auf die Russen nicht gut zu sprechen war. Aber im Gegensatz zu meiner Mutter hasste er die Amerikaner genauso.
»Wir zünden ihm eine große Kerze an«, sagte ich, während ich meiner Mutter die Tür aufhielt. »Er war ein lieber Nazi.«

4

Nachdem ich mich krank gemeldet hatte, verbrachte ich den Rest des Tages zu Hause, arbeitete ein bisschen, oder genauer: Ich setzte mich an den Computer, öffnete den Ordner »Ideen«, notierte den Satz mit den Marsianern und spielte einige Partien Solitär, die sich nicht ausgingen, blätterte in Kriminalromanen, die ich alle schon gelesen hatte, in der Hoffnung, einen zu finden, den ein zweites Mal zu lesen lohnend sein würde, aber es gab keinen, legte mich aufs Bett und holte mir einen runter (grüner Mantel), dann stand ich wieder auf, glättete die Bettdecke und überlegte, was ich tun sollte.
Immer mehr bedauerte ich, dass ich nicht doch ins Krankenhaus gegangen war. Für die Polizei wäre ein solcher Fall Routine gewesen, sie hätten ein Protokoll aufgenommen, und dabei wäre es geblieben. Das Cut wäre genäht worden, und ich hätte nicht fürchten müssen, eine Narbe zu behalten. Außerdem hätte man versuchen können, bei der Unfallversicherung ein bisschen Geld herauszuschlagen.
Andererseits hätte ich das wahrscheinlich nicht getan. Ich war kein Betrüger, und ich hasste Versicherungen. Die ich hatte, hatte ich nur aus Aberglauben. Die Unfallversicherung, um keinen Unfall zu haben, die Haushaltsversicherung, damit niemand einbrach, damit es keinen Wasserschaden oder Wohnungsbrand gab und keine Fensterscheibe zu Bruch ging. Die Prämien waren für mich so etwas wie ein Opfer, damit uns nichts zustieß. Es ist eine Krankheit, denke ich, meine Krankheit. Ich nenne sie das Polykrates-Syndrom. Polykrates, Sie wissen schon, der mit dem Ring. Herodot hat von ihm erzählt, Schiller hat eine Ballade geschrieben, »des Lebens ungemischte

Freude ward keinem Irdischen zuteil« und so weiter, vielleicht haben Sie sie ja auch auswendig gelernt. Dem Mann gelang einfach alles, aber er war sich seiner Sache zu sicher, er glaubte, dass das immer so weitergehen würde. Am Ende hat man ihn so grausam umgebracht, dass selbst Herodot das nicht näher beschreiben wollte. Als Polykrates-Kranker hat man dieses Schicksal immer im Kopf, man fürchtet, zuviel Glück zu haben und irgendwann dafür bestraft zu werden, darum bemüht man sich ständig, Opfer zu bringen. Auch Polykrates, davon bin ich überzeugt, hätte glücklich sterben können, hätte er nicht zu spät mit dem Opfern angefangen (und ein Ring, auch wenn es sein Lieblingsring war, war nicht eben großzügig, wenn man bedenkt, was für Reichtümer der Mann besaß).
Die meisten unserer Bekannten hielten mich allerdings nicht für krank, sondern für einen Idioten. Sie ließen sich von ihren Haushaltsversicherungen in regelmäßigen Abständen unter verschiedenen Vorwänden neue Fotoapparate oder Einrichtungsgegenstände bezahlen. Nie wurde jemand geschickt, der den Wahrheitsgehalt ihrer Schadensmeldungen überprüfte. Dennoch gab es keine Brandkatastrophen bei ihnen, keine Waschmaschinenschläuche platzten, nichts. Sie lebten glücklich und zufrieden. Auch Rita versuchte immer wieder, mich dazu zu bringen, wenigstens einen Teil des Geldes, das die Versicherungen kosteten, zurückzuholen. Aber ich blieb standhaft. Gerade hatte ich erfahren, welche Folgen es haben konnte, wenn man sein Glück herausforderte.
Allerdings schienen mir die Bestrafungen langsam übertrieben.
»Wie lange gehst du nicht arbeiten?« fragte Rita über die Sprechanlage.
»Bis Samstag. Warum?«
»Das reicht. Soviel Arbeit ist es nicht. Ich wollte das schon lange machen.«
Das bedeutete nichts Gutes. Ich wollte das schon lange ma-

chen, hieß: Ich wollte schon lange, dass du das machst. Rita sprach, wenn es um Handwerksarbeiten ging, um Ausmalen, das Versetzen von Steckdosen oder die Montage irgendwelcher Möbel oder Geräte, meist in der ersten Person Singular, günstigstenfalls in der ersten Person Plural. Sie liebte Werkzeuge, aber sie konnte nicht damit umgehen, sie kaufte hochmoderne, leistungsstarke Geräte, aber versuchte sie sich tatsächlich als Handwerkerin, stellte sie sich jedes Mal so ungeschickt an, dass ich sicher war, sie würde sich schwer verletzen, wenn ich ihr das Werkzeug nicht unverzüglich aus der Hand riss.

Auch nach dem Abschluss der Arbeiten, wenn sie ihren Freundinnen davon erzählte, kam ich in der Erzählung höchstens dann vor, wenn etwas nicht zu ihrer Zufriedenheit gelungen war und sie feststellte, man hätte besser einen Profi engagiert, ein Pole oder Slowake wäre auch nicht teurer gekommen. Zugegeben, ich fand das verletzend, aber ich hatte mich im Lauf der Jahre daran gewöhnt. Ohne ihre Initiative hätten wir vermutlich nie irgendwelche Verbesserungen in der Wohnung vorgenommen, außerdem machte ich, wenn sie nicht zu häufig anfielen, solche Arbeiten nicht ungern. Es war beruhigend zu wissen, dass man nicht wegen jeder Kleinigkeit die Handwerker holen musste.

»Was wolltest du schon lange machen?« fragte ich, aber ich erhielt keine Antwort.

»Hilfst du mir beim Rauftragen?« sagte sie nur, dann war der Kontakt abgebrochen.

Der Wagen parkte auf der gegenüberliegenden Straßenseite, die Hecktür war mit Gummizügen notdürftig verschlossen. Rita hatte nicht nur neue Vorhänge gekauft, sondern sich entschieden, auch die Karniesen auszuwechseln.

Dass ich an die Karniesen beim Umbau nicht gedacht hatte, war einer jener Fehler, die sie mir seit damals unentwegt vorhielt. Wenn sie in einem Altbauzimmer von dreieinhalb Metern

Raumhöhe an der Decke montiert sind, wird das Ab- und Aufhängen der Vorhänge zur Qual. Es würde allerdings auch eine Qual sein, sie abzumontieren, die Holzblende aus der Wand zu reißen, die Löcher zuzumauern und die frisch vermauerten Stellen auszumalen, darum hatte ich diese Arbeit immer wieder aufgeschoben. Rita hatte den Zeitpunkt gut gewählt. Sie wusste genau, dass ich nach unserem Streit vom Vorabend zu allen möglichen Zugeständnissen bereit sein würde.
Mir blieb keine Wahl als positiv zu denken. Wenn am Samstag die neuen Vorhänge aufgehängt waren, würde Rita glücklich sein und Lust haben, irgendwo essen zu gehen und in der Stadt noch etwas zu trinken, und es würde einer jener Sonntage werden, an dem wir das Bett nicht vor vier Uhr Nachmittag verließen.

Der Donnerstag war gut. Das Abmontieren der alten Karniesen ging schnell, das Zumauern der Löcher bereitete mir keine Probleme, ebenso wenig das Anzeichnen der Bohrlöcher für die Montage der neuen. Am Freitag war nicht mehr zu tun als sechsunddreißig Löcher zu bohren und die Halterungen anzuschrauben. Ich war mir sicher, dass ich fertig sein würde, wenn Rita am Nachmittag aus der Schule kam, und dass ich für mehrere Tage mit der zufriedensten Ehefrau der Welt zusammenleben würde.
Am linken Wohnzimmerfenster gab es keine Komplikationen, alle Dübel hielten (die guten alten Wienerberger Ziegel, großartig!). Weil mir vom Bohren die Hände wehtaten (die guten alten Wienerberger Ziegel, der Teufel soll sie holen!), beschloss ich, ehe ich zum rechten Fenster wechselte, erst links die Vorhangstange zu montieren. Sie sah wunderschön aus, saß ganz gerade und so fest, dass ich mich hätte an sie hängen können, ohne dass die Halterungen ausgerissen wären.
Die Schwierigkeiten begannen rechts beim vierten Loch. Wo

es hingehört hätte, gab es keinen Ziegel. Es gab auch keinen Ziegel für das fünfte und das sechste Loch. Der Untergrund bestand aus nichts anderem als uraltem, trockenem, bröckelndem Putz. Ich umwickelte die Dübel mit Zeitungspapier, es half nicht. Ich versuchte, sie einzugipsen, es misslang. Aber noch war ich guter Dinge. Mit solchen Rückschlägen muss man rechnen, wenn man in einem Altbau lebt. Ich musste die Stange nur um fünf Zentimeter tiefer setzen, und die Sache würde erledigt sein. Dass auch die Löcher für die linke Halterung neu gebohrt werden mussten, war zu verkraften.
Diesmal überall die guten Ziegel, Bohrlöcher wie aus dem Lehrbuch, die Stange in der Waage. Erst als ich von der Leiter gestiegen war und zurücktrat, um mein Werk zu betrachten, bemerkte ich meinen Fehler. Beide Stangen waren erstklassig montiert, nur saß die über dem rechten Fenster fünf Zentimeter tiefer als die über dem linken. Ruhig bleiben, dachte ich. Die linke Stange nach unten setzen. Noch einmal sechs Löcher, nun ja. Es möge dir nichts Schlimmeres widerfahren.
Ich bohrte das erste Loch. Kein Ziegel. Meine Laune begann sich zu verschlechtern. Ich überlegte, die Arbeit abzubrechen und einen Sketch zu schreiben, in dem Selfman, der Superheimwerker aus der Fernsehwerbung, von Zombies mit Bohrmaschinen gejagt und zur Strecke gebracht wird, aber ich hielt an mich und machte weiter, fünf Zentimeter oberhalb der ursprünglichen Bohrung. Ziegel, Ziegel, Ziegel. Drei Löcher rechts: Ziegel. Diesmal beging ich nicht noch einmal den Fehler, die Stange sofort zu montieren, sondern wechselte zum rechten Fenster. Drei Löcher links: Ziegel. Rechtes Loch Nummer eins: Ziegel. Nummer zwei und drei: Kein Ziegel. Ich überlegte, ob ich es noch weiter oben versuchen sollte, aber vermutlich würde sich das Spiel nur wiederholen. Außerdem: So schwer waren die Vorhänge nicht. Eine gut sitzende Schraube rechts musste genügen. Bei den anderen wandte ich den Trick

mit dem Zeitungspapier an, auch wenn mir klar war, dass er nichts nützen würde, dann verputzte ich die unbrauchbaren Löcher in der Mauer und montierte die beiden Stangen.
Die linke saß fest, die rechte ebenso, zumindest solange sie mit nichts belastet wurde, das schwerer war als ein Wellensittich. Es war lächerlich, die Vorhänge aufzuhängen, aber ich tat es trotzdem. Ich wusste genau, was Rita tun würde, wenn sie nach Hause kam. Sie würde den Vorhang ausprobieren und mindestens vier oder fünf Mal auf und zu ziehen. Die Chance, dass die Halterung mehr als zwei solchen Versuchen standhielt, war gleich null. Ich stellte mir vor, wie die Vorhangstange heruntersauste und Rita am Kopf traf und ihr ein Cut beibrachte, nicht besonders tief (schließlich war sie meine Frau und ich liebte sie), aber doch tief genug, dass sie begriff, was sie mir angetan hatte.
Überraschenderweise hielt die Karniese bis zum vierten Versuch, und Rita blieb zum Glück unverletzt.
»Ich verstehe das nicht«, sagte ich. »Der ganze Ziegel muss locker gewesen sein.«
»Scheiß-Altbauten«, sagte Rita.
»Ich werde es ein Stück weiter oben versuchen.« Ich stieg auf die Leiter.
»Kann man die Dübel nicht eingipsen?«
»Ich kann es versuchen, aber ich glaube nicht, dass es viel Sinn hat. Der Verputz ist zu trocken.«
»Dann mach ihn nass.«
»Das hätte ich sowieso getan. Trotzdem wird es nicht funktionieren.«
»Sei nicht immer so negativ.« Sie tauchte den Malerpinsel ins Wasser und reichte ihn mir. Ich feuchtete die Stelle an. Das Wasser rann die Wand hinunter und sammelte sich auf dem Boden.
»Du hättest etwas unterlegen sollen«, sagte Rita.

»Ich habe nicht mit soviel Dreck gerechnet. Bohrstaub lässt sich wegsaugen. Es war nicht vorherzusehen, dass ich neu aufmauern muss.«
»Immer besser, zuviel abzudecken als zu wenig.« Sie hatte inzwischen Gips angerührt. Ich schmierte die Löcher zu und wollte die Dübel in die feuchte Masse stecken.
»Nein, du musst warten!« rief Rita. »Du musst warten, bis der Gips trocken ist und dann neu bohren.«
Der größte Unsinn, den ich je gehört hatte. Aber wenn sie es so wollte… Ich stieg von der Leiter. »Und wie lange soll ich warten?«
Rita umarmte mich. »Das kommt darauf an, wie lange wir brauchen.«
Ich habe das nie verstanden an ihr. Die meiste Zeit war ich ausgeruht, gebadet, gekämmt und sauber gekleidet, und sie zeigte nicht das geringste Interesse, und jetzt wollte sie mit mir schlafen. Das Unglaublichste aber war, dass, als ich danach die Arbeit wieder aufnahm, die Dübel tatsächlich hielten. Es war ein Wunder, und das noch größere Wunder war, dass ich am nächsten Tag mit den restlichen vier Vorhängen keine Probleme hatte. Als hätte ich den sechsten Sinn, traf der Bohrer ausschließlich Ziegel.

5

Gebranntes Kind scheut das Feuer, heißt es. Stimmt nicht, jedenfalls nicht immer. Etwas anderes kann stärker sein. Neugier zum Beispiel. Oder Sorgfalt. Marlenes Sorgfalt. Marlene arbeitete ebenfalls im Copyshop, halbtags wie ich, um ihr Biologiestudium zu finanzieren. Ihr Fleiß war bewundernswert, aber ihre Sorgfalt war grenzenlos. Hätte bei mir jemand eine Botschaft für sie hinterlassen, ich hätte das spätestens am nächsten Tag vergessen gehabt. Sie nicht. Das erste, was sie tat, als ich am Montag nachmittag wieder meinen Dienst antrat, war, mir einen Zettel auszuhändigen. Ich erkannte die Handschrift sofort wieder.

Sie wolle sich bedanken, stand da, und hoffe, es gehe mir gut. Vielleicht ergebe sich die Möglichkeit zu einem Treffen. Montag um halb sieben werde sie in einem Café in der Fußgängerzone in Favoriten sein. Gezeichnet: A. Montag um halb sieben, das war in fünfeinhalb Stunden.

»Krieg ich kein Dankeschön, weil ich rechtzeitig daran gedacht habe?« sagte Marlene. »Morgen wäre es zu spät gewesen.«

»Von wem ist das?« sagte ich. »Ich kenne keinen A.«

»Eine Sie«, sagte sie. »Andrea, Agathe, Aphrodite.«

»Weder noch.«

»Eine Bekannte von Rita möglicherweise?«

Sie war hinterhältig, wie alle Frauen, wenn sie männliche Untreue wittern, auch wenn sie selbst nicht davon betroffen sind. Frauensolidarität. Ich tat, als ob ich angestrengt nachdächte, und schüttelte den Kopf.

»Keine Ahnung. Wie sah sie aus?«

»Hübsches Mädchen. Gutes Gesicht, dunkle Haare. Unge-

wöhnlich klein.« (Das stimmte nicht, aber die Einschätzung kam vermutlich dadurch zustande, dass Marlene mit ihrer Körpergröße in jedem Basketballteam gute Figur gemacht hätte.) »Ansonsten war nicht viel zu erkennen. Ein bisschen breit unten rum, würde ich sagen, aber das ist eine Vermutung.«
»Hast du je daran gedacht, bei einem Detektivbüro anzuheuern?«
»Uninteressant«, sagte Marlene. »Ich will Menschen klonen. Wirst du hingehen?«
»Warum interessiert dich das?«
»Forschergeist. Außerdem ist sie zu jung für dich. Gehst du hin?«
»Breit unten rum, sagst du?«
»Ein Arsch wie Jessye Norman.«
»Dann lasse ich es wohl.«
Ich war ein bisschen beleidigt auf Marlene. Das Mädchen, das ich in meiner Phantasie umgezogen hatte, hatte einen straffen Jungmädchenhintern. Die Wahrheit lag, wie sich später herausstellte, dazwischen. Tatsächlich war ihr Hintern dicker, als ich erwartet hatte. Aber er war mit Sicherheit nicht annähernd so dick wie der von Jessye Norman.

Von der U-Bahn-Station Stephansplatz rief ich Rita an und sagte ihr, ich würde noch ein wenig Billard spielen gehen. Sie hatte nichts dagegen, zumal sie selbst Pläne hatte. Der Mann einer ihrer Kolleginnen war krank geworden, und sie hatte eine Karte für ein Konzert im Musikverein geschenkt bekommen. In solchen Fällen musste man sie nicht zweimal bitten. Es war ihre einzige Chance, in ein Konzert oder in die Oper zu kommen. Ich verweigerte Aufführungen klassischer Musik, und allein gehen wollte sie nicht. Jedenfalls hätte es sich nicht besser treffen können. Meine Pechsträhne schien zu Ende zu sein.
Das Café glich eher einem Wirtshaus als einem Kaffeehaus,

aber, nun ja, man kann in Favoriten nicht das Bräunerhof erwarten. Sie saß in einer der Nischen, über eine Illustrierte gebeugt, von der sie erst aufschaute, als ich dicht vor ihr stand.

»O du Scheiße!« rief sie und klopfte, ohne ihren Blick von dem Bluterguss unter meinem Auge abzuwenden, mit der flachen Hand leicht auf den Stuhl neben ihrem, als fordere sie einen Schoßhund auf, hinauf zu hüpfen. Ich gehorchte.

»Keine sehr freundliche Begrüßung«, sagte ich.

Sie war noch immer von meinem Anblick fasziniert. »Und das ist alles meine Schuld?«

»Nicht direkt. Es gab da einen Mann. Erinnern Sie sich?«

»Ja. Arschloch.«

»Was wollte er von Ihnen?«

»Können wir von etwas anderem reden?«

»Habe ich mich wenigstens nützlich gemacht?«

»Vielleicht haben Sie mein Leben gerettet, wer weiß?«

»Lieber nicht. Ich habe keine Lust, den Rest meiner Tage für Sie verantwortlich zu sein.«

Sie lachte und streckte mir die Hand hin. »Ich heiße Alice.« Sie sprach es französisch, Aließ.

»Artur«, sagte ich.

Dann Händeschütteln.

Dann nichts.

Der Kellner rettete uns. Ich hatte Lust auf einen doppelten Tequila und ein Bier, aber ich befürchtete, dass sie mich dann für einen Alkoholiker halten würde, also bestellte ich Kaffee. Sie hatte ihren schon ausgetrunken und wollte jetzt ein Viertel Weiß. Meine Befürchtungen schienen überflüssig gewesen zu sein.

»Was sollte das mit dem Hemd?« nahm ich das Gespräch wieder auf.

»Es war hübscher als das, das Sie heute tragen«, sagte sie. »Nicht ganz so langweilig. Sind Sie verheiratet?«

Ich legte die Hände mit gespreizten Fingern auf den Tisch. Es beeindruckte sie wenig.
»Die meisten Männer nehmen den Ehering runter, wenn sie sich mit anderen Frauen treffen. Es ist sicherer, sich an der Kleidung zu orientieren. Nach Ihren Hemden zu urteilen, sind Sie verheiratet.«
»Ich habe auch buntere. Aber ich hatte keine Zeit, mich nach der Arbeit umzuziehen.«
»Sie sind trotzdem verheiratet, wetten?«
Ich nickte. »Seit acht Jahren. Keine Scheidung in Sicht. Ist das ein Problem?«
»Ich bin nur neugierig. Warum sind Sie mir nachgegangen?«
Unangenehme Frage. Schließlich wusste ich das selbst nicht. »Weil ich ein Idiot bin«, sagte ich.
Das war die falsche Antwort. Zwar bemühte sie sich zu lächeln, aber die Enttäuschung war ihr anzusehen. Mir war klar, dass ich ihr ein Kompliment machen musste, aber mir fiel nur ein, was der Wahrheit am nächsten kam: »Ich habe mir vorgestellt, Sie anzusprechen, auf einen Tequila einzuladen und dann mit Ihnen zu schlafen. Idiotisch genug?«
»Oh!« rief sie freudig und zeigte auf mein Gesicht, »Sie werden rot! Das macht sich gut mit dem blauen Auge!«
Ich öffnete den Mund, um etwas Witziges zu entgegnen, aber Sie wissen ja: Treppenwitzcharakter. Sie war begeistert von meiner Sprachlosigkeit. »Den Tequila übernehme ich«, sagte sie. »Sie sind überhaupt eingeladen. Wollen Sie etwas essen?«
Ich schüttelte den Kopf.
»Aber die Küche ist gut hier. Ich hole die Karte.«
Ich hielt sie zurück. »Tequila ist okay. Ein Bier dazu wäre nicht schlecht.«
Sie winkte dem Ober und bestellte zwei große Tequila und ein Bier. Ich fragte mich, was nun mit ihrem Wein geschehen würde, schließlich passten Schnaps und Wein nicht unbedingt

zusammen. Die Antwort war, dass sie ihn ausgetrunken hatte, bevor der Kellner wieder an den Tisch kam.
»Ich fand Sie nett«, sagte sie zwischen zwei Schlucken, »deswegen das mit dem Hemd. Ich bin Löwin, wissen Sie. Löwinnen sind so. Ich wollte, dass Sie mich nicht gleich wieder vergessen.«
»Machen Sie das oft?«
»Nein. Ich finde nicht viele Menschen nett. Sie waren der erste, der reagiert hat. Allerdings habe ich nicht bemerkt, dass Sie mir nachgegangen sind. Und natürlich hätte es nicht diesen Verlauf nehmen sollen.«
»Vielleicht bin ich Ihnen überhaupt nicht nachgegangen. Vielleicht wohne ich gleich um die Ecke.«
Sie überging es. »Was haben Sie Ihrer Frau erzählt?«
»Ein Radfahrer hat mich überfahren.«
»Gute Geschichte. Die Radfahrer werden immer rücksichtsloser.«
»Genau das hat sie auch gesagt.«
»Gab es keine Schwierigkeiten mit der Polizei?«
»Fahrerflucht. Ich habe sein Gesicht nicht gesehen. Es wäre sinnlos gewesen, eine Anzeige zu machen.«
»Sie sind ein begabter Lügner.«
»Im Gegenteil. Ich war selbst überrascht, dass sie mir alles so einfach abgenommen hat.«
Inzwischen waren die Schnäpse und das Bier da. Wir stießen an (auf mein Hemd) und saßen dann eine Zeitlang schweigend und betrachteten einander. Was sie sah, weiß ich nicht. Ich sah eine Frau Mitte zwanzig mit asymmetrischem Gesicht und dunklem, halblangem Haar, das sie im Nacken nachlässig mit Kämmen hochgesteckt hatte. Ihre Haut war hell (kein Sonnenstudio), und sie hatte, obwohl sie sich mit einem Mann traf, von dem sie wünschte, dass er sie nicht gleich wieder vergaß, wenig Schminke aufgetragen. Die Fingernägel waren unlackiert und verschieden lang, und selbst die Tatsache, dass sie

keinen BH trug, konnte man als Zeichen von Natürlichkeit werten. Nichts deutete darauf hin, dass sie auf Männerfang war. Sie war, sagte ich mir, ein netter, intelligenter Mensch, den man gern sah und mit dem man sich gern unterhielt. Vielleicht würde sich eine Freundschaft zwischen uns entwickeln – warum sollten ein Mann und eine Frau keine Freundschaft unterhalten können? –, irgendwann würde ich sie Rita vorstellen, und auch Rita, dachte ich, würde sie nett finden, und sie würde eine Freundin des Hauses werden wie Ritas idiotische Lehrerkollegin Sylvia, und ich dachte noch einiges mehr von dem, was man denkt, wenn man sich verliebt hat und weiß, dass man das nicht hätte tun sollen.

»Was machen Sie sonst noch außer Kopien?« fragte sie, als das Dasitzen und Lächeln langweilig zu werden begann.

»Nichts«, antwortete ich. »Ich schreibe ein bisschen. Und ich gebe Nachhilfestunden.«

»Waren Sie ein guter Schüler?«

»Es ging. Meine Mutter war Lehrerin. Und Sie?«

»Ich habe keine Schule zu Ende gebracht. Nicht nötig für eine Schauspielerin.«

Ich war baff. Auf alles Mögliche hätte ich getippt, von Kellnerin bis Wirtschaftsstudentin, aber nicht auf Schauspielerin.

»Theater?« fragte ich.

»Selten. Hauptsächlich Kino, Fernsehen.«

»Ich habe Sie noch nie gesehen.«

»Dann sehen Sie wohl nicht viel fern.«

»Nur Sport und Zeichentrick. Da kommen Sie vermutlich nicht vor.«

»Ich habe früher Hockey gespielt, aber das Fernsehen wollte nur Fußball.«

Sie schien ein wenig enttäuscht, weil ich sie nicht erkannt hatte, also versuchte ich, höflich zu sein: »Gibt es in nächster Zeit etwas zu sehen mit Ihnen?«

Sie zuckte mit den Achseln. »Möglich. Vermutlich wiederholen Sie zum fünftausendsten Mal *Die Venusfalle*.«
»Sie spielen in der *Venusfalle* mit? Wie ist Ihr Familienname? Ich erinnere mich an keine Alice.«
»Als Schauspielerin bin ich Sonja. Sonja Kirchberger.«
Ich brauchte zwei, drei Sekunden, bis ich begriff. Alice amüsierte sich prächtig. Als sie mit dem Lachen fertig war, sagte sie: »Sie sind ein leichtgläubiger Mensch.«
»Ich habe nicht damit gerechnet angelogen zu werden«, sagte ich beleidigt und nahm einen großen Schluck Bier, um ihr zu zeigen, wie sehr sie mich verletzt hatte.
»Tut mir leid«, sagte sie. »Aber Sie sollten vorsichtiger sein. Leichtgläubigkeit ist eine gefährliche Eigenschaft.«
»Lügen Sie schon die ganze Zeit?« fragte ich.
Sie schüttelte den Kopf. »Nur das mit der Schauspielerin.«
»Und was tun Sie wirklich?«
»Alles Mögliche. Hauptsächlich Meinungsforschung. Die meisten Interviews fälsche ich.«
»Falls Sie nicht schon wieder lügen, sind Sie vertrauensselig. Das ist auch gefährlich. Schließlich kennen wir uns erst eine halbe Stunde.«
»Nach einer halben Stunde weiß ich, wem ich trauen kann. Meistens jedenfalls.«
»Arschloch?«
»Arschloch, ja. Aber reden wir von etwas anderem. So vertrauensselig bin ich auch wieder nicht.«
Ich trank meinen Tequila aus. »Nehmen wir noch einen?«
»Wenn Sie wollen. Das Limit für Lebensrettung liegt bei zweihundert Schilling, aber da Sie nichts essen…«
»Ich bin nicht mittellos. Nachhilfestunden sind ein gutes Geschäft, und meine Frau hat vierzehn Gehälter. Die zweite Runde geht auf mich.«

Sie schüttelte bestimmt den Kopf. »Ich zahle. Aber muss es unbedingt Tequila sein? Oder trinken Sie auch Wodka?«
»Wenn er gut ist. Warum?«
»Wir könnten zu mir gehen. Das käme billiger. Ich habe noch eine halbe Flasche Wodka zu Hause.«
»Hinterlassenschaft von Arschloch?«
Sie sah mich giftig an. »Mein Schnaps gehört mir. Und wenn Sie ihn noch einmal erwähnen, ist das Angebot storniert.«
Ich entschuldigte mich und überlegte, und weil mir auffiel, dass sich schon bei der Überlegung, ob ich in ihre Wohnung mitgehen sollte, mein Schwanz aufzurichten begann, sagte ich: »Ich weiß nicht, ob das besonders klug ist.«
»Ökonomisch betrachtet ist es klug«, sagte sie. »Es ist angenehm, mit Ihnen zu reden. Wodkatrinken ist angenehm. Und es fällt nicht unter Ehebruch.«
»Wenn es im Wohnzimmer einer Frau stattfindet, die man in Gedanken zum Beischlaf zu verführen versucht hat, ist es nicht weit davon entfernt.«
»Ich habe kein Wohnzimmer«, sagte sie, winkte dem Kellner und kramte eine riesige Geldbörse aus ihrer Wäschesacktasche, dann, ohne mich anzusehen, sagte sie: »Wo sind Sie gerade?«
Ich verstand die Frage nicht.
»Ich meine: Wo sind Sie gerade nach Ansicht Ihrer Frau?«
Ich weiß, ich hätte sie anlügen müssen. Ich hätte sagen müssen: Rita weiß Bescheid. Aber erstens brauche ich Zeit, wenn ich lügen soll, zweitens wollte ich Wodka trinken und drittens, naja. Also sagte ich wahrheitsgemäß: »Billard spielen.« (Und ich will nicht, dachte ich, dass es beim Taschenbillard bleibt.)
»Sie lügen viel«, sagte sie, während sie zahlte, und zum Ober: »Lügen alle Männer so viel?«
»Männer lügen nie«, sagte der Ober, während er das Wechselgeld auf den Tisch zählte, »nur die Frauen verstehen alles falsch. Danke höflichst.«

Alice wartete, bis er sich entfernt hatte, dann, ihre Tasche einräumend, sagte sie: »Ich jedenfalls habe nicht gelogen. Ich habe Ihnen geschrieben, ich will mich bedanken. Sie haben mir geholfen, und die Folgen waren unangenehm für Sie. Ich habe Sie hierher gebeten, und Sie sind gekommen. Ich will noch einen Wodka trinken mit Ihnen, aber hier kommt es mir zu teuer. Das ist alles.«
Natürlich war es nicht alles.

6

Ich weiß nicht, ob es Absicht war, dass Alice die Gasse mied, in der wir mit Arschloch zusammengetroffen waren, aber falls ja, war ihre Sorge überflüssig. Ich verlor keinen Gedanken an die Vergangenheit, sondern war vollauf damit beschäftigt zu überlegen, wie ich weiter vorgehen, und vor allem, was ich mit meinen Händen anfangen sollte. Aus Gründen, die ein Psychologe wahrscheinlich erklären könnte, gelingt es mir nicht, sie beim Gehen locker neben dem Körper herabhängen zu lassen. Früher hatte mir das Rauchen geholfen, aber das hatte ich vor einem halben Jahr aufgegeben (wenn man es rechtzeitig aufgibt, ist das Lungenkrebsrisiko gleich null), und die Hände in die Hosentaschen zu stecken, wie ich es gewöhnlich tat, schien mir in diesem Augenblick zu gefährlich wegen meines ausgeprägten Penis-Manus-Magnetismus, wie ich meine vermutlich ebenfalls krankhafte Neigung nenne, im Fall der Erektion in die Hosentasche zu greifen und an meinem Schwanz herumzuspielen.

»Nur noch ein kleines Stück«, sagte Alice, als hätte sie meine Nervosität bemerkt und wolle mich beruhigen, und begann, den Wohnungsschlüssel aus ihrer Handtasche zu kramen. Das war, wie ich erfreut feststellte, eine Gemeinsamkeit zwischen uns. Auch ich hielt den Schlüssel meist schon ein, zwei Straßenecken, bevor ich an der Haustür eintraf, in der Hand, eine Angewohnheit, die Rita verabscheute und die sie, wenn sie schlecht auf mich zu sprechen war, gern als Beispiel für meine Verabscheuungswürdigkeit insgesamt verwendete. »Du machst alles zum falschen Zeitpunkt«, sagte sie. »Was wichtig ist, bleibt monatelang liegen« (sie meinte die Karniesen), »aber

du fängst an aufzusperren, wenn überhaupt noch keine Tür in Sicht ist. Gewöhn dir das ab.«
»Ich will es versuchen«, antwortete ich in solchen Fällen, weil ich keinen Streit wollte, aber das war eine Lüge. Bei einem so harmlosen Tick schien mir ein Versuch nicht der Mühe wert.

Das Haus war hässlich, selbst für Favoritener Verhältnisse. Ein Nachkriegshaus, fünfstöckig, schlechte Materialien, ein typisches Wohnungsnothaus. Ein Lift war nachträglich eingebaut worden, aber Alice zog es vor, zu Fuß in den dritten Stock zu gehen, also ließ ich ihr den Vortritt. Die Benimmregel schreibt vor, dass die Frau immer weiter oben sein muss. Hinauf Frau voran, hinunter Mann voran, vermutlich damit, falls die Frau mit ihren vertrottelten Plateausohlen oder Bleistiftabsätzen stolpert und die Treppe hinunterstürzt, der Mann auf jeden Fall mitgerissen wird und die Frau nicht allein sterben muss.
Bemerken Sie, wie ich versuchte, mich abzulenken? Alices Hintern bewegte sich in Augenhöhe vor mir hin und her (nicht dass sie es darauf anlegte, besonders aufreizend zu gehen, nein, es war ein ganz natürliches, gynäkotypisches Schaukeln) und machte es mir unmöglich, meinen Blick anderswohin zu richten. Mit der rechten Hand zwar konnte ich das Stiegengeländer festhalten, aber die linke drängte wie verrückt in meine Hosentasche, so dass ich keinen anderen Ausweg sah, ihren Griff nach meinem Schwanz zu unterbinden, als die Dr. Kurt Jeschko-Übung.
Ich weiß nicht, ob Sie diese Übung kennen. Es handelt sich um ein rasch abwechselndes Durchstrecken und Zur-Faust-Ballen der Hand, eine Durchblutungsübung, zur Vorbeugung gegen Herzinfarkt. Sie wurde, als ich Kind war, im Fernsehen empfohlen und vorgeführt von Dr. Kurt Jeschko, einem einarmigen Sportreporter, der selbst früh an einem Herzinfarkt starb und den meine Mutter verachtete seit dem Zeitpunkt, als sie zu-

fällig, während mein Vater sich im Fernsehen ein Fußballspiel zwischen England und Österreich ansah, Zeugin geworden war, wie Dr. Kurt Jeschko die rollenden Angriffe der Briten mit den Worten kommentierte: »Es brennt der Hut, meine Herren, oder wie der Engländer sagt: It burns the hat!«
Zirka dreißig Dr. Jeschko-Trainingseinheiten mussten absolviert werden, bis wir den dritten Stock erreicht hatten, in den Korridor ein- und einmal um die Ecke gebogen waren und vor ihrer Wohnung standen. Sie legte die Hand auf den Türknauf, steckte mit der anderen den Schlüssel ins Schloss und wandte mir das Gesicht zu. »Ich weise Sie darauf hin«, sagte sie, »dass sich Ihnen da drinnen kein allzu schöner Anblick bieten wird.«
Diesmal sagte ich das Richtige. Ich sagte: »Haben Sie vor, draußen zu bleiben?«
Sie lächelte, ließ den Türknauf los (die Rechte hielt immer noch den Schlüssel, ohne ihn zu drehen), und ich wusste, wenn ich nicht sofort etwas unternahm, würde sie aufsperren, wir würden hineingehen, einen Wodka trinken, und eine halbe Stunde später würde ich in der U-Bahn sitzen und mir sagen, dass ich offensichtlich zu blöd war, um wenigstens auf die durchschnittliche Anzahl von Frauen zu kommen, mit denen ein männlicher Österreicher in seinem Leben ins Bett geht.
Also griff ich nach ihrer freien Hand und zog leicht daran. Alices Körper gab nach, ich legte meinen Arm um ihre Schulter, und wir küssten uns, vorsichtig und tastend, wie – ja, wie? Ich wollte sagen, wie Profiboxer in den ersten Runden, wenn sie die Stärken und Schwächen ihrer Gegner zu erkunden versuchen, ohne die eigenen zu verraten, aber natürlich küssen sich Profiboxer nicht, sie boxen. Es ist ein Scheiß-Vergleich, aber mir fällt kein anderer ein, also lassen wir es.
Wir küssten uns. Und als wir damit fertig waren, sagte Alice: »Jetzt müssen wir du zueinander sagen.«

»Sollten wir nicht erst drauf anstoßen?« sagte ich.
»Nein. Wir machen es wie in amerikanischen Filmen. Dort sind die Hauptdarsteller immer per Sie, dann kommt der erste Kuss, und kaum ist er vorbei, sagen sie Du zueinander. Immer, ich habe das beobachtet.«
»Das liegt an der Synchronisation«, sagte ich. Es ist kaum zu glauben. Wir hielten einander immer noch an der Hand, und während Alice die Tür öffnete und mich hinter sich in die Wohnung zog, sagte ich tatsächlich: »Das liegt an der Synchronisation. Im Englischen gibt es keine Höflichkeitsform, also muss man für die deutsche Version irgendeinen Zeitpunkt wählen, an dem das ›Sie‹ zum ›Du‹ wird, und weil in den wenigsten Filmen Bruderschaft getrunken wird, denken die Autoren vermutlich, dass spätestens nach einem – «
Dann war die Tür wieder versperrt, mein Mund ebenfalls. Diesmal war der Kuss heftiger, fünfte oder sechste Runde, wenn Sie so wollen, und ihre Hände waren rasch in Regionen meines Körpers, in die ich mich an ihrem ohne ausdrückliche Ermunterung nach so kurzer Zeit nie gewagt hätte.
»Die Amerikaner machen es beim ersten Mal meist in der Küche«, sagte sie, »aber ich hätte es lieber europäisch.«
Sie führte mich ins Zimmer, an ihr Bett, und wir zogen uns aus, und ich sah den makellosesten und begehrenswertesten Frauenkörper der Welt (vergessen Sie das mit Jessye Norman), und sie ließ sich nach hinten fallen und breitete ihre Arme aus, und Sie wissen, was jetzt hätte kommen müssen.
Aber es kam nicht. Ich kam. Was mir in meiner Jugend nie zugestoßen war, stieß mir jetzt zu. Ich verspritzte meinen Samen über das Leintuch und über Alices Unterschenkel, und ich musste an Rita denken: Du fängst an aufzusperren, wenn überhaupt noch keine Tür in Sicht ist.
Ich schämte mich. Ich sagte Alice, dass es falsch gewesen sei, was wir getan hätten, und dass es mir leid täte.

»Nichts war falsch«, sagte sie. »Ich gefalle dir. Schön, das zu wissen.«
»Ich bin verheiratet«, sagte ich.
»Was hat das damit zu tun?«
»Ich könnte dich nicht glücklich machen.«
»Ich wette, in zehn Minuten bist du wieder dazu imstande.«
»Es geht um etwas anderes.«
»Jetzt nicht.«
»Bitte. Ich wollte das nicht. Es tut mir leid.«
»Mir auch. Ich wollte es. Ich will es immer noch.«
»Nein. Es geht nicht.«
Ich begann mich anzuziehen und hatte das Gefühl, unglaublich lächerlich auszusehen mit meinem blauen Auge und dem Verband um den Brustkorb. Alice nahm eine Decke und wickelte sie um ihren Körper. »Kann man sich wenigstens noch sehen?«
»Ich weiß nicht, ob das besonders klug ist.«
»Das weißt du anscheinend nie.«
Ich konnte ihr nicht verdenken, dass sie wütend war, aber es ging ihr dabei mit Sicherheit besser als mir. Ich fühlte mich elend. Nicht mehr als eine Parodie auf einen Ehebruch, und schon hatte ich zwei Frauen gegenüber ein schlechtes Gewissen.
»Lass mich ein paar Tage darüber nachdenken«, sagte ich. »Kann ich dich anrufen?«
Sie schüttelte den Kopf. »Nächsten Freitag, selbes Café, selbe Uhrzeit. Entweder du kommst oder du kommst nicht. Falls mich das dann noch interessiert, werde ich da sein.«

7

Es war beruhigend zu wissen, dass Rita nicht vor elf nach Hause kommen würde und mir daher genug Zeit blieb, die Spuren zu verwischen, auch wenn es aller Wahrscheinlichkeit nach keine gab. Ich zog mich aus und stopfte das Gewand zusammen mit ein bisschen anderer Schmutzwäsche in die Waschmaschine. Für Männer, die fremdgehen, sind arbeitsteilige Ehen von Vorteil. Früher hätte jede Frau sofort Verdacht geschöpft, wenn sich ihr Mann freiwillig an der Waschmaschine zu schaffen gemacht hätte (außer um sie auseinander zu nehmen und an der Reparatur zu scheitern). Heute würde sie vermutlich nicht einmal dann etwas Böses denken, wenn er das Baby der Nachbarin stillt.

Anschließend duschte ich, sorgfältiger als gewöhnlich. Auch wenn ich mich an kein Parfum erinnerte und Alice kaum berührt hatte: Rita hatte eine feine Nase, und ich wollte sichergehen, dass sie sie mir nicht anroch. Während all dessen befand ich mich in einem Zustand ununterbrochener Selbstbeschimpfung, gepaart mit einem wild entschlossenen »Nie wieder!«, wie am Morgen nach einem Vollrausch, nur mit dem Unterschied, dass dem Kater diesmal kein Rausch vorangegangen war.

Rita kam gegen halb zwölf, gut gelaunt, und begann sofort, von Bartók zu erzählen und wie irgendein berühmtes Streichquartett (fragen Sie mich nicht nach dem Namen) zwei seiner Quartette gespielt hätte, »großartig, absolut großartig!«

Zwar war es wahr, dass Rita mehr von Musik verstand als ich (ihre Großeltern stammten aus Oberösterreich, sie konnte sogar ein wenig Ziehharmonika spielen), dennoch bezweifelte ich, dass sie von sich aus entscheiden konnte, ob ein Bartók-Quartett »großartig« aufgeführt worden war oder miserabel. Höchstwahrscheinlich gründete ihre Einschätzung auf dem weit verbreiteten Vorurteil, dass ein Konzert auf jeden Fall großartig ist, wenn es im Großen Musikvereinssaal stattfindet. Meiner Überzeugung nach gab es in der ganzen Stadt keine hundert Menschen, die Bartóks Musik wirklich verstanden, und unter diesen befand sich mit Sicherheit keine Mittelschulprofessorin für Englisch und Geographie.

Aber ich war ungerecht. Ich war wütend auf mich selbst, darum war ich wütend auf Rita. Glücklicherweise stand sie immer noch so unter dem Eindruck des Konzerts, dass sie nichts davon bemerkte. Sie holte eine Flasche Rotwein und fragte, ob ich auch noch ein Glas trinken wolle. Ich hatte keine Lust (in diesem Zustand *ein* Glas!), dennoch nickte ich, weil sie sich über eine Ablehnung gewundert und begonnen hätte, nach den Gründen dafür zu forschen.

»Was ist los? Hast du beim Billard verloren?«

»Nein.«

»Was dann? Mit Richard gestritten?« (Richard war mein Billardfreund.)

»Nein! Überhaupt nicht! Ich mag nur keinen Wein jetzt.«

»War in der Arbeit irgendwas?«

»Nein!!«

Und womöglich wäre sie irgendwann in den nächsten Tagen Richard über den Weg gelaufen und hätte ihn gefragt, warum ich so schlecht gelaunt gewesen wäre (»Nicht einmal ein Glas Wein wollte er trinken!«), und hätte erfahren, dass ich gar nicht Billard spielen gegangen war und und.

Also schenkte ich uns ein, und wir prosteten, und unglückseligerweise sagte ich: »Auf Bartók!«

»Großartig!« rief sie. »Du hättest dabei sein sollen.«

»Wollen wir morgen abend etwas unternehmen?«

»Auch wenn es mir leid tut für Verenas Mann. Er ist ein Bartók-Freak. Vor Monaten schon hat er die Karten besorgt. Drei Stunden Schlange stehen. Und ausgerechnet jetzt muss er krank werden.«
»Wir könnten ins Kino gehen.«
»Mir hat Bartók ja nie besonders gut gefallen. Aber wenn man ihn so hört, unglaublich.«
»Irgendwo zeigen sie Stan und Ollie.«
»Ich habe auch noch nie einen solchen Applaus erlebt. Vermutlich ist das der beste Bartók, den man derzeit überhaupt hören kann.«
Ich hatte große Lust, das Glas an die Wand zu werfen und sie anzuschreien, ich hätte gerade den besten Fick versaut, den je ein Mensch hätte haben können. Aber natürlich tat ich es nicht, sondern gab vor, dass meine Rippen schmerzten (»vom Billardspielen, das Vorbeugen, du weißt ja«), und zog mich ins Schlafzimmer zurück.

Es war eine unruhige Nacht. Bis dahin hatten mir weder meine Geilheit noch meine Selbstverachtung je Probleme bereitet. Nach gelungenen Versöhnungsfeiern mit Rita rief ich mir oft noch Tage später bestimmte Bilder und Situationen ins Gedächtnis, um ein bisschen weiterzufeiern. Umgekehrt, wenn ich mich, beispielsweise nach Besuchen bei meiner Mutter, für einen Feigling und Versager hielt, hielt ich mich ausgiebig, oft bis zur Volltrunkenheit, für einen Feigling und Versager, aber ich hatte dabei nie das Bedürfnis, mir einen runterzuholen.
Diesmal aber waren die beiden Zustände untrennbar miteinander verbunden. Der Schatz des grünen Mantels war zum Greifen nahe gewesen, aber ich hatte es nicht geschafft, ihn mir zu nehmen, und war geflohen. Es war, wie gesagt, eine unruhige Nacht. Glücklicherweise schlief Rita tief und fest. Vermutlich träumte sie von Bartók.

Am nächsten Morgen, gleich nach dem Frühstück, ging ich zum Karmelitermarkt. Rita kaufte Kleider, wenn sie genervt war, ich Lebensmittel. Während der Fleischer die Lammkoteletts einpackte, fasste ich den Vorsatz, mein Leben zu ändern. Nebenan am Gemüsestand sagte ich mir, dass das der falsche Vorsatz war. Ich hatte ja gerade versucht, mein Leben zu ändern, und es war eine Katastrophe gewesen. Was ich mir vornehmen musste, war, mein Leben nicht zu ändern. Auf dem Rückweg nach Hause begann es mir besser zu gehen. Je länger ich über die Vorfälle in Alices Wohnung nachdachte, umso mehr gelangte ich zu der Ansicht, dass ich Glück gehabt hatte. In einer Orgie der Unvernunft hatte mein Schwanz das Vernünftigste getan.

Denken Sie jetzt nicht, ich wäre eines der vielen Opfer der Panikpropaganda im Schulaufklärungsunterricht. Ich bin keineswegs der Ansicht, dass die menschliche Sexualität keinen anderen Sinn hat als Geschlechtskrankheiten und einen qualvollen Tod herbeizuführen. Dass Alice AIDS-krank sein oder auch nur Filzläuse haben hätte können, kam mir nicht in den Sinn. Aber zu dem wenigen, das ich in der kurzen Zeit unseres Zusammenseins über sie erfahren hatte, gehörte, dass sie Interviews fälschte und Spaß daran hatte zu lügen. Möglicherweise hätte sie vorgegeben, die Pille zu nehmen oder sonstwie zu verhüten, und ich wäre unvorsichtig geworden (wäre ich? Ich weiß es nicht), und es hätte sich herausgestellt, dass sie eine jener Frauen war (für die Ritas Freundin Sylvia so große Bewunderung hegte), die nicht sexuelles Vergnügen suchten, sondern sich ein Kind wünschten und einen Befruchter brauchten (eine Auszeichnung immerhin, dass sie gerade mich ausgesucht hatte), und plötzlich hätte ich statt mit Rita mit einer anderen Frau ein Kind gehabt, und das wäre tatsächlich eine Katastrophe gewesen, die größte, die ich mir damals vorstellen konnte.

»Wie war sie?« war das erste, was Marlene wissen wollte, als ich den Dienst übernahm.
»Wer?«
»Aphrodite.«
Ich tat, als ob ich einen Augenblick überlegen müsse. »Du meinst Jessye Norman«, sagte ich dann. »Ich habe dir doch gesagt, ich gehe nicht hin.«
Sie war enttäuscht, aber sie ließ mich in Ruhe. »Du wirst es nie zu etwas bringen«, sagte sie, packte ihre Skripten zusammen und verschwand.
Glücklicherweise gab es an diesem Nachmittag ein paar Kopieraufträge und genügend Kundschaft, so dass ich abgelenkt war. Überhaupt hätte ich in diesen Tagen nichts dagegen gehabt, Überstunden zu machen. Allein zu Hause war ich meinem Kopf schutzlos ausgeliefert. Ich versuchte es mit schwieriger Lektüre, aber weder Virilio noch Thomas Mann konnten gegen Alice an. Also schrieb ich einen Sketch über einen alkoholkranken Hund, der glaubt, er könne es mit einem Löwen im Zoo aufnehmen (die Idee war von einem Gary Larson-Cartoon geklaut), und er schien mir gelungen genug, um ihn in die Mappe zu legen, in der ich jene Texte sammelte, die ich vorhatte an Fernsehsender zu schicken. Die restliche Zeit ging ich Billard spielen, besuchte meine Mutter – sie war inzwischen überzeugt, dass die Baranyi ermordet worden war, weil sie die Machenschaften der anderen Schwestern durchschaut hatte – und putzte einen großen Teil der Fenster, was bei Rita Freude, aber auch Befremden auslöste, weil ich diese Arbeit gewöhnlich so lange aufschob, bis wir sie gemeinsam erledigten.
Donnerstag abend war ich mir sicher, darüber hinweg zu sein. Du gehst nicht hin, und der Fall ist erledigt, sagte ich mir, während ich auf Athan wartete, einen meiner Englisch-Nachhilfeschüler. Er kam aus begüterten Verhältnissen und hatte wenig Ehrgeiz, selbst etwas zu seinem Fortkommen beizutragen, weil

er annahm, dass ihn seine Eltern doch durch die Schule kaufen würden. Der einzige Grund, warum ich ihn nicht längst hinausgeworfen hatte, war, dass sie mir anstandslos zweihundertfünfzig für die Stunde zahlten, obwohl er in den seltensten Fällen ein Genügend auf die Schularbeiten schaffte. Vermutlich schickten sie ihn nur deshalb zu mir, weil er sich wenigstens während dieser Zeit nicht herumtreiben konnte.

Das schwierigste am Schularbeitsstoff waren die Konditionalsätze.

»Was ist ein Konditionalsatz?« fragte ich.

»Weiß nicht«, sagte Athan. »Kann ich ein Glas Wasser?«

»Was? In die Luft sprengen?«

Er verdrehte die Augen. »Kann ich bitte ein Glas Wasser *haben*?«

Ich brachte es ihm. »Ein Konditionalsatz ist ein if-Satz. Was heißt ›if‹?

»Wenn.«

»Und wieviele Arten von ›if‹-Sätzen gibt es?«

Keine Antwort.

»Realis, Potentialis, Irrealis. Wirklichkeit, Möglichkeit, Unmöglichkeit. Beginnen wir mit der Wirklichkeit. Beispiel. Wenn irgendetwas geschieht, werde ich glücklich sein. Wie geht das auf Englisch?«

»Was heißt ›irgend etwas‹?«

»Sagen wir: Wenn *es* geschieht.«

»If it… Was heißt ›geschieht‹?

»To happen.«

»If it happen – «

»Dritte Person.«

»If it happens, I am… Was heißt ›glücklich‹?

»Happy.«

»Ich habe gedacht, das heißt ›geschieht‹.«

»Nicht ›to happen‹. Happy. Und nicht Present Tense im Hauptsatz, sondern Will-Future. I'll be. If it happens, I'll be happy.«
»If it happens, I'll be happy«, wiederholte Athan nickend, als habe er nie etwas anderes sagen wollen.
»Weiter. Pontentialis. Im Nebensatz Past Tense, im Hauptsatz ›would‹.«
»If it was happy – «
»Happy bist du.«
»If it happened, I would happy.«
»I would *be* happy.«
Und so ging das eine halbe Stunde lang weiter, bis wir beim Irrealis mit verneintem Nebensatz angelangt waren und Athan, nach mehreren Fehlversuchen, sagte: »If it hadn't happened, I would have been happy.« Und in meinen Kopf schlug ein Blitz ein, und ich sah mich in Alices Wohnung, und Alice lag nackt vor mir auf dem Bett, und ich sah mir zu, wie ich meinen Samen verspritzte, und mir war klar, dass ich zu optimistisch gewesen war, was meine Verdrängungsarbeit betraf.
Ich konnte mich nicht mehr konzentrieren und hörte daher mit der Grammatik auf und prüfte Athan in der verbleibenden Viertelstunde unregelmäßige Verben (die Trefferquote lag bei siebzig Prozent), dann kassierte ich und sah ihm zu, wie er in seine Chevignon-Jacke und seine Reeboks schlüpfte und die Wohnung verließ, vermutlich um in einem Drei-Sterne-Lokal noch einen Happen zu essen.
Dennoch glaube ich nicht, dass dieser Rückfall allein es war, was mich dazu brachte, meinen Vorsatz zu brechen. Rita hatte zumindest mit Schuld. Wenn sie schon eine Freundin haben musste wie Sylvia, hätte sie wenigstens vermeiden sollen, sie in unserer Wohnung zu treffen, wenn auch ich anwesend war.
Sylvia hatte im selben Jahr in der Alserbachstraße begonnen wie Rita. Sie unterrichtete Deutsch und Geschichte und arbeitete seit Jahren an einem Roman über die Wiener Frauen-

bewegung in der Zwischenkriegszeit, aus dem sie Rita (und nur Rita) hin und wieder vorlas. (»Vom Faktischen her hochinteressant«, sagte Rita einmal, als ich sie danach fragte, »aber sie kann nicht schreiben. Wehe, du sagst ihr das.«) Sie war mit einem später prominent gewordenen Journalisten verheiratet gewesen, von dem sie eine Tochter hatte und von dem sie sich bald hatte scheiden lassen, was ihr nicht zu verdenken war. Die letzten Ehejahre hatten sich die beiden kaum noch gesehen, er hatte entweder gearbeitet oder mit anderen Frauen gevögelt, was allerdings auch ihm nicht zu verdenken war. Sylvia war fett und boshaft und hasste Männer. Zweimal im Monat schrieb sie eine Frauenkolumne in einer Stadtzeitschrift, in der sie nacherzählte, was sie aus dem Internet holte, von den Websites amerikanischer Feministinnen. Meistens las ich sie. Zwar kannte ich die Originale nicht, aber soviel stand fest: Sie konnte auch nicht nacherzählen.

Rita wusste, dass ich Sylvia nicht mochte, und akzeptierte das, sofern ich akzeptierte, dass sie ihre beste Freundin war. Es war wohl ihr Umgang, den sie an ihr bewunderte, ihre Bekannten aus dem literarischen und journalistischen Milieu, mit denen sie oft nächtelang durch die Innenstadt zog, und dass sie es dennoch schaffte, ihren Beruf auszuüben und ein Kind großzuziehen. Sylvia wiederum genoss es, bewundert zu werden, aber ich nehme an, sie beneidete Rita auch um ihre Karriere – die jüngste Administratorin von Wien! –, und darum, dass sie kein Kind hatte und immer noch verheiratet war.

Gewöhnlich verließ ich die Wohnung, wenn ich wusste, dass ihr Besuch bevorstand, diesmal aber war sie unangemeldet gekommen. Als ich nach der Nachhilfestunde die Wohnküche betrat, saßen die beiden an der Theke und redeten über Vorhänge.

»Natürlich sind sie schön«, sagte Sylvia, »aber ich finde Vorhänge grundsätzlich Scheiße. Sie kapseln alles ab. Wenn

du durch Hamburg gehst zum Beispiel, kannst du überall reinsehen.«
»Ich weiß nicht«, sagte Rita. »Ich möchte nicht, dass mir jeder ins Schlafzimmer schaut.«
»Katholiken müssen immer ihre Sünden verstecken«, sagte Sylvia.
»Ich bin vor Jahren ausgetreten. Und ich halte es nicht für eine Sünde, in Unterwäsche herumzulaufen, wenn mir heiß ist. Trotzdem will ich dabei kein Publikum.«
»O là là«, sagte Sylvia, zu mir gewandt, als ich ein Bier aus dem Kühlschrank nahm, »bei euch muss es ja hoch hergehen.«
»Hallo Sylvia«, sagte ich, »alles bestens? Mareike wohlauf?«
Mareike war ihre Tochter.
»Ja. Sie wächst unglaublich. Sie reicht mir schon bis an die Brustwarzen.«
Klein für ihr Alter, hätte ich gern gesagt, aber das hätte meinen Tod bedeutet.
»In die wievielte Klasse geht sie jetzt? Vierte?«
Sylvia nickte. »Nächsten Herbst kommt sie ins Gymnasium.«
»Weißt du schon, wohin?« fragte Rita.
»Seitelschlaggasse. Dort gibt es einen Schulversuch mit einer reinen Mädchenklasse.«
An dieser Stelle machte ich einen kapitalen Fehler. Es bestand keine unmittelbare Torgefahr, der Gegner stand einige Meter von mir entfernt, aber statt den Ball einfach wegzuschlagen, begann ich zu dribbeln. Ich sagte: »Reine Mädchenklassen sind ein Rückfall ins Mittelalter.«
Sylvia schüttelte den Kopf. »Es ist erwiesen, dass Koedukation den Mädchen schadet. Die Buben kriegen die ganze Aufmerksamkeit, und die Mädchen werden nicht gefördert.«
»Dafür lernen sie, mit dem anderen Geschlecht umzugehen.«
»Glaubst du immer noch, dass der Sinn des Lebens einer Frau in nichts anderem besteht als zu heiraten?«

»Nein, aber – « (Ich hatte mich verdribbelt.)
»Frauen leisten mehr als Männer, aber Männer haben die besseren Jobs. Und warum haben sie die besseren Jobs? Weil sie die bessere Ausbildung haben. Und warum haben sie die bessere Ausbildung? Weil jeder Furz, den ein Knabe lässt, als Leistung gilt. Und wenn sich die Mädchen über den Gestank beschweren, wird ihnen gesagt, sie sollen rausgehen, damit die Knaben weiterfurzen können. Das ist Koedukation.«
Ich blickte zu Rita. »Glaubst du diesen Blödsinn auch?«
»So unproblematisch ist Koedukation nicht«, sagte sie.
»Männer können nichts als furzen und ihre Furze als Leistung verkaufen?«
»Was Sylvia sagen will, ist – «
»Und wer montiert die Vorhangstangen, damit ihr eure Scheiß-Seidenvorhänge aufhängen könnt?« (Das Auftauchen eines zweiten Stürmers hatte mich in Panik versetzt. Mir blieb nur der Rückpass, aber schon als ich den Ball abschlug, war mir klar, dass er beim Gegner landen würde.)
Sylvia grinste. »Rita hat mir gesagt, wie lang du dazu gebraucht hast.«
»Ist es meine Schuld, dass die Wände in so miserablem Zustand sind?« (Ich sprintete dem Ball nach.)
»Natürlich nicht. Aber ein polnischer Pfuscher wäre schneller gewesen. Und billiger, insgesamt gesehen.«
»Warum hat Rita dann keinen polnischen Pfuscher geheiratet?« (Und stolperte. Der Gegner genoss es, noch ein wenig zu gaberln, bevor er abschloss.)
»Du weißt, ich mag dich wirklich gern, Artur«, sagte Sylvia, »aber siehst du nicht, dass genau da das Problem liegt? Du bist Akademiker, und ich soll es für eine Leistung halten, wenn du fünf Vorhangstangen in drei Tagen montierst?«
»Sechs.« (Kein Kommentar.)
»Wenn eine Frau das versuchte, würde man sie auslachen.«

(Der Ball war im Tor. Ich musste mich auswechseln lassen.) Ich nahm Glas und Bierflasche und ging.
»Artur!« sagte Rita. »Sei doch nicht immer gleich beleidigt!«
»Ich will euch nicht das Zimmer vollfurzen«, sagte ich.
Rita schüttelte den Kopf, aber sie machte keine Anstalten, mich zurückzuhalten oder ihre Scheißfreundin aus der Wohnung zu werfen. Sollte sie doch sehen, wie sie ohne mich zurechtkam. Es gab auch andere Vereine. Freitag um halb sieben war Probetraining.

8

Das Café war besser besucht als bei unserem ersten Treffen. Ich ging einmal durch das ganze Lokal, ohne Alice zu entdecken, und machte zur Sicherheit eine zweite Runde, aber sie war tatsächlich nicht da. Das schien mir kein Grund zur Beunruhigung. Wäre ich sie gewesen, ich wäre auch zu spät gekommen, um mich ein wenig zu ärgern nach den Ereignissen von Montag. Dass sie überhaupt nicht kommen könnte, hielt ich für ausgeschlossen.

Ich holte eine Tageszeitung, setzte mich an den einzigen freien Tisch und schlug in der Wochenendbeilage die Seite mit dem Schachproblem auf. Ich spiele miserabel Schach, ich kann nicht mehr als zwei Züge vorausdenken. Jedes Schachproblem, das über ein Matt in zwei Zügen hinausgeht, ist für mich unlösbar. Dennoch mag ich Schachprobleme. Sie sind der Inbegriff des Sinnlosen. Menschen zerbrechen sich den Kopf über Stellungen, die in einem realen Spiel nie zustandekommen würden. Vermutlich werden die meisten Schachprobleme von Zen-Mönchen konstruiert. Sie beliefern Tageszeitungen in aller Welt damit, und ihre Klöster werden enorm reich.

Diesmal ging es um ein Matt in vier Zügen. Ich hatte keine Chance. Ich war mir sicher, dass ich eine Figur opfern musste, also versuchte ich es erst mit der Dame, dann mit dem Springer, dann mit dem Turm, aber nichts davon brachte mich weiter. Als ich aufgab, war es sieben.

Um viertel nach war mir klar, dass Alice nicht kommen würde und dass es am vernünftigsten wäre zu gehen. Aber mich machte der Gedanke krank, dass sie dem nächsten Mann, den

sie kennenlernte, erzählen würde, was für ein Idiot ich war, und er würde mit Genugtuung zuhören.
»Unglaublich«, würde er sagen, »er lässt sich für dich zusammenschlagen, und dann ist er nicht imstande, dich zu ficken?«
»Genau so war es.«
»Hat er nicht wenigstens versucht, dich wiederzusehen?«
»Keine Ahnung. Ich habe ihn in ein Café bestellt, aber ich bin nicht hingegangen.«
»Kannst du dir sein Gesicht vorstellen, als er nach einer Stunde aufgegeben hat?«
Und sie würden sich wälzen vor Lachen und und.
Ich beschloss, ihr (mir) noch zehn Minuten zu geben, und versuchte auszusehen wie ein Kaffeehausgast, der interessiert Zeitung liest. Es gelang mir ganz gut, nur das Bier- und das Tequilaglas passten nicht ins Bild.
Alice erschien nicht. Dafür erschien, gerade als ich aufstand um zu gehen, ein Rosenverkäufer. Ich änderte meine Pläne und kaufte sieben rote Rosen. Falls Alice nicht zu Hause war, konnte ich sie Rita schenken. Ich würde ihr sagen, dass es mir leid täte wegen meines Streits mit Sylvia, aber dass sie mich in Zukunft vorbereiten solle, wenn sie zu Besuch kommt. So war das Geld für die Rosen auf keinen Fall vergeudet.
Da ich Alices Nachnamen nicht kannte und daher nicht wusste, wo ich klingeln musste, wartete ich, bis jemand das Haus verließ. Es dauerte nicht lang. Der Mann war um die fünfzig und ziemlich angetrunken.
»Hochzeitstag?« fragte er, als er die Rosen bemerkte.
»Geburtstagsfeier«, sagte ich. »Eine alte Freundin.«
»Hoffentlich machen Sie nicht zuviel Lärm.«
»Das ist nicht vorgesehen.«
»Bei euch jungen Leuten weiß man nie.«
»So jung sind wir nicht.«

Er machte eine abfällige Handbewegung und ging, um sich in einem der umliegenden Wirtshäuser den Rest zu geben.
Ich horchte an der Wohnungstür und hörte Alice in der Küche herumgehen. Ich läutete. Die Geräusche verstummten. Nach längerem Warten läutete ich ein zweites Mal. Klopfte. »Alice!« rief ich, »mach auf! Ich weiß, dass du da bist.«
Die Tür wurde einen Spalt breit geöffnet, Sperrkette vorgelegt.
»O du Scheiße«, sagte Alice.
»Ist das deine Standardbegrüßung?«
Sie schien nicht zu Scherzen aufgelegt. »Was willst du?« fragte sie, und es klang wie ein Befehl zu verschwinden.
»Ich habe im Café auf dich gewartet.«
»Und? War ich da?«
»Nein, aber – «
»Na also.« Sie wollte die Tür zudrücken. Ich schob meinen Fuß dazwischen.
»Warte doch!«
»Nimm den Fuß weg!«
»Es tut mir leid wegen letztem Mal. Ich möchte – «
»Schon vergessen. Aber jetzt nimm den Fuß weg, oder ich hole einen Hammer.«
»Alice! Bitte! Ich weiß, ich hätte nicht gehen sollen, aber – «
»Jetzt *sollst* du gehen.«
Ich hielt ihr die Rosen hin. »Bitte lass mich rein. Lass uns reden.«
Sie überlegte einen Augenblick und schüttelte dann den Kopf.
»Es gibt nichts zu reden. Es geht nicht.«
»Warum nicht?«
»Darum.«
»Wenn du mich nicht reinlässt, bleibe ich bis Mitternacht hier stehen.«
»Sei vernünftig. Es geht nicht, glaub mir.«
»Ist jemand bei dir?«

Sie blickte nach hinten, dann wieder zu mir und nickte eifrig.
»Schlimmer als Sonja Kirchberger«, sagte ich. »Lass mich rein. Ich will nur reden, sonst nichts. Ich will nicht, dass es so endet.«
»Ein andermal.«
»Ein andermal ist zu spät.«
Sie verlegte sich aufs Betteln: »Morgen, okay?«
»Morgen kann ich nicht.«
»Aber du kannst jetzt nicht reinkommen. Es sieht schrecklich aus hier.«
»Das letzte Mal hast du das auch gesagt, und – «
»Diesmal ist es schlimmer.«
» – und der Anblick war der schönste, an den ich mich erinnern kann.«
Wieder eine kurze Pause. »Nein«, sagte sie entschlossen und versuchte wieder, die Tür zuzudrücken.
»Also bleibe ich hier stehen«, sagte ich, ebenfalls entschlossen. »Die Nachbarn werden mich für verrückt halten. Und sie werden dich für verrückt halten, weil du einen Mann mit sieben roten Rosen nicht in deine Wohnung lässt.«
»Die halten mich sowieso für verrückt. Und sie haben recht damit. Darum bitte ich dich zu gehen.«
»Nein.«
»Ist das dein letztes Wort?«
»Ja.«
Pause.
»Und du versprichst, nicht zu sagen, es wäre besser gewesen, ich hätte dich weggeschickt?«
»Indianerehrenwort.«
Lange Pause. Sperrkettengeräusch.
»Dann komm.«

Ich war stolz auf mich. Ich bin kein Mensch, der sich leicht durchsetzt. Wenn Rita und ich ins Kino gehen, landen wir immer in dem Film, den sie vorschlägt. Ich freue mich auf das Herschell Gordon Lewis-Festival, und stattdessen sehen wir *Tagebuch eines Landpfarrers*. Nicht dass mir Bresson nicht gefiele, aber außer den Laiendarstellern verbindet ihn nicht viel mit Herschell Gordon Lewis.

Diesmal hatte ich mir schon auf dem Weg zu Alices Wohnung vorgenommen, standhaft zu bleiben, und es war gelungen. Die Wohnung sah tatsächlich schrecklich aus, die Abwasch quoll über, der Herd war nicht abgeräumt, und es stank, als habe jemand sämtliche Vorhänge und Teppiche mit Wodka getränkt. Das Verstörendste aber waren die Männerbeine auf dem Fußboden im Zimmer. Mehr als verschlissene Turnschuhe und Jeans unterhalb der Knie waren durch die halb offene Tür nicht zu erkennen, aber zu irgendeinem Körper mussten diese Beine ja gehören, und dass der offenbar reglos auf dem Boden lag, war beunruhigend. Alice war stehengeblieben und machte, als ich sie fragend anschaute, eine Kopfbewegung, die mich aufforderte weiterzugehen. Ich schob die Tür ganz auf und stellte fest, dass die Beine Arschloch gehörten. Er lag langgestreckt auf dem Rücken, unter seinem Hinterkopf hatte sich ein dunkler Fleck gebildet. Ich hatte damals noch keine Erfahrung in solchen Dingen und konnte daher nicht entscheiden, ob er tot war. Lebendig jedenfalls sah er nicht aus.

Ich starrte ihn eine Zeitlang an, dann drehte ich mich zu Alice um, die immer noch schweigend in der Küche stand. Sie können sich vermutlich denken, was ich dachte. Aber ich sagte es nicht.

9

Arschloch war tatsächlich tot, und ich versuchte, mir darüber klarzuwerden, woran er gestorben war. Volltrunkenheit, Gleichgewichtsprobleme, gestolpert, nach hinten gestürzt, Kopf gegen die Tischkante, und schöne Nacht noch, das war das Wahrscheinlichste. Möglich auch, dass Sturz und Kopfverletzung Folgen eines schon vorher eingetretenen Todes waren. Herzinfarkt zum Beispiel, immer öfter haben das junge Menschen. Oder er war an einer Überdosis krepiert. Junkiearschloch. Oder es hatte sich gänzlich anders abgespielt. Ein Fenster war offen gestanden, und aus dem Haus gegenüber hatte jemand ein Maurerfäustel über die Straße geschleudert. Oder ein ferngesteuertes Modellflugzeug war außer Kontrolle geraten und hatte ihn am Kopf erwischt, es ereignen sich die erstaunlichsten Dinge.

Oder Alice hatte ihn erschlagen.

In plötzlicher Panik drehte ich mich um, aber sie stand an den Türpfosten gelehnt, Blick auf den Leichnam, die Hände vor der Brust verschränkt, und sah nicht aus, als habe sie irgendwo einen Eispickel versteckt, um den lästigen Zeugen zu beseitigen.

»Was war hier los?« fragte ich.

»Sieht man das nicht?«

»Ich meine: Wie ist es passiert? Warum ist er überhaupt hier? Ich habe gedacht, du – «

»Er muss einen Schlüssel gehabt haben. Vermutlich hat er sich einen nachmachen lassen, bevor er ihn mir zurückgegeben hat.«

»Trotzdem. Du hättest die Sperrkette vorhängen können. Mich hast du auch nicht reingelassen.«

»Ach? Nein?«
»Ich meine, du hättest mich nicht reingelassen, wenn du mich nicht hättest reinlassen wollen.«
»*Du* wolltest. Bring das nicht durcheinander.«
»Aber ich wäre nicht reingekommen, wenn du es nicht schließlich doch gewollt hättest.«
Es war verrückt. Arschloch lag tot neben mir auf dem Boden, und ich stritt mit Alice, ob sie mich hatte reinlassen wollen oder nicht. Schockreaktion vermutlich.
»Also gut«, sagte sie. »Ich habe dir einen Gefallen getan und dich reingelassen, jetzt tu du mir einen Gefallen und geh wieder.«
»Bist du verrückt? Ich kann nicht gehen!«
»Natürlich kannst du. Linker Fuß vor, rechter Fuß vor, so schwierig ist das nicht.«
»Ich kann dich nicht hier allein lassen.«
»Beim letzten Mal hast du es auch gekonnt.«
»Fang jetzt nicht damit an!«
»Ich wollte das nur klarstellen«, sagte sie und verschwand in der Küche. Ich hörte, dass sie etwas in ein Glas goss.
»Hältst du es für klug, jetzt zu trinken?« rief ich.
»Mineralwasser«, sagte sie, als sie wieder im Zimmer erschien, ein Glas in der Hand, mit dem sie auf den Leichnam deutete. »Er hat nichts übriggelassen.«
Ich beruhigte mich ein bisschen und nahm mir vor, mich zu konzentrieren und Schritt für Schritt den Hergang zu rekapitulieren.
»Der Reihe nach: Er hatte einen Schlüssel. Mit dem ist er reingekommen, egal ob du es wolltest oder nicht. Ihr habt geredet. Ihr habt gemeinsam Wodka getrunken. Ihr habt – «
»Wir haben nicht gemeinsam Wodka getrunken. Als ich nach Hause gekommen bin, war nichts mehr da.«
»Du meinst, er war vor dir in der Wohnung?«

»Sage ich doch! Er hat auf mich gewartet!«
Neuer Anlauf: »Er will zu dir. Er läutet, niemand macht auf. Er nimmt seinen Schlüssel. Sperrt auf. Setzt sich hin, trinkt deinen Wodka. Und was wollte er von dir? Nur reden? Oder wollte er dich – …« Ich konnte es nicht aussprechen. Ich habe keine Schwierigkeiten, sowas hinzuschreiben in meinen Sketches, aber es ist mir unmöglich, es auszusprechen.
Alice lachte. »So voll, wie er war? Ich hätte ihn nur mit dem Finger anzutippen brauchen, und er wäre umgefallen.«
»Ich verstehe«, sagte ich. »Und dabei ist er mit dem Kopf gegen einen Stuhl oder das Bett geknallt.«
Ich war mir sicher, dass das die Lösung war und dass Alice nun nicken würde. Stattdessen starrte sie mich böse an.
»Du siehst zuviele amerikanische Filme«, sagte sie und machte einen Schritt auf mich zu. »Du weißt, was passiert ist, oder?«
»Du meinst… Du meinst, du hast ihn – …« Wieder Aussprechsperre.
Sie kam näher. »Na los! Sag es! Los! Ihn umgebracht? Ja?«
Ich begann zurückzuweichen. »Nein. Nein, aber… In deiner Wohnung liegt ein toter Mann, und ich denke immer noch, es war ein Unfall, aber gerade hast du gesagt, es war kein Unfall, und dann hast du…«
Bemerken Sie, wie ich jammerte? Ich schiss mir in die Hosen. Ich schiss mir in die Hosen vor dieser Frau, zu der ich gegangen war, um mit ihr zu schlafen, die einen Kopf kleiner war als ich und keine Waffe trug. Aber man konnte nie wissen, womöglich hatte sie in irgendetwas Asiatischem einen schwarzen Gürtel.
Sie stand nun dicht vor mir. »Sag mir, was du denkst«, sagte sie. »Was genau ist deiner Ansicht nach hier vorgegangen?«
»Er ist« – ich ruderte mit den Armen – »er ist gestorben, einfach so. Gehirnschlag. Herzinfarkt. Ja. Oder Überdosis. Heroin gemischt mit Wodka, noch dazu wollte er dich na du weißt

schon, das war zuviel für ihn. Und im Hinfallen hat er sich den Kopf – «

»Er wollte mich nicht na du weißt schon.« Alice wandte sich ab und ging in die Küche, um sich Wasser nachzugießen. »Er hätte mich auch unmöglich na du weißt schon können. Er war schon tot, als ich nach Hause gekommen bin.«

Es wurde immer verwirrender. Die Sache mit dem Modellflugzeug schien mir nicht mehr ganz unwahrscheinlich.

Sie erschien wieder im Zimmer und sagte: »Es war der andere.« Haben Sie gehört? Es war der andere. Sie sagte das ganz selbstverständlich, so wie man sagt: Schönes Wetter draußen. Es hätte mich nicht gewundert, wenn in diesem Augenblick knarrend eine Kastentür aufgegangen und eine weitere Leiche herausgefallen wäre. Ich überlegte, ob ich mich je im Leben in einer schlimmeren Lage befunden hatte, und kam zu dem Ergebnis, dass nein. Seltsamerweise machte mich diese Erkenntnis ruhiger. Nichts mehr zu verlieren, diese Geschichte.

»Erklär mir das«, sagte ich.

»Vielleicht hatte er überhaupt keinen Schlüssel«, sagte Alice. »Vielleicht ist er mit einem Profieinbrecher gekommen. Er kannte solche Typen. Er selber hätte die Tür nur eintreten können, und die war nicht eingetreten. Vielleicht hatte er Schulden und hat dem anderen versprochen, dass es bei mir etwas zu holen gibt. Und als sie nichts gefunden haben, hat ihm der eins über den Schädel gezogen.«

Ich blickte mich im Zimmer um. »Es sieht nicht so aus, als ob hier jemand etwas gesucht hätte.«

Alice war klar, dass sie diesmal zu durchsichtig gelogen hatte. »War nur ein Versuch«, sagte sie und trank ihr Glas leer. »Wäre ja möglich gewesen, dass du Angst gekriegt hättest und davongerannt wärst. Aber offenbar tust du das nur, wenn du nicht sollst.«

»Sag mir endlich, was los war. Ohne Geschichten.«

»Ich bin nach Hause gekommen, er ist auf dem Bett gesessen, voll mit meinem Wodka. Das einzige, was zu verstehen war, waren seine Beteuerungen, dass er mit dem Saufen aufgehört habe. Ich nehme an, er wollte Geld. Geld und das Video.«

»Was für ein Video?«

»Bambi.«

»Bambi?«

»Vergiss es.«

Ich tat mein Bestes. »Und wie ist er gestorben?« fragte ich.

»Ich habe ihn angebrüllt.«

»Davon stirbt man nicht.«

»Er schon. Er hat versucht, mich zu küssen, da habe ich ihn angebrüllt und weggestoßen, und er ist umgefallen und mit dem Kopf gegen die Bettkante geknallt. Ich hatte keine Lust auf Mund-zu-Mund-Beatmung. Sie hätte auch nichts genützt.«

»Genau das habe ich gesagt, und du hast behauptet, ich sehe zuviele amerikanische Filme.«

»Ist das hier keiner? Willst du behaupten, das hier ist nicht der letzte Billigscheiß? Allein dein Auftritt! Welcher Trottel denkt sich so etwas aus?«

»Herschell Gordon Lewis«, sagte ich.

»Herschell was?«

»Warum hast du keinen Krankenwagen gerufen?«

»Die nehmen keine Toten mit. Ich habe es bei der Tierkörperverwertung versucht, aber da lief ein Tonband.«

»Hältst du das für den richtigen Zeitpunkt für Scherze?«

»Das ist kein Scherz.«

»Du hättest die Polizei verständigen müssen.«

»Vor einer Stunde war ich noch nicht Miss Logik. Er wollte mich küssen, und ich habe ihn weggestoßen, und er ist umgefallen und dann ist er dagelegen, und ich habe ihn angestarrt und gedacht: Scheiße, er ist tot. Und dann habe ich gedacht: Wunderbar, er ist tot. Und dann bin ich spazieren gegangen.«

Diesmal, glaube ich, schrie ich: »Du bist spazieren gegangen?!«

»Einmal um den Block. Ich hätte eine zweite Runde machen sollen, dann hätte ich jetzt ein Problem weniger.«

Ich bemühte mich, ruhig zu bleiben. »Was willst du jetzt tun?«

Sie zuckte mit den Schultern. »Die Polizei rufen.«

»Du kannst die Polizei nicht rufen. Was willst du ihnen erzählen?«

»Was ich dir erzählt habe. Was war.«

»Niemand wird dir glauben. Nicht, wenn sich herausstellt, dass er schon seit zwei Stunden tot ist.«

»Anderthalb.«

»Außerdem…« Ich stockte. Plötzlich wusste ich, warum ich mich weigerte zu gehen. Ich war gesehen worden. Auch wenn Alice vorhatte, mich draußenzuhalten, die Polizei würde Zeugen befragen. Irgendjemand würde sich an mich erinnern, und sie würden mich finden, und auch wenn ich glaubhaft machen könnte, dass ich mit Arschlochs Tod nichts zu tun hatte, wäre mein Leben ruiniert. »Außerdem ist das jetzt auch meine Angelegenheit«, sagte ich.

»Ich kann mich nicht erinnern, dass du hier warst«, sagte sie. »Warum bist du überhaupt hier? Ich habe dich nicht eingeladen.«

»Doch, du hast mich eingeladen. Du hast mich ins Café bestellt.«

»Aber ich bin nicht hingegangen.«

»Du hast dir denken können, dass ich dann hierher komme.«

»Fang nicht wieder an. Du sollst endlich gehen. Irgendwie kriege ich das schon hin.«

»Nein. Du kriegst es nicht hin. Jetzt nicht mehr. Du hättest sofort anrufen müssen. Jetzt müssen wir es anders machen.«

Alice sah mich erstaunt an. »Wir?«

Wir, ja. Ich war zu allem entschlossen. Ein ungewohntes Gefühl, aber kein unangenehmes. Arschloch musste verschwinden, es musste rasch geschehen, und ich fühlte mich dazu imstande.

Alice ging zum Telefon. »Besser, du gehst jetzt.«

Ich nahm ihr den Hörer aus der Hand. »Hör mir zu«, sagte ich. »Ich tue das nicht, um dir zu helfen. Reiner Egoismus. Ich lebe ein ruhiges Leben. Ich bin verheiratet und will es bleiben.«

»Ach«, sagte Alice. »Deswegen bist du hier? Um deine Ehe zu retten?«

Gute Antwort, zugegeben. Aber ich überhörte sie, ich war zu sehr mit anderen Dingen beschäftigt. Zum ersten Mal im Leben hatte ich eine Entscheidung zu treffen, von der mehr abhing als ob wir zu Hause essen würden oder auswärts.

»Er muss verschwinden«, sagte ich.

Alice schaute auf den Leichnam und schnippte mit den Fingern. »Er ist immer noch da«, sagte sie.

»Es wäre nett, wenn du mir helfen würdest.«

»Willst du ihn klein sägen und stückweise abtransportieren?«

»Würdest du das aushalten?«

»Nein.«

»Dann fang endlich an nachzudenken. Ist er mit dem Auto gekommen?«

Sie nickte. »Es steht vor der Haustür. Sensationell. Das war das erste, was er gesagt hat: Schenschaschjonell. Ich habe einen Parkplatz direkt vor der Haustür gekriegt. Heute muss mein Glückstag sein.«

»Glatte Fehleinschätzung. Hast du ein Auto?«

»Nicht wirklich. Einen R 4.«

»Er muss nur fahren.«

»Meistens tut er das.«

»Okay. Wir ziehen ihn an und nehmen ihn zwischen uns. Wir bringen ihn runter und setzen ihn in sein Auto. Und dann fahren wir raus. Es gibt viele Baggerseen in der Umgebung. Da ist niemand um diese Jahreszeit.«

»Und warum sollte dann ausgerechnet er an einen Baggersee fahren?«

»Mit soviel Alkohol im Blut kommen die Menschen auf die verrücktesten Ideen.«

»Du siehst nicht nur zuviele amerikanische Filme, du siehst auch zuviel deutsches Fernsehen.«

Alice hatte recht. Die Baggerseeidee war Schwachsinn. Es war schwieriger, als ich gedacht hatte.

»Was hältst du von der Höhenstraße?« sagte sie. Ihre Frage erleichterte mich. Immerhin begann sie mitzuarbeiten. Grundsätzlich war die Höhenstraße auch eine Möglichkeit. Man konnte ihn mit dem Auto irgendeinen Abhang hinunterstürzen lassen.

»Hast du einen bestimmten Platz im Auge?«

»Es gibt genügend, die sich eignen. Ich fahre voraus.«

»Und welche Art von Unfall schwebt dir vor?«

»Kein Unfall«, sagte Alice. »Es war Mord.«

»Einen Unfall vertuschen, indem man einen Mord vortäuscht? Spinnst du?«

»Die Gerichtsmediziner sind keine Trottel. Sie finden heraus, dass er schon tot war, bevor er mit dem Auto gegen einen Baum gefahren ist. Unnötiges Risiko, so etwas zu versuchen. Sie werden nicht bei mir nach seinem Mörder suchen, wenn wir ihn auf der Höhenstraße abstellen, schließlich war es schon lange aus zwischen uns. Das einzige, was wir tun müssen, ist, ihn unbemerkt dorthin bringen.«

Ich überlegte, ob mir ihre Idee gefiel.

»Wir können es auch bleiben lassen«, sagte Alice. »Du gehst, und ich rufe die Polizei, das wäre das Klügste.«

»Nein… Nein. Lass es uns so machen.«

»Welche Schuhgröße hast du?«

»Zweiundvierzig. Oder dreiundvierzig, je nach Schnitt. Die hier sind Dreiundvierziger.«
»In größere Schuhe passt man immer.« Sie öffnete einen der Schränke und kramte ein Paar Turnschuhe hervor. »Sie haben ihm gehört«, sagte sie, »zieh sie an.«
»Nein! Ich will nicht in seinen Schuhen stecken! Warum hast du überhaupt noch Schuhe von ihm in deiner Wohnung, wenn es längst aus ist zwischen euch?«
»Ich habe sie behalten, um ihm etwas nachwerfen zu können, falls er doch wieder auftaucht. Zieh sie schon an. Falls man irgendwo Fußspuren findet, wird man nach jemandem mit Schuhgröße sechsundvierzig suchen.«
Es waren keine Schuhe, es waren Boote. Aber wenn man die Bänder fest zuzog, hielten sie. Alice hatte inzwischen Mütze und Handschuhe geholt, und wir machten uns daran, Arschloch aufzurichten. Wir zogen ihm seine Jacke an – eine dieser Armeejacken, wie sie alle Arschlöcher tragen – und setzten ihm seine Baseballmütze auf, Schirm nach hinten. Wenn der Kragen hochgeschlagen war, war von dem Blut, das den Hemdrücken tränkte, nichts zu bemerken.
Alice fischte den Autoschlüssel aus seiner Tasche. »Du fährst mit seinem Wagen«, sagte sie. »Den R 4 muss man behandeln können.«
Wir stellten Arschloch auf die Beine – er war weniger schwer als er aussah –, betrachteten uns im Wandspiegel und machten Gehversuche. Zu zweit ging das ganz gut. Falls wir auf dem kurzen Weg bis zum Auto tatsächlich jemandem begegneten, würden wir ihn als schwerbetrunkenen Bekannten ausgeben können, den wir nach Hause brachten. In Favoriten war ein solcher Anblick nicht ungewöhnlich.
Wir waren schon an der Wohnungstür, als Alice plötzlich innehielt. »Halt ihn einen Augenblick«, sagte sie, »ich habe etwas vergessen.«

10

Wenn Sie erraten, was es war, das sie vergessen hatte, Respekt. Aber Sie erraten es nicht. Es waren die Rosen. Sie lagen immer noch dort, wo ich sie im ersten Schock abgelegt hatte, auf der Geschirrablage neben der Abwasch. Also ließ sie mich mit Arschlochs Leichnam im Arm an der Tür stehen, stieg auf einen Schemel, holte aus dem obersten Fach des Küchenschranks eine Vase, füllte sie mit Wasser und frischte die Rosen ein. Als sie sich auch noch anschickte, sie gefällig zu arrangieren, verlor ich die Nerven.

»Hältst du das jetzt für unbedingt nötig?«

»Sie verwelken sonst, bis ich wiederkomme.«

»Dieser Fettsack wiegt mindestens fünfhundert Kilo!«

»Vierundachtzig. Jedenfalls vor einem halben Jahr.«

Immerhin begnügte sie sich mit dem Zufallsarrangement, kam zurück und legte sich Arschlochs Rechte um die Schultern.

Der Weg zum Lift und der Transport nach unten verliefen ohne Zwischenfälle. Als wir allerdings den Lift verließen, betrat der Alte das Haus, mit dem ich bei meiner Ankunft gesprochen hatte. Er tastete sich die Wand entlang und hätte sicher nichts dagegen gehabt, ebenfalls gestützt zu werden.

»Abend, Herr Srbal«, sagte Alice freundlich. »Geht's Ihrer Frau gut?«

Der Alte brabbelte etwas Unverständliches und stolperte an uns vorbei. Ich war nicht sicher, ob er uns überhaupt wahrnahm. In einem der oberen Stockwerke hörte man eine Tür aufgehen.

»Alfred?«

Er stieß einen unartikulierten Laut aus. Die Tür wurde zugeworfen.

»Zumindest wird seine Alte nicht aus dem Fenster schauen«, sagte Alice, während wir Arschloch durch die Eingangstür bugsierten. »Wir haben perfekt getimt.«

»Sehen die Leute hier viel aus dem Fenster?«

»Sei nicht so ängstlich. Man muss an sein Glück glauben.«

Ich versuchte es. Ich versuchte mit aller Kraft, an mein Glück zu glauben. Was ich durchmachte, war eine Prüfung, sagte ich mir. Hätte Polykrates sich nur einmal so beschissen gefühlt wie jetzt ich, wäre ihm manches erspart geblieben. Es konnte nur bergauf gehen. Schon dass das Auto direkt vor der Haustür parkte: Glück. Keine Minute verging, bis wir Arschloch auf den Beifahrersitz gehievt und festgemacht hatten, dabei immerzu begütigend auf ihn einredend wie auf einen Betrunkenen.

»Wir müssen in verschiedenen Richtungen wegfahren«, sagte ich zu Alice. »Und du musst winken. Ich warte an der Kreuzung.«

Die Lichthupe wäre nicht nötig gewesen, um mich aufmerksam zu machen. Alices R 4 war nicht zu übersehen in der Menge der gepflegten Mittelklassewagen, die an mir vorüberrauschte, und ich schickte ein Stoßgebet zum Himmel, dass er wenigstens fahrtauglich und die Prüfplakette in Ordnung war. Und dass Alice langsam fahren würde und nicht allzu oft die Spur wechseln. Ich fahre nicht viel Auto. Es ist am günstigsten, wenn ich auf der Mittelspur bleibe und mich dem Automatismus überlasse, wie beim Schwimmen. Wer beim Schwimmen dauernd daran denkt, was er als nächstes tun muss, ist rasch ertrunken. Vermutlich sterben deshalb in den Bädern hauptsächlich kleine Kinder und alte Menschen. Die Kinder haben gerade erst schwimmen gelernt und wollen alles richtig machen, die Alten sind nicht sicher, ob sie es noch können, also konzentrieren sie sich auf ihre Bewegungen, und schon ist es passiert.

Mit solchen und ähnlichen Gedanken versuchte ich mich abzulenken, und als mir nichts mehr einfiel, sagte Arschloch: »Du fährst miserabel. Es tut weh, wie du schaltest.«
Ich erschrak und verriss den Wagen. Der Leichnam kippte an meine Schulter. Ein Taxler hupte mich an. Ich hatte Lust, ihm den Mittelfinger zu zeigen, aber Taxler sind unberechenbar, und ich wollte nicht das Risiko eingehen, dass er mich abdrängte und zum Anhalten zwang. Nachdem ich Arschloch wieder in seine ursprüngliche Position zurückbefördert hatte, sagte ich: »Halt's Maul. Du bist tot.«
»Trotzdem fährst du miserabel. Wenn du fickst, wie du Auto fährst…«
Ganz klar, er wollte mich provozieren. Er wollte, dass ich einen Unfall hatte. Ich hätte ihn ignorieren sollen, aber ich sagte: »Besser schlecht ficken als ausgefickt für immer.« (Er war tot, daher konnte ich es aussprechen.)
»Sie wird mir noch nachweinen.«
»Das bezweifle ich.«
»Warte, bis du mit ihr fickst.«
»Wie war das noch? Du hast versucht, sie zu küssen, und sie hat – «
»Sie hat dir Märchen erzählt. Ich hatte sie gerade scharf gemacht, da kam dieses Modellflugzeug.«
»Hältst du mich für blöd?«
»Nein. Ich halte dich für Einstein. Wo Hirn, kein Schwanz.«
Ich biss die Zähne zusammen. »Presslufthammerfraktion, was?« sagte ich.
»Alice *liebt* Presslufthämmer«, sagte Arschloch.
Ich nannte ihn beim Namen, ziemlich laut, und wollte ihm ins Gesicht spucken. Glücklicherweise beherrschte ich mich. Speichel ist verräterisch, und ich hatte schon zuviel versprüht, als ich ihn angeschrien hatte. Immerhin hielt er den Mund. Allerdings nicht lange. »Was, wenn sie dich abhängt?« sagte er,

so deutlich, dass ich kurz zu ihm blickte, um mich zu überzeugen, dass er tatsächlich tot war. Er war es.

»Warum sollte sie?« fragte ich.

»Für sie wäre es das Beste. Sie verschwindet, und du weißt nicht, was du tun sollst. Oder willst du auf den Postautobus warten auf der Höhenstraße?«

»Du projizierst deinen Charakter auf andere.«

»Sie ist unberechenbar, glaub mir! Ich weiß das, schließlich habe ich lang genug mit ihr – «

»Halt's Maul!« Wieder hatte ich geschrien.

»Oder sie bremst und lässt dich auffahren. Sie holt die Polizei und tut, als ob sie dich noch nie gesehen hätte. Du haust ab, Polizei hinterher, Verfolgungsjagd, wie in einem amerikanischen Film, nur kürzer, so wie du fährst.«

Ich bemühte mich, ihn zu ignorieren.

»Ich habe dich gewarnt«, sagte er, »ich habe dir gesagt, lass die Finger von ihr.«

»Hast du nicht. Du hast gesagt: Hau ab, das hier geht dich nichts an. Aber ich sehe nicht zu, wenn eine Frau verprügelt wird.«

»Und wenn sie eine fünfzigjährige Nutte gewesen wäre mit einem Arsch wie Jessye Norman?«

Daran können Sie sehen, wie tot er war. Typen wie er kennen Jessye Norman nicht, oder sie halten sie für einen amerikanischen Basketballspieler. Trotzdem war die Frage unangenehm. Einen Hintern wie Jessye Norman hätte ich seinem Schicksal überlassen.

Wir hatten inzwischen die Stadtgrenze erreicht und fuhren auf der Höhenstraße Richtung Klosterneuburg. Alice fuhr aufmerksam und gleichmäßig, als müsse sie Arschlochs Unterstellungen entgegentreten. Nicht weit von Weidlingbach steuerte sie den R 4 in eine Ausweiche. Ich parkte hinter ihr. Sie kam herüber, öffnete die hintere Tür und stieg ein. »Dreh um und fahr zurück«, sagte sie. Ich gehorchte. Einige hundert Meter weiter ging ein Weg ab, und wir fuhren in den Wald, so weit, dass der Wagen von der Straße aus nicht mehr zu sehen war, stiegen aus und überließen Arschloch seinem unglücklichen Finder.

»Wie fühlst du dich?« fragte Alice, als wir am Straßenrand zum R 4 zurückgingen.
Ich wusste es nicht.
»Ich fühle mich gut«, sagte sie. »Ich bin froh, dass er tot ist.«
Pause.
»Ich bin verrückt, weißt du.«
»Das sagtest du bereits.«
»Warum glaubst du mir nicht? Es ist wahr. Ich bin geisteskrank. Er war mein Psychiater. Er wollte, dass ich Tabletten nehme. Er wollte mich nicht verrückt sein lassen, das hat mich genervt.«
Sie schien Spaß daran zu haben, einen in Unruhe zu versetzen, selbst in einer Situation wie dieser.
»Und deshalb hast du ihn umgebracht«, sagte ich. »Indem du ihn angeschrien hast.«
Sie schüttelte den Kopf. »Ich habe ihm den Schädel eingeschlagen.«
»Ich habe nirgends einen Baseballschläger gesehen.«
»Nicht Baseball. Ich habe dir doch erzählt, dass ich Hockey gespielt habe.«
»Dem Gesicht nach war er kein Psychiater. Er war Arschloch.«
»Einer von diesen Alternativtypen. Offene Psychiatrie und so. Armer Irrer im Grunde. Er wollte nicht glauben, dass ich gefährlich bin.«
Mir fiel nichts mehr ein. »Ich glaube dir kein Wort«, sagte ich.
Alice wandte mir ihr Gesicht zu. »Bravo. Vor ein paar Tagen hättest du es noch getan. Du musst dich beschäftigt haben mit mir.«

Wenn ich zu schweben begonnen hätte vor Erleichterung, ich wäre nicht überrascht gewesen.
»Möglich, dass du verrückt bist«, sagte ich, »aber du hast niemals einen Menschen umgebracht.«
»Ich habe auch niemals Hockey gespielt.«
»Hockey hätte ich dir abgenommen.«
»Das einzige, was ich kann, ist Tischtennis. Ich war lang in einem Heim.«
»Schwererziehbar?«
Sie schüttelte den Kopf. »Höhere Töchter.«
»Dürfen höhere Töchter Tischtennis spielen?«
»Das ist so ziemlich das einzige, was sie dürfen.«

Alice startete und wendete den R 4, und wir fuhren zurück Richtung Wien, schweigend.
»Wir dürfen uns nicht mehr sehen«, sagte ich schließlich.
»Warum nicht?« fragte Alice, ohne die Augen von der Straße abzuwenden. Sie war eine aufmerksame Fahrerin.
»Die Polizei wird Nachforschungen anstellen. Sie werden dich einvernehmen. Immerhin gehörst du zu seinem Bekanntenkreis.«
»Na und? Wir haben uns schon lang getrennt. Ich bin dahintergekommen, in was für Kreisen er verkehrt hat. Ich bin ein solides Mädchen.«
»Trotzdem. Es darf keine Verbindung gegeben haben zwischen uns. Wir haben Glück gehabt bis jetzt. Man soll das Glück nicht herausfordern.«
»Ach, nein? Was dann?« Sie sah mich kurz an, dann wieder nach vorn. »Aber wenn du es für richtig hältst…« Es klang enttäuscht.
Ich versuchte, sie abzulenken. »Glaubst du, dass der Alte aus deinem Haus sich an uns erinnert?«
»Srbal? Die Schnapsflasche? Wenn er irgendetwas mitgekriegt

hat, hat es ihm seine Alte inzwischen aus dem Hirn geprügelt.«
»Versprich mir, dass du noch heute deine Kleider loswirst. Und wirf den Teppich weg. Da ist sein Blut dran.«
»Du hast zuviel Angst«, sagte Alice, »das ist nicht gut.«
Sie bog in eine Seitenstraße.
»Was tust du?«
»Wir sehen uns zum letzten Mal, oder? Lass mich mich wenigstens bedanken.«
Es gibt diesen amerikanischen Film, *White Palace*, ich weiß nicht, ob Sie ihn kennen. Der junge, reiche James Spader übernachtet betrunken bei der um vieles älteren Hamburgerverkäuferin Susan Sarandon, und irgendwann wird er wach, weil sie ihm einen bläst, und sie schlafen miteinander, und von da an ist er rettungslos in sie verliebt. Früher habe ich diese Story für Schwachsinn gehalten, inzwischen scheint sie mir nicht mehr unrealistisch.

11

»Glaubst du, wir haben das Richtige getan?« fragte ich, als Alice an der U-Bahn Heiligenstadt anhielt, um mich aussteigen zu lassen.

Sie starrte auf das Lenkrad. »Wenn es nicht das Richtige war, muss es noch nicht das Falsche gewesen sein.«

Ich öffnete die Tür. »Ich wünsche dir alles Gute.«

Sie sah mich an. »Dein letztes Wort?«

Ich nickte.

»Miserable Schlusssequenz«, sagte sie. »Bist du sicher, dass keine Fortsetzung geplant ist?«

»Ja. Ich bin ein Feigling. Ich nehme an, du hast das schon bemerkt.«

»Und wie verabschieden wir uns? Kuss auf die Stirn?«

»Wenn du willst.«

»Nein. Gib mir die Hand.«

»Mach's gut.«

»Du auch. Schönen Abend noch.«

Ich stieg aus und wartete, bis der R 4 außer Sicht war. Dann ging ich in ein düster aussehendes Espresso in der Nähe des Bahnhofs, trank zwei Tequila und kaufte eine Flasche Bier. In der Toilette schüttete ich eine Hälfte davon über Jacke und Hose und trank die andere. Vor dem Spiegel übte ich die Rolle des Schwerbetrunkenen. Ich hatte keine Ahnung, wie ich aussah, wenn ich betrunken war. Zu Hause, wenn ich zuviel hatte und mich vor dem Zubettgehen im Spiegel betrachtete, fand ich mich in der Regel hübscher als gewöhnlich. Aber zwei Tequila (oder vier, wenn man die zwei aus dem Café in Favoriten mitzählte) reichten nicht aus, um mich schönzutrinken, also

fuhr ich zum Praterstern und kippte an einem der Döner-Stände noch zwei Doornkaat und ein weiteres Bier, um wenigstens eine glaubwürdige Alkoholfahne zustandezubringen.
Ritas Reaktion war nicht schwer vorherzusehen. Zwei-, dreimal im Jahr kam es vor, dass ich abstürzte, meist mit Richard, manchmal auch, nach Besuchen bei meiner Mutter, in trauter Einsamkeit. Egal wie spät ich in solchen Fällen nach Hause kam, Rita war immer noch wach, und obwohl ich mich bemühte, leise zu sein, und mich auf die Couch im Arbeitszimmer legte, um sie nicht zu stören, stand sie auf und hielt mir immer denselben Vortrag: dass ich ein Säufer und Versager sei und dass sie mich verlassen werde. Zwei Tage sprachen wir nur das Notwendigste miteinander, ich war ein Muster an Wohlverhalten, dann normalisierte sich unser Zusammenleben wieder.
Natürlich erwartete sie mich auch diesmal.
»Bravo«, sagte sie. Meine Schauspielerei schien weniger schlecht zu sein, als ich befürchtet hatte.
»Flanellläppchen«, lallte ich, »Flanellläppchen, Flanellläppchen.« Ich weiß nicht, ob Sie wissen, was Flannellläppchen sind und wozu sie gut sind. Ich weiß es nicht. Ich weiß nur, dass man bei Verkehrskontrollen, wenn Verdacht auf Trunkenheit besteht, aufgefordert wird, »Flanellläppchen« zu sagen. Selbst mit einem leichten Zungenschlag ist es unmöglich, das Wort korrekt auszusprechen.
»Tut mir leid«, sagte ich, »Schnaps habe ich noch nie vertragen.«
Sie zeigte auf meine Füße. »Hast du ihn gegen deine Schuhe eingetauscht?«
Ist es nicht verrückt, was für Fehler man macht, wenn man versucht, an alles zu denken? Ich steckte immer noch in Arschlochs Turnschuhen. Ich öffnete den Mund, um etwas zu antworten (was? Keine Ahnung), und plötzlich wurde mir schwarz vor den Augen, und das Vorzimmer begann sich zu drehen. Ich versuchte, mich irgendwo festzuhalten, aber außer Rita war

nichts in meiner Nähe, und die wich elegant aus, also knallte ich der Länge nach hin und begann zu kotzen.
Ich hatte seit Jahren nicht gekotzt, und ich hatte es nie zuvor außerhalb einer Toilette getan. Panikreaktion vermutlich, weil mir plötzlich klar geworden war, dass ich unsere Wohnung in den Schuhen eines Toten betreten hatte. Andererseits: Glück. Rita musste überzeugt sein, dass ich mich an den Rand einer Alkoholvergiftung getrunken hatte.
Sie kümmerte sich sogar ein wenig um mich. »Wehgetan?« fragte sie.
»Lass mich in Ruhe.«
»Kannst du allein aufstehen?«
«Jaja.«
»Selber die Sauerei wegmachen?«
»Jaja.«
»Ich bin im Schlafzimmer. Wenn ich hier bleibe, kotze ich auch. Falls du Hilfe brauchst, schrei. Schreien wirst du ja können.«
»Es geht schon. Tut mir leid.«
»Schade, dass deine Mutter dich nicht so sehen kann.«
»Hör auf. Es geht mir dreckig genug.«
Als sie draußen war, war auch der Schwindel vorbei. Aus taktischen Erwägungen bemühte ich mich, während ich meine Kotze beseitigte, möglichst viel Lärm zu machen, so dass Rita, falls sie lauschte, den Eindruck haben musste, ich torkele zwischen Vorzimmer und Klo hin und her. Dann zog ich die Schuhe aus. Verwesungsgeruch schlug mir entgegen. Ich stopfte die Schuhe in einen Müllsack und in den Abfalleimer, wusch meine Füße und meldete ins Schlafzimmer, dass alles in Ordnung sei.
»Großartig«, sagte Rita. »Muss ich mich glücklich schätzen, in dieser Ordnung leben zu dürfen?«
Ich zog mich ins Arbeitszimmer zurück.

Es war ein schnell geschnittener, surrealer Film, der in dieser Nacht in meinem Kopf ablief. Arschloch in seinem Wagen schlug plötzlich die Augen auf, stieg aus und folgte Alice und mir, die die Höhenstraße entlang gingen. »Wer hat meine Schuhe gestohlen?« schrie er, und Alice drehte sich um und säbelte ihm mit einem Hockeyschläger den Kopf ab. Dann Alice und ich im Wagen, ihr auf und ab wippender Hinterkopf; Polizeisirenen; Polizisten, die in unsere Wohnung eindrangen, Sträuße von roten Rosen drohend auf mich gerichtet; weitere Sirenen, Blaulicht, Rotlicht, Polizeiautos wie in amerikanischen Filmen; der alte Srbal bei der Gegenüberstellung: natürlich, eine solche Verbrechervisage könne man nicht vergessen; wieder Arschloch, wie er in einer dunklen Gasse auf Alices Kopf einschlug, dass er auf und ab tanzte; Rita, die den Müllsack öffnete, an den Schuhen roch und tot umfiel; Modellflugzeuge; Taxifahrer; wieder mein Schwanz in Alices Mund, neben uns Arschloch, grinsend.

Irgendwann schlief ich ein, aber ich schlief nicht lang. Ich versuchte, Alice aus meinen Gedanken zu streichen und mich darauf zu konzentrieren, wie ich weiter vorgehen musste. Die Schuhe. Wie war ich an diese Schuhe gekommen? Einfach sagen, ich wusste es nicht? Filmriss? Unlogisch war das nicht, so wie ich auf Rita gewirkt haben musste. Was war das letzte, woran ich mich erinnern konnte? Warum hatte ich mich so betrunken? Wegen des Streits mit Sylvia? Zu billig. Ich musste mir etwas anderes einfallen lassen. Ich brauchte eine Idee. Ich brauchte ein Alibi. Ich brauchte Richard.

Richard war bei Rita ungefähr so beliebt wie Sylvia bei mir. Sie hielt ihn für arbeits- und beziehungsunfähig und unheilbar alkoholkrank und hatte damit im großen und ganzen recht. Wir kannten uns seit dem Studium. Richard hatte seines nie zu Ende gebracht. Er war mit keinerlei Ehrgeiz ausgestattet und verachtete alle, die in ihren Berufen Karriere machten.

Ihm reichte es, abwechselnd als Fahrradbote und Taxifahrer zu arbeiten oder arbeitslos zu sein und seine Arbeitslose aufzubessern, indem er in bestimmten Kaffeehäusern um Geld Schach spielte. Viel brauchte er nicht, er hatte keine kostspieligen Bedürfnisse, weder lag ihm daran, gut zu essen, noch daran, schön zu wohnen, er begnügte sich mit einer Vierzig-Quadratmeter-Absteige in Gürtelnähe und dem Mittagsmenü im Wirtshaus um die Ecke. Abends ernährte er sich von Bier und Wodka, und das einzige, worauf er wirklich stolz war, waren seine erstklassigen Leberwerte. Freundinnen kamen und gingen, die Verbindungen hielten nie länger als ein Jahr, weil Frauen, wenn sie sich von Richard angezogen fühlten, auch intelligent genug waren, ein Leben in einer Zimmer-Küche-Kabinett-Wohnung aufzugeben, wenn ihnen ein Mann über den Weg lief, der über ein Haus am Stadtrand oder einen ausgebauten Dachboden verfügte. Richard konnte seitenlang Mandelstam und Hofmannsthal zitieren, er spielte Schach, Billard und passabel Klarinette und war alles in allem der klügste Mensch, den ich kannte.

»Du musst mir helfen«, sagte ich, als er gegen Mittag endlich das Telefon abnahm.

»Und was ist mit ›Guten Morgen‹?«

»Guten Morgen.«

»Weniger oder mehr als dreitausend?

»Ich brauche kein Geld. Abgesehen davon, dass du keines hättest. Aber du hast große Füße. Wie groß genau?«

»Fünfundvierzig. Warum?«

»Weil du mir deine Turnschuhe geborgt hast. Billige blaue Adidas.«

»Pfui Teufel. Wann habe ich sie dir geborgt?«

»Gestern, als wir durch die Lokale gezogen sind.«

»Waren wir betrunken?«

»Wir waren vier Öltanks.«

»Daher die Kopfschmerzen. Und was hast du mit deinen Schuhen gemacht? Jemanden erschlagen und anschließend die Tatwaffe vernichtet?«
»Ich bin mit beiden Füßen in Hundescheiße getreten, und in unserem Rausch haben wir uns entschlossen, die Schuhe zu entsorgen. Wir waren nicht weit von deiner Wohnung, ich bin barfuß zu dir gegangen, und du hast mir deine Turnschuhe geborgt.«
»War es wenigstens Barry Manilow, den du umgebracht hast?« Seltsamerweise war für Richard Barry Manilow die Mutter aller Feindbilder, warum, habe ich nie herausgefunden.
»Weder Barry Manilow noch sonst jemand. Ich war bei einem Mädchen.«
«Klein Artur war bei einem Mädchen!« höhnte er. »Und warum hast du hinterher nicht wieder deine Schuhe angezogen, sondern meine beschissenen Adidas?«
Unangenehme Frage. Aber ich war vorbereitet. »Das will ich nicht sagen«, sagte ich. »Es wäre peinlich.«
Kurz Schweigen am anderen Ende der Leitung, dann: »Soll ich überall herumerzählen, dass ich dir meine Turnschuhe geborgt habe?«
»Nein. Das Problem ist nur Rita.«
»Ich sehe sie nicht oft.«
»Falls du sie siehst, wird sie diesen vorwurfsvollen Blick haben. Sei also schuldbewusst. Du hast eine Flasche Wodka gut.«
»Und ein Menü.«
»Und ein Menü.«
»Irgendwann quetsche ich das aus dir raus mit den Schuhen.«

12

Dass Rita am nächsten Tag wenig mit mir sprach, kam mir nicht ungelegen. Am Sonntag beim Mittagessen nahm sie das Gespräch wieder auf: »Du hast vergessen zu salzen. Offensichtlich liebst du mich nicht mehr.«

»Das Fleisch?«

»Das Fleisch, die Kartoffeln, das Gemüse. Kein gutes Zeichen.«

»Man soll mit Salz sparsam umgehen.«

»Das heißt nicht, dass man es ganz weglassen soll.«

Ich wollte ihr den Salzstreuer reichen, ein Chromding, das sie einige Monate zuvor in einem Innenstadtgeschäft erworben hatte. Ich erwischte ihn nicht richtig, und er fiel um.

»Was ist los mit dir?« sagte Rita. »Bist du noch immer nicht nüchtern? Das ist der am schwersten umzuwerfende Salzstreuer, der aufzutreiben war.«

Ich wollte eine Prise nehmen und über die Schulter werfen. Salzverschütten bringt Unglück. Also entweder eine Prise davon mit der rechten Hand über die linke Schulter oder umgekehrt, so lässt es sich abwenden. Aber Rita klopfte mir mit der Gabel auf die Hand.

»Lass das, das geht mir auf die Nerven. Wir leben im zwanzigsten Jahrhundert. Die Menschheit hat Salz im Überfluss. Es ist lächerlich, dass es Unglück bringen soll, wenn man ein paar Körner davon verschüttet.«

Ich ließ es also bleiben, wenngleich mir nicht wohl war dabei. Aber ich konnte Rita nicht gut sagen, dass ich mich in einer Situation befand, in der es angezeigt war, besonders vorsichtig zu sein.

Im großen und ganzen allerdings lief alles gut. Den Samstag

hatte Rita vor dem Computer verbracht mit irgendwelchen Arbeiten für die Schule, und Sonntag abend ging sie mit Verena in einen französischen Siebzigerjahrefilm, über den sie danach nur sagte: Scheiße trotz Piccoli. Keine Polizei erschien, Alice hielt sich an unsere Abmachung, und auch Arschloch zeigte keine Ambitionen, als Zombie zurückzukehren und mich zu fressen. Ich erledigte einige längst überfällige Arbeiten, die ich hasste, wie Kühlschrankreinigen oder Schuhe putzen, das half mir ein wenig, mich abzulenken, und Rita schöpfte keinen Verdacht, weil sie dachte, ich täte es, um sie zu versöhnen. Abends, als sie im Kino war, stellte ich im Kabelfernsehen einen Sender ein, auf dem vierundzwanzig Stunden lang Pornofilme gezeigt werden. Natürlich hätte man zusätzliche Gebühren zahlen müssen, um sie unverschlüsselt zu sehen, aber es war auch reizvoll zuzuschauen, wie in grün-orangen Bildern verzerrte Schwänze in verzerrten weiblichen Öffnungen herumfuhrwerkten.

Am Montag stand es in der Zeitung. Der Leichnam war erst Sonntag früh entdeckt worden, von einer Gruppe von Pfadfindern, die nun immerhin ihr Leben lang etwas zu erzählen hatten. »Es tut mir leid, dass ich oft komisch bin«, würde einer von ihnen eines Tages zu seiner Freundin sagen, »aber als Kind bin ich einmal im Wald auf einen Leichnam gestoßen, es war ein solcher Schock, ich habe mich nie wirklich davon erholt«, und seine Freundin würde ihn entweder nicht mehr oder noch mehr lieben, je nachdem ob er Glück hatte oder nicht.
Die Polizei war sich nicht recht im klaren, was vorgefallen war, aber Arschloch schien nicht unbedingt zu jenen Menschen gehört zu haben, wegen deren Ableben man viel Geld in Nachforschungen investierte. Auch aus den anderen Zeitungen, die ich auf dem Weg zum Copyshop kaufte, war nicht mehr zu erfahren. Ich konnte mich nicht entscheiden, ob das ein gutes

oder schlechtes Zeichen war. Entweder interessierte man sich tatsächlich nicht für ihn, oder es wurden Informationen zurückgehalten.
Ich steckte die Zeitungen in einen Abfalleimer und betrat den Copyshop. Marlene war schon da, über Skripten gebeugt. Sicher würde sie das mit dem Klonen eines Tages schaffen und den Nobelpreis gewinnen.
»Du siehst Scheiße aus«, sagte sie statt einer Begrüßung.
Ich hängte meinen Mantel an den Haken. »Freitag abgestürzt«, sagte ich.
»Tief?«
»Eiffelturm Mittelplattform.«
»Da solltest du in deinem Alter nicht mehr als einen Tag brauchen, um zu regenerieren.«
»Verheiratete brauchen länger.«
»Gut so. Ohne uns wären alle Männer Alkoholiker.«
»Ohne euch hätten wir keinen Grund, mit dem Saufen anzufangen.«
Marlene mochte es nicht, wenn man ihr widersprach, und beugte sich wieder über ihre Skripten. Es war ein ruhiger Vormittag. Ich wusste nicht recht, wie ich mich ablenken sollte, und begann einen Sketch über eine Pfadfindergruppe zu schreiben, die im Wald einen Leichnam findet. Sie sind so begeistert und so überzeugt von ihren spurensucherischen Qualitäten, dass sie sofort beginnen, ihn zu untersuchen, und dabei sämtliche Spuren zerstören. Es war ein Scheißsketch, reine Wunschvorstellung. Später stellte sich heraus, dass es sich ziemlich genau so verhalten hatte.

Der Dienstag verging ohne besondere Vorfälle, die Zeitungen meldeten nichts Neues. Rita hatte mir verziehen, und wir schliefen miteinander zur Versöhnung. Es war nicht leicht, bei der Sache zu bleiben, aber ihr fiel nichts auf, im Gegenteil, sie war leidenschaftlicher als gewöhnlich. Abends ging sie mit Verena und Verenas Mann in ein Konzert. Seit dem Bartók-Erlebnis hatte sie sich vorgenommen, öfter in Konzerte zu gehen, und in den beiden bereitwillige Begleiter gefunden. Ich hatte nichts dagegen. Es machte sie zufriedener, endlich tun zu können, wozu sie wegen meines Widerwillens gegen Klassik-Aufführungen bis dahin selten gekommen war, und mich machte es zufriedener, wenn ich ungestört zu Hause auf dem Bett liegen und Tim Buckley hören konnte.

Am Mittwoch besuchte ich meine Mutter. Auf dem Weg zum Aufenthaltsraum hielt mich die Heimleiterin auf. »Ihre Mutter macht uns Sorgen«, sagte sie.

»Ist sie krank?«

»Nein, es geht ihr gut. Aber seit dem Tod von Schwester Doris hält sie uns für Mörder.« Schwester Doris war die Baranyi. »Sie können sich denken, dass das sehr unangenehm ist für uns. Wir tun hier alle unser Bestes. Wir wären Ihnen verbunden, wenn Sie mit Ihrer Mutter sprechen könnten.«

Ich versprach es.

Meine Mutter war überraschenderweise in ihrem Zimmer, obwohl die blöde Erlebach auf ihrem Bett stickte. Es war ein schöner Spätherbsttag, sie hatte ihren Mantel angezogen und reinigte den Balkon von Taubendreck.

»Könntest du bitte damit aufhören«, sagte ich, nachdem ich ihr einen Kuss auf die Wange gegeben und die Apfeltaschen abgeliefert hatte. Meine Mutter legte die Bürste weg.

»Im Grunde ist es sinnlose Arbeit«, sagte sie. »Morgen sieht es wieder genauso aus.«

»Das meine ich nicht«, sagte ich, »Ich meine deine Detektivspiele. Du bist hier in einem Seniorenheim, nicht in einem Agatha Christie-Stück.«

»Haben Sie dich also auch bearbeitet«, sagte meine Mutter, »es war vorherzusehen.«
Ihr Zustand schien schlimmer zu sein, als ich angenommen hatte.
»Diese Dings – wie heißt sie noch?«
»Baranyi.«
»Diese Baranyi ist nicht ermordet worden.«
»Woher willst du das wissen?«
»Ich weiß es eben«, sagte ich. »Es war ein Gehirnschlag.«
»Angeblich hatte sie Kopfverletzungen.«
Modellflugzeug, hätte ich gern gesagt, aber ich sagte: »Man schlägt hart auf, wenn man umfällt. Wenn es irgendeinen Verdacht gegeben hätte, hätte die Polizei ermittelt. Journalisten wären gekommen. Aber es war niemand da, soviel ich weiß.«
»Ich habe sie noch nicht verständigt. Erst brauche ich Beweise.«
»Du wirst keine finden! Es gibt keine!« Ich schob sie ins Zimmer, nahm ihr den Mantel ab, und wir setzten uns an den Tisch. Ich öffnete das Päckchen mit den Apfeltaschen und stellte sie ihr hin. Sie aß. Kauend, mit einer Kopfbewegung zur blöden Erlebach, sagte sie: »Sie wird die nächste sein.«
»Könntest du wenigstens deine Lautstärke dämpfen? «
»Sie hört nichts. Es geht rapid bergab mit ihr.«
Ich wandte mein Gesicht der blöden Erlebach zu. »Wie geht es Ihnen, Frau Erlebach?« brüllte ich. Keine Reaktion.
»Warum glaubst du mir nicht?« sagte meine Mutter.
»Na gut, vielleicht stimmt es, dass sie nichts mehr hört, aber das heißt nicht, dass man sie umbringen will. Wer sollte das wollen? Ihr seid keine Pflegefälle, ihr zahlt gute Mieten, das Heim macht Gewinne, warum also – «
»Genau das ist es«, sagte meine Mutter. »Wir haben garantierte Verträge. Aber die Alten werden immer älter und immer reicher. Du hast keine Ahnung, was für Schmiergelder man inzwischen zahlen muss, um überhaupt hier reinzukommen.«

Ich hätte meiner Mutter nicht soviel Phantasie zugetraut. Kurz überlegte ich, ob ich das Sketch-Schreiben sein lassen und stattdessen mit ihr gemeinsam einen Kriminalroman verfassen sollte.

»Hast du Beweise?« fragte ich.

»Nein. Aber ich werde sie finden.«

»Wenn du sie hast, verspreche ich, dir zu helfen. Aber bis dahin hörst du auf, alle möglichen Leute zu verdächtigen, okay?«

Meine Mutter überlegte. »Du versprichst es?«

»Ich verspreche es.«

»In Ordnung.«

Ich stand auf und zog den Mantel an. »Brauchst du etwas, wenn ich das nächste Mal komme?«

»Ja. Ein Gewehr.«

Ich hielt es für einen Scherz.

»Gegen die Tauben.« Sie öffnete eine Schublade und nahm eine Wasserpistole heraus.

»Ich habe das hier, aber davor fürchten sie sich nicht mehr. Ich brauche ein Gewehr. Mit einem richtigen Wassertank.«

»Warum besorgst du es nicht selbst? Du brauchst nur in ein Spielzeuggeschäft zu gehen.«

»Ich will nicht in ein Spielzeuggeschäft gehen. Ich bin fünfundsiebzig.«

»Du sagst, es ist für deine Enkelkinder.«

»Ich habe keine Enkelkinder.«

Pause. Wir sahen einander an.

»Liegt es an dir oder an Rita?«

Ich küsste sie auf die Wange. »Bis zum nächsten Mal«, sagte ich und ging. Kurz bevor ich um die Ecke bog, hörte ich sie meinen Namen rufen. Ich tat, als hätte ich sie nicht gehört, und ging weiter. Hätte ich gewusst, dass es das letzte Mal gewesen sein würde, dass ich sie lebend sah, wäre ich wohl umgekehrt.

13

Es hatte zu schneien begonnen. Natürlich würde der Schnee nicht liegen bleiben Anfang Dezember, dennoch hielt ich ihn für ein gutes Zeichen. Schnee bedeutet Vergessen. Die Zeitungsmeldungen wurden spärlicher. Arschloch schien ziemlich üble Geschäfte gemacht zu haben, auch von Spielschulden war die Rede. Alice wurde mit keinem Wort erwähnt, für die Polizei war es eine Abrechnung innerhalb des Milieus, Aufklärung unwahrscheinlich. Eine Wochenzeitschrift brachte eine Geschichte über Behinderungen der Exekutive durch übereifrige Laien. Schaulustige, die der Feuerwehr den Weg ins brennende Haus verstellen, Sehbehinderte, die sich als Augenzeugen aufspielen und dergleichen. Auch Arschlochs Fall wurde erwähnt. Erstaunlich, wie abgebrüht Pfadfinder sein können. Der Leichnam musste längst starr gewesen sein, dennoch hatten sie alles ausprobiert, was sie im Erste Hilfe-Kurs gelernt hatten, und bis der Fähnleinführer eingreifen konnte, hatten sie die vorhandenen Spuren verwischt und dafür unzählige neue hinzugefügt. Ich hatte Lust, ihnen eine Spende zukommen zu lassen, aber es war mir zu riskant.

Als ich Donnerstagabend nach Hause kam, stand im Vorzimmer eine gut drei Meter hohe Tanne. Bis Weihnachten waren es noch über zwei Wochen, und ein Baum von dieser Qualität und Größe musste an die tausend Schilling gekostet haben. Überhaupt, Baum! Seit Jahren hatten wir uns mit ein paar Tannenzweigen begnügt. Wir hatten Karpfen gegessen, Bach aufgelegt, meine Mutter angerufen, einander die Geschenke überreicht und waren miteinander ins Bett gegangen. Erstklassiges Ritual, kein Grund, es zu verändern. Ich war mir sicher, dass jemand den Baum bei uns untergestellt oder irrtümlich abgegeben haben musste, aber ich irrte. Er gehörte tatsächlich uns.

»Ich will diesmal richtig Weihnachten feiern«, sagte Rita.

»Meinetwegen, aber muss es gleich ein Mammutbaum sein?«

»Ich wollte einen kleineren, aber dann habe ich den hier gesehen und mich sofort verliebt.«

»Verliebt? In einen Baum?«

Sie betrachtete ihn verzückt. »Ist er nicht wunderschön?«

»Bis Weihnachten ist er vertrocknet.«

»Man muss ihn ins Wasser stellen, hat der Verkäufer gesagt, dann bleibt er so.«

»Und womit schmücken wir ihn?«

»Wir gehen auf einen Weihnachtsflohmarkt und kaufen Schmuck. Vielleicht finde ich auch was, wenn ich auf dem Seminar in Oberösterreich bin.«

»Man braucht nicht nur Schmuck, man braucht auch einen Christbaumständer und eine Spitze und Kerzen und Kerzenhalter und Engelshaar und und. Bei dieser Größe geht das in die Millionen.«

Rita schaute mich beleidigt an. »Kannst du einmal versuchen, mir nicht die Freude zu verderben?«

»Ich will dir nicht die Freude verderben, aber du hättest mit mir reden sollen.«

»Ich sage dir doch, ich habe mich verliebt. Da entscheidet man spontan, oder?« (Wem sagte sie das.)

»Woher soll ich das wissen?« sagte ich und ging.

Ich war verärgert, mehr noch als über den Baum darüber, dass Rita nicht das geringste Schuldbewusstsein zeigte. Hätte ich eine so schwerwiegende Entscheidung getroffen und sie wäre nicht einverstanden gewesen, ich hätte sofort versucht, alles rückgängig zu machen. Aber natürlich hätte ich eine solche

Entscheidung niemals allein getroffen (außer – naja, lassen wir das). Und es lag mir auch fern, ihr die Freude zu verderben. Alles, was ich wollte, war ein friedliches, ausgeglichenes Leben. Eine zufriedene Frau, eine freundliche Mutter, hin und wieder einen Billardabend mit Richard, völlige Kontrolle über meinen Sexualtrieb und dass das Fernsehen irgendwann meine Sketches kaufte. Mehr wollte ich nicht. Doch, eins noch: Ich wollte, dass ich endlich aufhören konnte, an Alice zu denken.

Ich zog mich ins Arbeitszimmer zurück und blätterte in Notizen. Die Marsianer am Mexikoplatz gefielen mir immer noch gut, aber ich hatte keine Ahnung, wie man daraus einen Sketch machen könnte. Schließlich fing ich an, über eine Frau zu schreiben, die sich in einen Weihnachtsbaum verliebt. Sie kauft ihm Sachen zum Anziehen, die beiden gehen tanzen und ins Theater, abends sitzen sie am offenen Kamin. Wie es danach weitergehen sollte, konnte ich mir nicht vorstellen, also ließ ich den Baum zu nahe ans Feuer kommen und verbrennen. Kein wirklich komisches Ende. Ich gab das Schreiben auf und sagte mir, dass ich nicht vergessen dürfte, rechtzeitig einen Feuerlöscher zu kaufen. Nichts brennt leichter als ein trockener Weihnachtsbaum.

14

Dann hörten die Meldungen gänzlich auf. Der Schnee zerrann, die Sonne schien, die Straßen waren wieder trocken, Rita fuhr zu ihrem Seminar ins Oberösterreichische (Koedukation), Athan hatte zu seiner und meiner Überraschung ein Genügend auf seine Englischschularbeit geschafft und hatte Chancen auf ein positives Halbjahreszeugnis, im Copyshop herrschte soviel Betrieb, dass Marlene und ich Überstunden machen mussten, und von einer deutschen Fernsehanstalt erhielt ich einen Brief des Inhalts, dass man mit den vorhandenen Sketches zwar nichts anfangen könne, aber an weiteren Lieferungen interessiert sei. Abends traf ich mich mit Richard, um Billard zu spielen.

»Ich weiß, wie es war«, sagte er. »Du hast sie so betrunken gemacht, dass sie dir in die Schuhe gekotzt hat, stimmt's?«

»Sie war nicht betrunken.«

»Und hat trotzdem mit dir gevögelt? Wahnsinn! Musstest du in deine Schuhe pinkeln? Turnt sie das an?«

»Fällt dir sonst noch etwas ein?«

»Alles andere scheint mir ziemlich unwahrscheinlich.«

»Es war der Hund. Ein junger Schäfer. Während wir im Bett waren, hat er die Schuhe zerfetzt.«

»Und warum wolltest du das nicht sagen?«

»Ich wollte deine Vorschläge hören.«

»Arsch.«

Richard rächte sich, indem er mich kein einziges Spiel gewinnen ließ. Aber es war ein angenehmer Abend, wir tranken nicht mehr, als uns gut tat, kurz, mein Leben verlief wieder in geordneten Bahnen.

Aber nicht lang. Am dritten Tag nach Ritas Abreise – es war später Nachmittag, und ich war gerade dabei, die Farbkartusche an einem der Kopierer auszutauschen – hörte ich hinter mir eine Stimme. »Hallo, Artur«, sagte sie.
Ich wandte mich ihr zu. Marlene, die an der Kassa saß, beobachtete die Szene mit unverhohlener Neugier.
»Kann ich Ihnen helfen?« sagte ich wie zu einer Unbekannten.
Sie sah mich erstaunt an. »Kennst du mich nicht mehr?«
Ich senkte meine Stimme. »Es war vereinbart, dass wir uns nicht mehr sehen.«
»Aber du fehlst mir«, sagte Alice – immerhin sprach auch sie nun etwas leiser –, »ich hätte es nicht gedacht, aber es ist so. Und es besteht kein Grund zur Sorge.«
»Musstest du mir das unbedingt hier mitteilen?«
»Wo sonst? Ich weiß nicht, wo du wohnst. Außerdem wäre es dir dort noch unangenehmer gewesen.«
Das zumindest war richtig. Und genau genommen: Nun, da sie vor mir stand, freute ich mich, sie zu sehen. Kein Grund zur Sorge, hatte sie gesagt, und in diesem Fall hatte sie wohl keine Veranlassung zu lügen.
»Kennst du das Haag in der Schottengasse?« fragte ich. Sie nickte. »In einer halben Stunde habe ich Dienstschluss. Ich werde mich beeilen.«
»Ich verstehe«, sagte sie, nun wieder gut hörbar, »vielen Dank für Ihre Hilfe.«
»Gern geschehen.«
»Schönen Abend noch.« Und fort war sie.
Marlene betrachtete mich amüsiert, als ich zum Kassatisch zurückkehrte und die verbrauchte Kartusche in den Papierkorb warf.
»Ich dachte, du wolltest nicht hingehen.«
»War sie das?« Ich versuchte, so gelassen wie möglich zu klingen.

»Natürlich war sie das. Was wollte sie?«
»Sie wollte wissen, ob wir auch Kopieraufträge übernehmen.« Marlene grinste. »Hallo Artur, übernehmen Sie auch Kopieraufträge? – Mach dich nicht lächerlich!«
Sinnlos, diese Strategie weiter zu verfolgen. Also Flucht nach vorn. »Ich habe sie vor ein paar Wochen im Seniorenheim kennengelernt. Sie hat eine Großmutter da. Im Kühllagerhaus ist man froh, wenn man mit jemand reden kann, der nicht halb verwest ist.«
»Quatsch! Du stehst auf sie!«
»Ich kenne nicht einmal ihren Namen. Sie firmiert immer noch unter Aphrodite.«
»Na also. Göttin der Liebe.«
»Hör auf. Niemand ist verheirateter als ich.«
»Ist Rita nicht weggefahren?«
»Und?«
»Strohwitwer sind Schwänze mit Zuwaage. Wenn ich es darauf anlege, habe ich dich in zwei Stunden im Bett, wetten?«
»Versuch es doch.«
»Soviel Zeit habe ich nicht. Ich habe Wichtigeres zu tun.«
»Willst du Sean Connery klonen?
»Nein. Michelle Pfeiffer.«
»Michelle Pfeiffer? Bist du lesbisch?«
»Das weiß ich erst, wenn sie mir gegenübersitzt.«
Sie machte sich an die Abrechnung und ich mich auf die Tour, den Kunden zu sagen, dass wir bald schließen würden. Alle waren gehorsam, sodass wir pünktlich aus dem Laden kamen.
»Triffst du sie jetzt?« wollte Marlene wissen, nachdem wir uns verabschiedet hatten.
»Ich habe sie ins Landtmann geschickt und gehe noch auf ein Bier ins Haag. Zufrieden?«
»Das war gemein von dir.«
»Möglich«, sagte ich, »aber damit bin ich sie los.«

Alice saß vor einem halbvollen Rotweinglas, vertieft in einen Illustriertenartikel über Harald Juhnkes jüngste Entziehungskur. Ich setzte mich zu ihr, winkte der Kellnerin und bestellte ein Bier und einen großen Tequila. Alice legte die Zeitschrift weg. »Sieht aus, als ob er es diesmal schaffen würde«, sagte sie.

»Ich hoffe es«, sagte ich, »ich möchte ihn eines Tages in einem meiner Sketches sehen.«

»Dann solltest du das mit dem Tequila besser lassen. Sonst ist Harald Juhnke trocken, und du hast dir das Hirn weggesoffen.«

Der Satz hätte von Rita stammen können. In mancher Hinsicht schienen alle Frauen einander ähnlich. Sicherheitshalber erwiderte ich nichts, sondern wartete, bis meine Getränke kamen, dann sagte ich: »Erzähl.«

»Es gibt nichts zu erzählen. Die Polizei war einmal da und hat mich ein bisschen ausgefragt, das war alles.«

»Was hast du gesagt?«

»Die Wahrheit.«

Ich zuckte zusammen. Alice bemerkte es.

»Dass ich einige Zeit mit ihm zusammen war, aber dass ich mich getrennt habe, als ich dahinter gekommen bin, dass er spielte und Alkoholiker war, und dass wir seither keinen Kontakt mehr miteinander hatten. Die Wahrheit, fast jedenfalls. Sie scheinen der Ansicht gewesen zu sein, dass ich nichts zu den Ermittlungen beitragen kann. Sie haben mich weder vorgeladen noch haben sie sich für die Wohnung interessiert. Und du? Probleme?«

»Nur dass ich ihn immer noch da liegen sehe. Das wird wohl einige Zeit anhalten.«

»Du musst dich ablenken. Hast du keine Hobbys?«

»Nur die Sketches. Aber bis jetzt habe ich noch keinen einzigen verkauft.«

»Man muss nicht alles verkaufen. Was war der letzte, den du geschrieben hast?«
Ich erzählte ihr die Geschichte von der Frau, die sich in einen Weihnachtsbaum verliebt.
»Gefällt mir«, sagte sie nach kurzem Überlegen. »Bis auf den Schluss. Ich finde ihn traurig. Eine unerfüllte Liebe.«
»Was schlägst du vor?«
»Sie sollten miteinander ins Bett gehen.«
Ich versuchte mir vorzustellen, wie Rita und unser Weihnachtsbaum es miteinander trieben, aber meine Phantasie reichte nicht aus. »Wie stellst du dir das vor?« fragte ich.
»Eine schöne Frau und eine starke Tanne mit schönen, starken Zweigen, aus denen dann und wann Harz tropft, ist das so schwierig?«
»Muss unangenehm sein«, sagte ich, »jedenfalls in eine Richtung.«
»Kann sein«, sagte Alice, »aber keine Frau verliebt sich in einen Weihnachtsbaum, ohne sich auch das zu wünschen. Reden und Anschauen reicht nicht auf Dauer.«
Ich spürte etwas an meinem Unterschenkel und wollte das Bein wegstellen, als mir klar wurde, dass es Alices Fuß war, der sich an ihm rieb, also ließ ich es stehen und hoffte, sie würde weitermachen. Sie tat es.
»Es ist natürlich auch möglich, dass sie sich geirrt hat«, sagte sie, »dass sie es nicht leiden kann und die beiden sich trennen müssen. Das ist auch traurig, aber sie haben es zumindest versucht.«
»Ich glaube nicht, dass man diese Geschichte im Fernsehen zeigen würde.«
»Du darfst nicht ans Verkaufen denken. Die Geschichte muss wahr sein, das ist das einzige, was zählt.«
»Das sagst du? Sonja Kirchberger?«
»Das sage ich, ja.«

Schweigen. Reiben.
»Ich bin verheiratet«, sagte ich.
»Uns verbindet etwas anderes.«
Das war nicht zu leugnen. Gemeinsam einen Leichnam wegzuschaffen, ist etwas anderes als gemeinsam Vorhänge aufzuhängen oder ein altes Sofa zum Sperrmüll zu tragen. Ich trank mein Bier aus und winkte, um Alices Blick auszuweichen, der Kellnerin, die einige Tische weiter am Abkassieren war.
»Deine Frau ist nicht da, stimmt's?« sagte Alice.
»Woher willst du das wissen?«
»Du würdest sonst nicht noch etwas bestellen.«
»Sie ist auf einem Seminar. Drei Tage noch.«
»Dann musst du nicht nach Hause?«
Ich schüttelte den Kopf.
Die Kellnerin trat an den Tisch. »Noch einmal dasselbe?«
»Nein«, sagte ich, »zahlen.«

15

Natürlich war ich nervös, aber die Nervosität verging schnell, bald schien nichts selbstverständlicher, als in einer kleinen, unaufgeräumten Wohnung in Favoriten mit einer Frau zu schlafen, die ich kaum kannte und von der ich nicht sicher war, ob sie nicht einige Tage vorher ihren früheren Liebhaber umgebracht hatte. Ich fühlte mich großartig, auch hinterher, keine Spur von schlechtem Gewissen. Wir lagen umarmt, küssten und berührten einander da und dort und lächelten blöd und glücklich, wie das Verliebte tun.

»Willst du duschen?« fragte Alice schließlich.

»Nein, du?«

»Nein. Das ist auch etwas, was ich an amerikanischen Filmen nicht verstehe. Die Frauen können den grandiosesten Liebesakt hinter sich haben, das erste, was sie tun, ist, unter die Dusche zu rennen.«

»Das kommt daher, dass die Hygieneindustrie viel Geld in die Filme steckt«, sagte ich. »Die Amerikaner sollen glauben, dass sie sich mit allem, was sie gern tun, schmutzig machen. Inzwischen haben sie diesen Waschzwang so verinnerlicht, dass sie ihre Kinder völlig keimfrei großziehen. Also bilden sie keine Abwehrkräfte mehr und kriegen alle möglichen Krankheiten und Allergien. Das ist gut für die Pharmaindustrie, sie zahlt der Hygieneindustrie Provisionen, und die steckt sie wieder in Filmproduktionen. Hollywood wird immer reicher, und in den Filmen wird ununterbrochen geduscht. Aber es sind nicht alle so. Susan Sarandon rennt nicht gleich unter die Dusche, jedenfalls nicht in *White Palace.*«

»Mit wem hat sie es getrieben?«

»James Spader.«
»Da wäre es Wahnsinn zu duschen.«
»Bei wem würdest du duschen?«
Alice überlegte. »Jack Nicholson«, sagte sie, »jedenfalls in *Shining*. Brad Pitt vermutlich. Er sieht so parfümiert aus.«
»Wer noch?«
»Keine Ahnung. Niemand.«
»Wirklich niemand?«
Alice drehte sich auf den Rücken und stützte sich auf die Ellbogen. »Du redest von Arschloch, stimmt's?«
»Nein, ich – «
»Lüg nicht.«
»Es tut mir leid. Reden wir von etwas anderem.«
»Warum? Wir sind ihn los. Endgültig. Wir können von ihm reden. Ich werde nicht abgehört.«
»Bist du sicher? Dass wir ihn endgültig los sind, meine ich.«
»Toter als tot geht nicht.«
Ich zog sie wieder an mich und küsste ihr Gesicht. »Ich verstehe immer noch nicht, warum du überhaupt etwas mit ihm angefangen hast.«
»Er war böse«, sagte sie. »Damals wollte ich das. Nicht ungewöhnlich, wenn man aus einer perfekten Familie kommt. Perfekte Mutter, perfekter Vater, perfekte Schwestern. Eine Tochter höher als die andere. CSU, CSU und noch einmal CSU.«
»Du bist Deutsche?«
»Hört man das nicht?«
»Ich wäre nie drauf gekommen.«
»Das ist gut. Ich habe alles getan, um dort wegzukommen. Ich habe gekifft, ich habe geklaut, ich war mit siebzehn schwanger, ich habe abgetrieben, ich bin aus vier Internaten geflogen. Vermutlich wäre ich auch auf den Strich gegangen, um nicht dieses Leben führen zu müssen. Arschloch war der perfekte Partner. Ich habe ihn in München kennengelernt und bin mit

ihm nach Wien. Da war es meinem Vater endlich zuviel. Er hat mir mein Erbteil ausbezahlt und mich gehen lassen. Ich war dann noch ein paar Monate mit Arschloch zusammen. Vor einem halben Jahr habe ich Schluss gemacht. Das ist die ganze Geschichte. Zufrieden?«

»Und er ist immer wiedergekommen?«

»Nein. Erst vor ein paar Wochen. Hat wohl Geld gebraucht.«

»Und dieses Video? Bambi?«

»Vergiss es. Habe ich das nicht schon einmal gesagt?«

»Das geht nicht. Wenn es einem befohlen wird, kann man nicht vergessen. Und ich will die ganze Geschichte kennen.«

Alice setzte sich auf. »Liebst du mich?« fragte sie.

Es stimmte also. Ich hatte keine Erfahrung in diesen Dingen, aber ich hatte schon öfter gehört, dass Frauen grundsätzlich zum unpassendsten Zeitpunkt diese Frage stellten. Liebte ich sie? Ich hatte keine Ahnung.

»Ich bin verheiratet«, sagte ich.

»Ich habe dich nicht gefragt, ob du verheiratet bist, ich habe dich gefragt, ob du mich liebst.«

Und sie ließen nicht locker, auch das hatte ich gehört. »Ich... Ich denke, ja... Ich liebe dich, aber – «

»Kein Aber. Wenn du mich liebst, sehen wir uns Bambi an, sonst nicht.«

»Okay«, sagte ich, »ich liebe dich.« Vermutlich war es die Wahrheit, aber ich hätte es auf jeden Fall gesagt, schon aus Neugier.

Alice stand auf, kletterte auf einen Sessel und holte von der obersten Etage des Bücherregals eine zerschlissene Donauland-Ausgabe von *Schau heimwärts, Engel*, kehrte zum Bett zurück und öffnete sie. Das Innere der Seiten war säuberlich ausgeschnitten, Stanley-Messer und Lineal, nahm ich an, heikle Arbeit, hätte ich Alice nicht zugetraut. Drin lag eine Videocassette. Sie nahm sie heraus und schob sie in den Videorecorder.

»Siehst du immer vom Bett aus fern?« fragte ich, um irgend etwas zu sagen.
»Nur Rosamunde Pilcher«, antwortete sie.
»Du lügst wieder.«
»Ja, ich lüge wieder. Bist du soweit?«
Sie legte sich wieder zu mir, den Kopf an meiner Schulter, ihre Hand an meinem Schwanz. »Der Linke ist Bambi«, sagte sie, »die anderen kennst du.«
Die Bildqualität war elend. Zu sehen war ein großes Sofa, bildfüllend, dem die Kamera, offenbar auf einem Stativ, gegenüberstand. Sie waren zu dritt. Alice, nackt, lümmelte in der von der Kamera aus rechten Ecke und schien ein wenig benebelt. Neben ihr Arschloch in Jeans, mit nacktem Oberkörper. Er machte an ihr herum, befummelte ihre Brüste und ihre Muschi, steckte ihr die Zunge in den Mund. In der anderen Ecke saß Bambi. Er war schwarz.
Dann verschwand Arschloch. Offenbar nahm er die Kamera vom Stativ und filmte nun mit der Hand. Die Aufnahmen waren verwackelt, vielleicht hielt er die Kamera nur mit der Linken und benützte die Rechte, um sich einen runterzuholen. Alice klopfte auf den leeren Platz neben sich (ich musste an unsere erste Kaffeehausbegegnung denken), Bambi kam der Aufforderung nach und begann, über ihre Brüste zu lecken, ihren Bauch, dann zwischen ihren weit gespreizten Beinen. Die wirkliche Alice hatte inzwischen meinen Schwanz in den Mund genommen und lutschte an ihm, während sich die Film-Alice umdrehte, auf die Knie ging und Bambis Schwanz in Nahaufnahme in ihre Muschi dirigierte. Dann war die Kamera wieder weiter entfernt und man sah, wie Bambi die kniende Alice rammelte. Auch der Kopf der wirklichen bewegte sich nun schneller, aber mein Schwanz kam nicht in Stimmung. Das ist ungewöhnlich, werden Sie jetzt sagen, wenn man relativ jung ist, die begehrte Frau einem einen bläst und

gleichzeitig im Fernsehen ein Porno läuft. Grundsätzlich haben Sie recht. Das Problem war: Bambi war kein Mensch. Bambi war ein doof dreinblickender schwarzer Labrador.

»Du liebst mich doch nicht«, sagte Alice, als sie aufgab.

»Doch, ich liebe dich«, sagte ich.

Pause.

»Machst du das öfter?«

»Nein.«

»War es deine Idee?«

»Nein. Ich hatte ziemlich viel getrunken. Und irgendwie mochte ich Bambi.«

»Musstest du es deswegen gleich mit ihm treiben?«

»Er hat ihn nicht reingesteckt. Das in der Nahaufnahme ist nicht meine Muschi. Arschloch hat die Szene dazwischengeschnitten.«

»Gute Arbeit. Sie sah aus wie deine.«

»Sehen nicht alle gleich aus?«

»Ich weiß nicht. Ich bin kein Gynäkologe.«

Natürlich war Alice beleidigt. Andererseits, was hatte sie erwartet? Sie konnte nicht annehmen, dass ich begeistert sein würde.

»Du musst sehr viel getrunken haben«, sagte ich, um sie zu versöhnen.

»Ich hatte sehr viel getrunken«.

»Was hatte Arschloch mit der Cassette vor?«

»Anfangs nichts. Sehen, wie weit er gehen konnte. Aber irgendwann hatte er die Idee, meinen Vater damit zu erpressen. Deshalb habe ich sie versteckt. Ich hasse meinen Vater, aber ich will nicht, dass er meinetwegen an einer Herzattacke stirbt. Und ein Buch hätte Arschloch niemals aufgeschlagen.«

»Warum hast du sie nicht weggeworfen?«

»Ich weiß nicht. Vielleicht um sie dir zu zeigen. Um zu wissen, ob du mich liebst.«

»Damals hast du mich noch nicht gekannt.«
»Was bist du im Sternzeichen?«
»Zwilling.«
»Siehst du. Eine Wahrsagerin hat mir gesagt, ich würde einen Zwilling-Mann kennenlernen und mit ihm glücklich sein.«
»Du gehst zu Wahrsagerinnen?«
»Nur einmal. Ich hatte getrunken.«
»Du trinkst oft.«
»Nicht sehr oft. Ich bin übrigens Löwin.«
»Ich weiß. Glaubst du diesen Kram?«
»Nein. Aber meistens stimmt es.«
»Könntest du die Cassette jetzt wegwerfen? Mir zuliebe?«
»Sag mir erst, dass du mich liebst.«
»Ich liebe dich, ja. Ich bin sicher, dass ich dich liebe. Aber ich bin immer noch verheiratet.«
»Das ist egal. Schlaf mit mir.«
»Ich weiß nicht, ob das –«
»Ich zeige dir die Eichhörnchenstellung.«
Ich schlief mit ihr, und sie zeigte mir die Eichhörnchenstellung. Ich nehme nicht an, dass Sie die Eichhörnchenstellung kennen. Ich hatte sie auch nicht gekannt. Vielleicht war sie Alices Erfindung. In jedem Fall war sie eine großartige Erfindung.

16

Ich blieb nicht über Nacht. Ich musste nachdenken, außerdem würde Rita anrufen, und nach Maßgabe der Dinge schien es mir günstig, zu Hause zu sein. Das Gespräch gelang mir gut, ich erfand Geschichten aus dem Copyshop (ein maßlos fetter Student, der sich ein Skriptum mit dem Titel »Ernährungslehre« kopierte), aber hauptsächlich hörte ich ihren Erzählungen zu, welche Bekannte sie getroffen hatte und wie spannend das Seminar war und das Hotel schön gelegen und und. Richard wollte Billard spielen gehen, aber ich lehnte ab. Ich gab vor, keine Lust zu haben, weil ich am nächsten Tag meine Mutter besuchen musste, und er glaubte mir. Ich hatte die ganze Wohnung und die ganze Nacht für mich und meine Bilder.

Man hört oft, es sei für Männer, wenn sie es erst mit der begehrten Frau getrieben hätten, leicht, die Beziehung zu beenden, gewissermaßen: das, worauf man von der Natur programmiert ist, ist erreicht, der Rest nicht mehr wichtig. Stimmt nicht, jedenfalls nicht in allen Fällen. Ich musste an mich halten, um nicht mit der letzten U-Bahn in den zehnten Bezirk zu fahren und den Rest der Nacht in der Eichhörnchenstellung zu verbringen. Aber ich blieb standhaft und begnügte mich damit, mir einen nach dem anderen runterzuholen und mir Dialoge auszudenken, die die Trennung von Alice einleiten sollten. »Du weißt so gut wie ich«, begannen sie meist, natürlich ein völlig falscher Anfang. Wie sollte Alice wissen, was ich wusste, vor allem wenn ich es selbst nicht wusste? Und natürlich ist das Gegenüber in diesen Gedankenspielen sehr willfährig und einsichtig, also das Gegenteil eines Menschen. Dazu kam, dass mir, je länger ich darüber nachdachte, immer klarer wurde, dass ich die Beziehung überhaupt nicht beenden wollte.

Am nächsten Morgen rief ich zuerst Alice an und vereinbarte einen Spaziergang auf der Donauinsel, dann meine Mutter im Seniorenheim. Sie war enttäuscht, als ich ihr sagte, ich sei krank und könne sie nicht besuchen, angeblich vor allem, weil sie auf das Gewehr wartete. Aber ich merkte, dass sie ihr Detektivspiel noch immer nicht aufgegeben hatte.

»Du willst mir noch etwas sagen.«

»Nichts, was nicht bis nächste Woche Zeit hätte.«

»Keine neuen Todesfälle?«

»Mach dich nicht lustig über den Tod.«

»Ich mache mich nicht lustig über den Tod.« (Oh nein, wahrhaftig nicht.)

»Der blöden Erlebach geht es von Tag zu Tag schlechter.«

»Das tut mir leid.«

»Es ist nicht normal.«

»Sie ist nicht normal.«

»Sie ist blöd und stocktaub, aber sie war immer kerngesund.«

»Jeder wird irgendwann krank. Hör endlich auf mit deinen Verdächtigungen.«

»Du hast gesagt, wenn ich Beweise habe, hilfst du mir.«

»Und? Hast du Beweise?«

»Vielleicht.«

»Vielleicht heißt nein.«

»Es ist eine unglaubliche Verschwörung.«

»Okay, nächste Woche erzählst du es mir. Und wenn du es beweisen kannst, alarmiere ich die Polizei. Den gesamten Apparat. Und das Militär. Einverstanden?«

»Du glaubst mir nicht, oder?«

»Das sehen wir nächste Woche.«

»Vergiss das Gewehr nicht.«

»Du kriegst die leistungsfähigste Pumpgun, die auf dem Markt ist.«

Die Donauinsel war kein besonders attraktives Ausflugsziel um diese Jahreszeit, sie hatte etwas von Tundra. Aber sie war weitläufig und wenig besucht, außer einigen versprengten Radfahrern und Rollerskatern und den Hundebesitzern, denen man in dieser Stadt nirgends entgeht, traf man wenige Menschen. Die Wiener gehen nicht weit weg spazieren, sie bleiben in ihrer Umgebung. Die Hernalser zirkulieren in Neuwaldegg, die Döblinger gehen den Kahlenberg auf und ab, die Favoritener den Wienerberg und so weiter. Ich selbst gehe, wenn ich gehe, meist in den Prater, und auch da nicht weiter als bis zur Jesuitenwiese. Ich liebe die Jesuitenwiese. Anfang September findet da das Volksfest der Kommunisten statt. Es ist das einzige Mal im Jahr, dass sie öffentlich in Erscheinung treten, und logischerweise tun sie das auf der Jesuitenwiese. Es ist wie mit der U-Bahnstation Taubstummengasse, an der man aussteigen muss, wenn man ins Rundfunkgebäude will. Alles trägt sein Gegenteil in sich in dieser Stadt. Der Karl Marx-Hof konnte in keinem anderen Stadtteil gebaut werden als in Heiligenstadt.
Jaja, ich weiß, Sie wollen wissen, wie es weiterging. Aber die vergangenen Stunden und noch ein paar danach waren in meinem Leben die glücklichsten, da wird doch gestattet sein, ein wenig zu verweilen. Ich habe mich oft gefragt, ob Polykrates manchmal gern die Zeit angehalten hätte. Nach einer gewonnenen Schlacht zum Beispiel. Nach einer Nacht mit Smerdias. Ich jedenfalls hätte nichts dagegen gehabt, wenn die U-Bahn ewig weitergefahren wäre und ich ewig in diesem tranceartigen Zustand hätte bleiben können, dieser Zwischenwelt aus seligem Erinnern und freudiger Erwartung.
Alice kam nicht einmal zwanzig Minuten zu spät. Sie trug wieder den grünen Mantel, in dem ich sie zum ersten Mal gesehen hatte. »Wann kommt deine Frau nach Hause?« fragte sie, nachdem wir uns geküsst hatten.
»Samstag. Warum?«

»Ich will mitkommen zu dir. Ich will wissen, wie du wohnst. Wie du duschst. Wie du isst.«

»Ich weiß nicht, ob das besonders – «

»Sag es nicht. Es *ist* klug. Ich will dich besser kennen. Und ich verspreche, nichts schmutzig zu machen.«

»Um drei habe ich eine Nachhilfestunde.«

»Ich warte im Nebenzimmer.«

»Und ich wollte meine Mutter besuchen.« (Ich log häufig in letzter Zeit.)

»Wo wohnt deine Mutter?«

»Kühllagerhaus. Nicht weit von hier.«

»Ich komme mit.«

»Alice, bitte!«

»Warum nicht? Ich sage, ich bin eine Arbeitskollegin. Ich sage, ich habe eine Tante im Heim.«

»Meine Mutter kennt alle Insassen. Sie würde sofort Verdacht schöpfen. Außerdem will ich nicht, dass du mitkommst. Ich bin verheiratet und will es bleiben, das war die Abmachung. Wenn du damit Probleme hast, ist es klüger, wir trennen uns gleich, so schwer« – ich umarmte sie – »mir das auch fallen würde.«

Alice legte ihren Arm um meine Hüfte und ging eine Zeitlang schweigend neben mir her. »Okay«, sagte sie dann, »aber du nimmst mich mit in deine Wohnung. Nur dieses eine Mal.«

Ich überlegte oder tat jedenfalls so. Sofern es bei diesem einen Mal blieb, war das Risiko nicht allzu hoch. Es kamen immer wieder Fremde in unsere Wohnung, meist Mütter von Nachhilfeschülern. Für eine Gymnasiastenmutter war Alice zwar ein wenig jung, aber schließlich gab es auch Tanten und ältere Schwestern. Und wenn man bedachte, was ich im Gegenzug erhalten würde, war ihre Forderung erstaunlich bescheiden.

»Warum wolltest du, dass wir uns auf der Donauinsel treffen?« fragte sie nach einem langen Kuss.

»Sie gefällt mir«, sagte ich.
»Der Böhmische Prater wäre schöner gewesen.«
»Warum hast du nichts gesagt?«
Sie zuckte mit den Schultern. »Spazierengehen kann man hier auch, und die Hunde scheißen überall. Aber was gefällt dir an der Donauinsel?«
»Sie ist groß. Wenig Betrieb. Außerdem ist sie sinnvoll. Der ideale Hochwasserschutz. Vor der Regulierung ist die Donau manchmal bis in die Innenstadt gekommen.«
»Quatsch«, sagte Alice. »Davon hätte ich gehört, auch als ich noch in Deutschland war.«
»Ich rede von der ersten Regulierung. Neunzehntes Jahrhundert. Damals gab es hier dauernd Überschwemmungen. Eisstöße. Dann hat es ausgesehen wie in der Arktis, riesige Eisberge überall.«
»Ach? Und woher weißt du das?«
»Es war meine Diplomarbeit. Ich habe unzählige Zeitungsberichte gelesen aus dieser Zeit. Traurige Geschichten.«
»Erzähl mir eine. Eine ganz traurige.«
Ich überlegte. Nicht, welche Geschichte ich erzählen sollte, sondern warum Frauen traurige Geschichten so lieben. Rita konnte sich begeistern für Oscar Wildes Märchen, und selbst Marlene, die Naturwissenschaftlerin, mochte es, wenn ich ihr vom Elend der Arbeiter in der Donaumonarchie erzählte. Fühlten sie sich besser, wenn sie hörten, wie übel das Leben anderen mitspielte? Oder wollten sie nur mit dem Weinen nicht aus der Übung kommen? Ich fand keine Antwort, also erzählte ich meine Geschichte.
»Stell dir eine kilometerlange Baustelle vor. Massenhaft Arbeiter aus allen Teilen der Monarchie, von Anwerbern geködert, die ihnen das Blaue vom Himmel versprochen haben. Alles klar?«
»Alles klar.«
»Gut. Und jetzt stell dir ein junges Ehepaar vor. Sie stammen

aus Mähren, Protestanten. Die Frau ist schwanger, aber das darf niemand wissen. Sie kommen nach Wien, hierher an die Donau, und wohnen in einer zugigen Baracke, gemeinsam mit dreißig, vierzig anderen. Sie arbeiten wie die Tiere, aber sie verdienen viel weniger als erwartet, so wenig, dass ihnen nichts übrig bleibt als weiterzuarbeiten, um nicht zu verhungern. Irgendwann wird das Kind geboren und stirbt gleich wieder, Lungenentzündung, und sie müssen – «

»Traurig«, sagte Alice.

»Ja«, sagte ich, »aber das war nicht ungewöhnlich. Die meisten Säuglinge in diesen Baracken sind gleich gestorben. Jedenfalls: Das Kind muss beerdigt werden, also macht sich der Vater auf zum nächsten Friedhof. Zur gleichen Zeit beginnt ein Hochwasser, er muss sich beeilen. Aber der Friedhof, zu dem er geht, ist ein katholischer, und er ist Protestant, deshalb wird er abgewiesen. Das Wasser steigt und steigt währenddessen, es ist wie im Film, Wettlauf mit der Zeit und so. Gerade noch rechtzeitig kommt er zur Baracke zurück, bevor sie vom Festland abgeschnitten wird. Die beiden wissen nicht, was sie tun sollen und verstecken den Leichnam in einer Kiste. Das Hochwasser hält an, der Leichnam beginnt zu stinken, aber das fällt nicht auf im allgemeinen Gestank. Schließlich werden alle evakuiert, und die beiden schleppen das Kind mit, weil sie Angst haben, sich strafbar gemacht zu haben und entlassen zu werden. Irgendwann, Wochen später, wird die Behörde aufmerksam und schickt Polizisten. Der Leichnam ist völlig verwest inzwischen, aber er liegt immer noch in der Kiste.«

»Das war's?« fragte Alice, da ich nicht weiterredete.

»Das war's«, sagte ich.

»Und wie ist es weitergegangen?« fragte sie.

»Das war nicht herauszufinden. Ich nehme an, man hat die beiden zurückgeschickt. Das ist das Wahrscheinlichste.«

»Ich hätte ihn vermutlich umgebracht«, sagte sie.

»Wen?«
»Den Pfaffen.«
»Es war nicht seine Schuld. Er hatte seine Vorschriften.«
Sie sah mich an. Ich bemerkte, dass sie Tränen in den Augen hatte (es war allerdings ziemlich windig), und wollte sie auf die Wange küssen, aber sie wich aus und richtete den Blick wieder zu Boden. »Dann hätte ich mich umgebracht. Uns. Es hätte keinen Sinn gehabt, so weiterzuleben.«
Ich zog sie an mich. »Sieh es so: Die beiden hatten einfach Pech. Wenig später sind die konfessionellen Friedhöfe abgeschafft worden. Dasselbe hätte nicht noch einmal passieren können.«
Ich versuchte wieder, sie zu küssen. Diesmal ließ sie es zu. »Warum hast du nicht weitergemacht als Historiker?« fragte sie. »Du kennst gute Geschichten, du hättest Karriere machen können.«
»Nein«, sagte ich. »Karriere macht man mit Nazisachen. Das hätte ich nicht ausgehalten. Einmal habe ich an einem Projekt mitgearbeitet über die Entwicklungsgeschichte der Gaskammern. Wie man damit experimentiert hat, die Probevergasungen und so. Schon bei dem Wort wird mir schlecht. Himmler hat sich die neue Technologie vorführen lassen, und zu seinen Ehren hat man an diesem Tag die schönsten Jüdinnen vergast. Kannst du dir das vorstellen?«
»Ja«, sagte Alice nach einer Pause, nachdenklich weitergehend und ohne mich anzusehen, und dann, nach einer noch längeren Pause: »Eine von ihnen war meine Großtante.«
Ich blieb stehen und starrte sie mit offenem Mund an. Sie schien es nicht zu bemerken und setzte ihren Weg fort, also folgte ich ihr. »Ich muss oft an sie denken«, sagte sie. »Ich wüsste gern, wie sie sich gefühlt hat. Natürlich muss es schrecklich sein, so zu sterben. Aber dann denke ich, vielleicht war sie auch ein bisschen stolz. Sie war auserwählt, verstehst du, sie hat gewusst, dass sie zu den Schönsten gehört.«

Alice blieb stehen und blickte mich ernst an, vier, fünf Sekunden, dann lachte sie los. »Du glaubst wirklich alles!« rief sie begeistert.
Diesmal war ich ernsthaft beleidigt. Ich hatte Verständnis für Sonja Kirchberger, aber es gab Dinge, mit denen spaßte man nicht. Ich sagte ihr das, und wir redeten längere Zeit nicht. Irgendwann legte sie ihren Arm um meine Hüfte und drückte sich an mich. »Es tut mir leid«, sagte sie. »Verzeihst du mir?«
Ich wartete noch ein bisschen, so als müsste ich es mir erst überlegen, dann nahm ich sie um die Schultern und küsste sie. »Mach so etwas nie wieder.«
»Versprochen.«
Wir gingen weiter. Alice entdeckte ein Gebüsch, das ein wenig dichter war als die anderen. Hier draußen gab es keine Spaziergänger mehr. Als ich zwischen ihre Beine griff, fiel mir auf, dass sie keinen Slip trug. Der Himmel war wolkenverhangen. Krähen kreisten über unseren Köpfen.

17

Auf dem Rückweg wollte Alice in ein Kleidergeschäft. »Ich brauche Unterwäsche«, sagte sie.

»Das ist mir aufgefallen«, sagte ich. »Ich habe gedacht, du machst das meinetwegen.«

Sie grinste. »Manchmal kann man das Angenehme mit dem Nützlichen verbinden.«

Das Donauzentrum war neu für sie. So zielstrebig sie in Favoriten an allen Auslagen vorbeigegangen war, so eingehend betrachtete sie sie hier. Nach einer Stunde wurde ich unruhig, Athans Nachhilfestunde begann um drei. Aber ich sagte nichts. Kleider einkaufende Frauen zur Eile zu drängen, war nach meinen Erfahrungen kontraproduktiv. Forderte man Rita auf, rasch zu entscheiden, kam ihr die Entscheidungsfähigkeit völlig abhanden, sie ließ alles fallen und behauptete, die gegenwärtige Mode stehe ihr nicht und sehe überhaupt schrecklich aus oder sie selbst sehe schrecklich aus und sei zu fett und überhaupt sei alles Scheiße, und ich musste für den Rest des Tages ihre miserable Stimmung ertragen, nur weil ich ein paar Minuten früher dem Getümmel hatte entkommen wollte.

Als wir endlich in einem Geschäft waren, das Alice für den Unterwäschekauf geeignet schien, einem von diesen Textilmärkten (fragen Sie mich nicht nach dem Namen), steuerte sie zuerst die Herrenabteilung an und hielt mir diverse Hemden vor die Brust. Alle waren im Sonderangebot und grellbunt. Von einem besonders bunten behauptete sie, es sei wie für mich gemacht.

»Ich würde es nie anziehen«, sagte ich.

»Natürlich würdest du es anziehen. Probier es.«

»Rita kriegt einen Lachkrampf.«
»Dita? Ist das der Name deiner Frau?«
Ich nickte. »Rita.«
»Schöner Name«, sagte Alice.
»Außerdem würde sie sofort misstrauisch werden«, sagte ich. »Ich habe mir noch nie ein Hemd gekauft, ohne dazu gezwungen gewesen zu sein.«
Alice sah mich entsetzt an. »Du meinst, Dita sucht deine Hemden aus?«
»Rita. Nein. Ich suche sie aus. Ich zeige ihr, was ich ausgesucht habe, und sie nickt oder schüttelt den Kopf.«
»Das ist furchtbar. Das ist genauso, wie wenn du für mich Unterwäsche aussuchen würdest.«
»Ich dachte, Frauen mögen es, wenn Männer ihre Unterwäsche aussuchen?«
»Quatsch. Sie mögen es, wenn Männer ihre Unterwäsche bezahlen. Aussuchen wollen sie sie selbst. Arschloch hat mir einmal Unterwäsche geschenkt. Ich habe ausgesehen wie ein Pavian.«
»Großer rosa Hintern?«
»Großer rosa Hintern.«
»Und er mochte das?«
»Können wir von etwas anderem reden?«
»Du hast von ihm angefangen.«
»Probier jetzt das Hemd. Mir zuliebe.«
Ihr zuliebe. Naja. Verglichen mit dem Beiseiteschaffen eines Leichnams war ein Hemd zu probieren ein geringfügiger Liebesdienst.
»Du siehst großartig aus«, sagte Alice. »Wie fühlst du dich?«
Ich betrachtete mich im Spiegel. Wie fühlte ich mich? Gute Frage. Anders jedenfalls. Besser? Ja, besser. Höchste Zeit für ein Opfer. »Okay, ich kaufe es«, sagte ich. (Rita durfte es nie erfahren.)

Alice küsste mich, zufrieden, ihren Willen durchgesetzt zu haben, dann gingen wir in die Damenabteilung, und sie suchte an Unterwäsche zusammen, was sie brauchte, wählte vier Pullover aus und verschwand mit allem in einer Umkleidekabine.

Offensichtlich war es nicht das erste Mal, dass sie stahl. Sie ging zügig und professionell vor. Unterwäsche war nicht alarmgesichert, und sie begnügte sich mit einem Höschen, einem Unterleibchen und einem BH, also dem, was eine Frau gewöhnlich am Leib trug. (Das Angenehme mit dem Nützlichen verbinden, jetzt verstand ich.) Die leeren Verpackungen schob sie in einen der Pullover, dann legte sie die Pullover, bis auf einen, zurück, hakte sich bei mir unter, wie sich eine frisch Verheiratete dankbar und glücklich bei ihrem geduldigen, doof lächelnden Ehemann einhaken würde, wir gingen zur Kassa, und ich bezahlte.

In diesem Augenblick wurde mir klar, dass ich noch nie im Leben so verliebt gewesen war. Niemals hätte ich so widerspruchslos mit Rita Kleider eingekauft und alles bezahlt, nicht einmal in den ersten Monaten unseres Zusammenseins und wenn ich gewusst hätte, dass sie unmittelbar danach mit mir schlafen würde. Ich hatte ihr alles Mögliche gekauft damals, sogar Schmuck, aber ich war mir dabei immer enorm großzügig vorgekommen. Diesmal erschien es mir völlig selbstverständlich, genauso selbstverständlich wie dass Alice Unterwäsche klaute. Ich hatte nicht die geringste Sorge, dass sie auffliegen könnte, es war unglaublich. Ich selbst hatte in meinem Leben ein einziges Mal gestohlen, als Mittelschüler, Hesses *Steppenwolf.* Ich war so nervös gewesen, dass ich bis heute sicher bin, der Buchhändler hatte mich sofort durchschaut und ließ mich nur aus Mitleid entkommen, weil er wusste, was für ein Scheißbuch ich zur Strafe würde lesen müssen. In der kurzen Zeit, seit ich Alice kannte, hatte ich mich völlig verändert. Ich betrog meine Frau, belog meine Mutter, leistete Beihilfe zum Diebstahl, schaffte Leichen weg und hatte bei all dem keinen anderen Gedanken, als dass Alice bald wieder mit mir schlafen würde. Ein wenig erschreckte mich das. Aber es erschreckte mich nicht genug.

18

Alice ließ sich durch die Wohnung führen, sie wollte alles sehen, jedes Zimmer, auch unser Schlafzimmer (schließlich hatte sie vor, es zu benützen), selbst in die Abstellkammer warf sie einen Blick. Am meisten aber begeisterte sie die Badewanne.
»Bitte lass mich ein Bad nehmen«, bettelte sie, »es ist über ein Jahr her, dass ich zum letzten Mal gebadet habe. Ich will wieder einmal in einem Schaumbad sitzen, wie im Film.«
»Ich glaube nicht, dass Schaumbad da ist.«
»Sicher ist Schaumbad da. Wetten, Dita hat Schaumbad?«
»Sie heißt Rita.«
»Egal. Jedenfalls hat sie Schaumbad. Alle Frauen haben Schaumbad. Sogar ich habe Schaumbad, ich habe nur keine Badewanne.«
Sie öffnete die Badezimmerschränkchen, stöberte ein bisschen (vorsichtig vorsichtig, alles, was sie in die Hand nahm, stellte sie gleich wieder an seinen Platz zurück) und hielt dann triumphierend ein Fläschchen hoch. »Aloe vera«, sagte sie, nachdem sie es näher betrachtet hatte, »naja. Lavendel wäre mir lieber, aber Aloe vera ist okay. Und jetzt« – sie schubste mich – »raus hier, ich will mich schön machen für dich.«
Wir küssten uns, küssten uns, küssten uns, bis uns die Türklingel unterbrach. »Ich bin draußen, wenn du etwas brauchst«, sagte ich. »Und in einer Stunde gehöre ich ganz dir.«

»Hi«, sagte Athan, als ich die Tür öffnete, und hielt mir einen Zettel mit einem Unregelmäßige-Verben-Test vor die Nase, bei dem er sechzehn von zwanzig möglichen Punkten erreicht hatte. Seine Eltern mussten so begeistert gewesen sein, dass sie ihm neue Reeboks gekauft hatten, die er gern anbehalten hätte, aber ich erlaubte es ihm nicht. Dafür erließ ich ihm zur Belohnung das Vokabel-Prüfen und die Grammatik und ließ ihn nur einen Text aus dem Englisch-Buch laut vorlesen, »Linda and Sue go shopping«. Ich nahm an, dass er damit mehr anfangen konnte als mit einem Text über Fußball spielende Knaben oder einen Spaziergang mit einem Hund, die auch in Frage gekommen wären. Athan war an diesem Tag außergewöhnlich verträglich und eifrig (ein Glückstag), es mussten ihm noch begehrenswertere Dinge versprochen worden sein, wenn er einen positiven Halbjahresabschluss schaffte, er las geduldig und protestierte auch nicht, wenn ich ihn Zeilen mehrmals wiederholen ließ. Im Hintergrund hörte man Alice in der Badewanne *Bird on the Wire* singen, später das Geräusch des Föhns, dann war es still. Ich war gerade dabei, Athan klar zu machen, dass das Wort »mall« weder wie Moll noch wie Mell ausgesprochen wurde, da ging die Tür auf, und Alice trat lächelnd in die Wohnküche, nackt bis auf ein winziges Handtuch, das sie über die Schulter gelegt hatte.

»Hallo, Kleiner«, sagte sie lächelnd zu Athan, der sie begeistert anstarrte, und wandte sich dann an mich: »Tut mir leid, dass ich euch störe, aber ich habe meine Anziehsachen hier liegen lassen. Bin in zwei Sekunden wieder weg.« Sie nahm die Plastiktaschen mit den Einkäufen, die tatsächlich auf der Anrichte lagen, prüfte kurz den Inhalt, dann kam sie zu uns herüber, küsste mich auf die Wange – »love you«, flüsterte sie mir ins Ohr, während ihre Brüste direkt vor Athans Gesicht baumelten –, winkte Athan lächelnd zu, und draußen war sie.

Athan starrte ihr mit offenem Mund nach, was insofern Glück war, weil er dadurch nicht sehen konnte, wie rot ich geworden war (wie eine Verkehrsampel), und ich Zeit hatte, mir eine Erklärung zurechtzulegen.

»Meine Schwester«, sagte ich so beiläufig wie möglich, als er sich wieder mir zuwandte, »ich hoffe, du nimmst ihr das nicht übel. Ich bin zwar einiges gewöhnt, aber damit konnte nicht einmal ich rechnen. Und jetzt lass uns weitermachen.«

»Coole Schwester«, sagte Athan.

»Findest du?«

»Ja. So eine hätte ich auch gern.«

»Sei dir nicht so sicher. Sie kann ziemlich anstrengend sein. Jedenfalls wäre ich dir dankbar, wenn du zu Hause nichts davon erwähnst. Ich habe noch andere Nachhilfeschüler, und manche Eltern« – ich machte ein Kreuzzeichen –, »du weißt schon.«

»Alles klar«, sagte Athan und hielt mir die flache Hand hin. Ich schlug ein.

»Hören wir auf für heute. Ich vermute, deine Konzentration ist ohnehin weg. Die Bezahlung erlasse ich dir. Mach dir einen schönen Nachmittag damit.«

Ich begleitete ihn ins Vorzimmer.

»Wie alt ist deine Schwester?« fragte er, während er seine Reeboks anzog.

»So fünfundzwanzig«, sagte ich.

»Weißt du es denn nicht genau?« (Es sind immer die kleinen Fehler, die einem das Genick brechen.)

»Natürlich weiß ich es. Fünfundzwanzig.«

»Ist sie überhaupt deine richtige Schwester?«

»Klar ist sie meine richtige Schwester. Ist dir die Ähnlichkeit nicht aufgefallen?«

Gut pariert. Athan band schweigend seine Schuhe zu und stand auf.

»Und wie heißt sie?« fragte er.

»Aphrodite.«

»Komischer Name.«

»Das ist Bulgarisch und heißt Glückskind.«

»Cool«, sagte Athan. Wieder hielt er mir seine Handfläche hin, und ich schlug ein.

Alice stand vor dem Spiegel und zupfte sich, immer noch Leonard Cohen summend, ihre Augenbrauen, mit einer Selbstverständlichkeit, als wäre es ihr Badezimmer, und dass sie dabei immer noch nackt war, dass es also keinerlei Grund gegeben hatte, vor Ablauf der Nachhilfestunde in der Wohnküche aufzutauchen, steigerte meinen Ärger.
»Bist du verrückt geworden?« schrie ich sie an.
Sie drehte sich um, die Pinzette in der Hand. »Das muss ich nicht mehr, das weißt du doch.« Und lächelte.
Ich überging es. »Du kannst nicht völlig nackt ins Zimmer spazieren, wenn ich Nachhilfe gebe! Athan ist zwölf!«
»Mit zwölf wird er doch wissen, wie eine nackte Frau aussieht! Außerdem hatte ich den Eindruck, ich habe ihm ganz gut gefallen. Meinst du nicht auch?«
»Bist du völlig durchgeknallt?! Denkst du eigentlich manchmal nach? Ein bisschen Phantasie hat vermutlich sogar er! Wenn er zu Hause davon erzählt, sind wir dran!«
»Warum? Ich habe ihm doch nichts getan!«
»Vielleicht ist das ja bei Arschlochs üblich, aber in unseren Kreisen tritt man Fremden im Allgemeinen angezogen gegenüber!«
Sie starrte mich an, ohne sich zu bewegen, und ich konnte zusehen, wie sich ihre Augen mit Tränen füllten. »Gemeines Schwein!« sagte sie, wickelte sich ein Handtuch um den Körper, nahm die Plastiktasche mit der Unterwäsche und stürmte nach draußen, die Tür hinter sich zuwerfend. Ich ließ ein paar Sekunden vergehen, dann ging ich ihr nach. Sie saß in der Wohnküche auf dem Boden und weinte.
»Nun hör schon auf«, sagte ich.
Sie weinte lauter.
Ich hockte mich neben sie. »Es war nicht so gemeint. Ich liebe dich.«

»Nein, du liebst mich nicht. Sonst würdest du nicht so etwas Gemeines sagen.«

»Ich wollte das nicht, aber ich war wütend, weil du einfach so ins Zimmer gekommen bist und – «

»Ich gefalle dir nicht, stimmt's?«

»Natürlich gefällst du mir, das weißt du doch, du gefällst mir sogar – «

»Warum willst du mich dann nicht nackt sehen?«

»Ich will dich ja nackt sehen, nur wenn ich gerade Nachhilfe gebe, dann – «

»Ich will dich immer nackt sehen. Von mir aus könntest du nackt Nachhilfe geben. Du gefällst mir nämlich, und ich liebe dich.«

»Aber – «

»Küss mich.«

Ich tat es.

»Küss mich richtig.«

19

Alice trug nichts am Körper als eins von meinen Hemden (das hübsche, in dem sie mich zum ersten Mal gesehen hatte), weil sie der Ansicht war, es lohne nicht, sich ständig an- und wieder auszuziehen. Sie saß mir gegenüber am Esstisch und aß mit großem Appetit den Thunfischsalat, den ich aus den Resten, die ich im Kühlschrank gefunden hatte, zubereitet hatte. Sie erzählte von ihrer Arbeit bei einem Meinungsforschungsinstitut und auf welche Weise sie die Interviews fälschte, aber ich verstand nicht mehr als dass es sich um ein ziemlich kompliziertes Verfahren handelte, weil ich mit der Überlegung beschäftigt war, wie ich sie wieder aus der Wohnung kriegen sollte, bevor die letzte U-Bahn fuhr. Ich nahm an, dass sie davon ausging, ich würde sie hier übernachten lassen, aber das kam nicht in Frage. Andererseits sah sie so unglaublich glücklich aus, wie sie da saß und redete und Thunfischsalat in sich hineinschaufelte, dass es mir schwerfiel, sie einfach wegzuschicken.
»Der Salat ist wunderbar, aber du hättest Zitrone nehmen sollen. Zitrone ist gesünder«, sagte sie mit vollem Mund, und ich dachte, hätte Rita das gesagt, es wäre ein Grund gewesen, einen Streit anzufangen.
»Warum machst du ihn nicht selbst, wenn du es besser kannst?«
»Er ist ja gut, ich meine nur, dass du beim nächsten Mal vielleicht Zitrone –«
»Und wenn ich Zitrone nehme, willst du Joghurtdressing, weil die Zitronen gespritzt sind, wetten?«
Und so weiter. Aber da Alice es gesagt hatte, lächelte ich nur und sagte, ich würde es ausprobieren (ich hasse Zitronen), und überlegte weiter, wie ich ihr klarmachen sollte, dass sie gehen

musste. (Schade, dass sie nicht bleiben kann, dachte ich, schade, dass Rita morgen abend wieder da ist, schade, dass sie überhaupt da ist, kann sie nicht einen Unfall haben, Autobahn, Nebel, etwas in der Art, nicht tödlich natürlich, auch keine bleibenden Schäden, aber gegen zehn Tage Krankenhaus mit anschließender Reha hätte ich nichts einzuwenden gehabt.)
Alice war inzwischen dazu übergegangen, das Fernsehprogramm durchzublättern und zu kommentieren (»Derrick! Scheiße! Gibt es denn nichts mit Juhnke? Ich hätte unheimliche Lust auf Juhnke«), da läutete das Telefon. Es war Rita.
»Was gibt es Neues?« fragte sie.
»Nichts. Ich bin ein bisschen krank. War nicht in der Arbeit. Nicht einmal bei meiner Mutter.«
»Dann muss es ja was Ernstes sein. Hast du Fieber? Warst du beim Arzt?«
»Weder noch. Bloß eine Verkühlung. Nächste Woche arbeite ich wieder.«
»Ist das Dita?« fragte Alice und hielt es nicht für nötig, die Lautstärke zu dämpfen. Ich schnitt eine Grimasse und fuchtelte mit der Linken, sie möge schweigen.
»Was war das?« fragte Rita.
»Was war was?«
»Ist jemand bei dir?«
»Nein. Athan war da, aber der ist schon wieder weg. Er hat einen Zweier auf den Verbentest.«
»Wahnsinn. Was hat er dafür bekommen? Einen Ferrari?«
»Reeboks.«
»Seine Eltern werden immer geiziger.«
»Jedenfalls war er heute außergewöhnlich fleißig. Vermutlich gibt es den Ferrari erst für ein positives Abschlusszeugnis. Und dein Seminar? Immer noch spannend?«
»Total. Das ist eine komplexe Sache mit der Koedukation. Nach ersten Erfahrungen sind die Leistungen der Mädchen

in reinen Mädchenklassen wesentlich besser als in gemischten. Vor allem in den naturwissenschaftlichen Fächern. Mathematik, Physik, das wird automatisch den Knaben zugeordnet, verstehst du, obwohl sich die Lehrer dessen nicht bewusst sind.« (Alice zog sich das Hemd über den Kopf und ließ es fallen, sie lächelte mir zu, ihre Brüste streichelnd, stand auf und) »Auch die Mädchen selbst nennen als Fächer, die sie am wenigsten leiden können, in gemischten Klassen immer die naturwissenschaftlichen. In Mädchenklassen ändert sich das schlagartig. Und die Leistungen können sich sehen lassen. Die weiblichen Teilnehmer an Physikolympiaden kommen fast immer aus reinen Mädchenklassen.« (kam, auf Zehenspitzen, herüber zur Theke, auf der das Telefon stand, hockte sich vor mir hin, zog mir die Unterhose über die Knie und begann, an meinem Schwanz zu lecken. Ich versuchte, sie abzuhalten, aber sie wehrte sich, und wenn ich Lärm vermeiden wollte, blieb mir nichts übrig, als sie gewähren zu lassen, sie legte ihren Arm) »Das Problem ist, dass die Klerikalen sofort auf diesen Zug aufgesprungen sind. Es sollen wieder mehr Mädcheninternate eröffnet werden blah blah (um meinen Oberschenkel und nahm meinen Schwanz in den Mund und) »Geschlechtertrennung wieder zum Standard machen und überhaupt blah blah du kannst dir vorstellen blah blah blah man muss vorsichtig sein, sonst blah blah ich schätze, dass es klüger« (Wahnsinn!) »Koedukation zu bleiben und es bei ein paar Schulversuchen zu belassen, so wie bisher blah blah blah. Was ist mit dir, warum atmest du so komisch? Du klingst, als würdest du dir grade einen runterholen.«

»Das ist die Verkühlung. Verstopfte Nase.« (Oh Scheiße! Oh du Scheiße! Jetzt! Ja!)

»Und was war das?«

Ich versuchte, meine Atmung zu kontrollieren, aber es gelang mir nicht. »Ich musste niesen, aber es hat nicht funktioniert«,

sagte ich, als ich wieder sprechen konnte. »Du kennst das, unangenehmes Gefühl.«
»Unangenehm, ja. Na gut, ich lass dich in Ruhe. Aber du solltest inhalieren, bevor du ins Bett gehst. Pass auf dich auf.«
»Du auch. Schlaf gut.«
»Du auch. Ich liebe dich.«
»Was?«
»Ich liebe dich.« (Warum sagte sie das? Das sagte sie sonst nie.)
»Ja. Ich liebe dich auch.«
Dann legten wir auf, und ich konnte endlich durchatmen. Alice saß vor mir, streichelte meine Beine und lutschte an meinem Sack. Ich griff unter ihre Achseln und zog sie hoch. »Du bist völlig verrückt, weißt du das?«
»Ja. Macht Spaß, nicht?«
»Macht Spaß, ja. Bleibst du über Nacht?« (Offensichtlich war ich auch verrückt.)
Sie überlegte. »Nein«, sagte sie dann. »Zu früh. Aber wir könnten noch etwas gemeinsam unternehmen. Du zeigst mir den Prater. Ich bin noch nie mit dem Riesenrad gefahren. Was hältst du davon?«
»Ich bin nicht sicher, dass es in Betrieb ist um diese Jahreszeit. Außerdem fürchte ich, Rita wird noch einmal anrufen.«
»Dann hast du schon geschlafen. Du hast eine Schlaftablette genommen.«
»Ich nehme nie Schlaftabletten.«
»Du kannst ohne Tabletten schlafen?« Sie sah mich mit großen Augen an, als hätte ich etwas Ungeheuerliches gesagt. Dann zog sie an meinem Arm. »Nun komm schon.«

Früher war ich oft in den Prater gegangen, einfach so, den Leuten zusehen, die verschiedenen Musiken hören, die einander überlappten (»*das* ist Polyphonie!« soll Mahler ausgerufen haben, als er durch den Prater ging. Oder durch den Böhmischen Prater? Egal), aber seit die Spielhallen angefangen hatten, alles andere zu verdrängen, betrat ich ihn nur noch selten. Wie zu erwarten, war zwischen den Buden wenig Betrieb, ein lautstark streitendes Paar betrank sich an einem Würstelstand, ein paar Obdachlose lagen auf der Bank am Rondeau vor dem großen Autodrom, in dem nur zwei Fahrzeuge mit jugendlichen Paaren einander verfolgten, die es ungewöhnlicherweise darauf angelegt zu haben schienen, Kollisionen zu vermeiden.

»Wann warst du zum letzten Mal hier?« fragte ich Alice, die darauf bestanden hatte, zumindest einen Spaziergang bis zum Schweizerhaus und zurück zu machen, bevor wir ins Riesenrad stiegen.

»Das muss über ein Jahr her sein«, antwortete sie, »und es war mit du weißt wem. Wir sind mit einer Hochschaubahn gefahren, bevor er sich an die Automaten gemacht hat. Ich glaube, er hat nicht einmal bemerkt, dass ich irgendwann nicht mehr da war. Ich hoffe, du bist kein Automatenspieler.«

»Ich bin überhaupt kein Spieler. Billard manchmal, und selbst das nur, um zu verlieren. Von mir aus können sie alle Spielhallen schleifen. Auch das Autodrom. Und dafür das alte Lustspieltheater wieder aufbauen.«

»Hier war ein Theater?«

»Ein Kino. Das heißt, zuerst ein Theater, ja, aber zuletzt ein Kino. Hier habe ich meinen ersten Pornofilm gesehen. Heute würde sowas wahrscheinlich im Vorabendprogramm laufen, aber damals… Übrigens war es das einzige Kino im Prater, das den Weltkrieg überlebt hat. Tolles Gebäude, ganz aus Holz. Drum hat es auch so gut gebrannt.«

»Haben es die Sittenwächter abgefackelt?«

»Ein Angestellter. Er hat viele Jahre dort gearbeitet, und als der Besitzer es zusperren und irgendwas anderes daraus machen wollte, hat er es angezündet.«

»Dann stimmt es also, man tötet, was man liebt.«
»Quatsch.« Ich umarmte sie. »Man schläft mit was man liebt.«

Das Schweizerhaus hatte Wintersperre, also nahmen wir im Englischen Reiter ein Bier und einen Tequila, ich erzählte Alice von meinen Nachhilfeschülern und dem Copyshop und meiner Mutter und was für eine Plage sie war und dass sie wollte, dass ich ihr ein Spielzeuggewehr mitbrachte gegen die Tauben, und dass sie die Heimleitung des Mordes verdächtigte und und, dann kam ein Zeitungskolporteur, und Alice kaufte eine Kronen Zeitung.

»Zwilling, hast du gesagt?« fragte sie, während sie sich zum Horoskop durchblätterte.

»Zwilling, ja. Erste Dekade.«

»Okay, pass auf. ›Liebe: Ihr Partner kommt ständig mit Ausreden. Ziehen Sie einen Schlussstrich und verreisen Sie. Am besten mit einer Freundin.‹ Wohin fahren wir?«

Ich schüttelte den Kopf. »Horoskope raten niemals zum Ehebruch. Das einzige, was man aus solchen Vorhersagen lernen kann, ist, dass Horoskope nur von Frauen und Schwulen gelesen werden.«

Alice überging es. »›Gesundheit: Nichts übertreiben, alles ruhig angehen. Nicht dauernd an Vergangenes denken, dann geht es Ihnen sofort besser.‹ Na bitte, stimmt.«

»Was steht bei dir?«

»›Liebe: Venus macht Sie liebesbedürftig. Kosmisch zeichnet sich eine große Harmonie mit einem Zwilling ab.‹ Stimmt schon wieder.«

»Jeder zwölfte Mensch ist Zwilling.«

»Aber ich gehe nicht mit jedem zwölften Menschen ins Bett.«

»Wie sieht es mit deiner Gesundheit aus?«

»›Übergewicht? Abends aufs Fahrrad und nicht in die Kneipe!‹«

»Total daneben.«
»Wenn es nicht zutrifft, heißt das, alles kann bleiben, wie es ist. Aber hier, Liebe: ›Wenn Sie nicht wollen, dass eine gewisse Angelegenheit im Sande verläuft, müssen Sie jetzt alle Energie daransetzen.‹ Also komm, lass uns gehen.«
»Das steht überhaupt nicht unter Liebe, das steht unter Beruf.«
»Ist doch scheißegal. Komm schon. Ich lade dich ein.«

20

Am nächsten Tag sahen wir uns nicht. Alice machte Interviews oder fälschte sie, jedenfalls hatte sie gesagt, sie würde den ganzen Tag beschäftigt sein. Am Abend davor waren wir noch in einer Riesenradkabine über dem nächtlichen Wien geschwebt, die einzigen Fahrgäste, schweigend, umarmt und hin und wieder einander küssend, dann hatte ich Alice zur U-Bahn gebracht und war nach Hause gegangen, um den Tag bei einer Flasche Wein ausklingen zu lassen. Rita hatte tatsächlich noch einmal angerufen, gleich nachdem ich die Wohnungstür hinter mir zugemacht hatte (perfektes Timing), sie war ein wenig beschwipst, was auf derlei Seminaren vermutlich zum Programm gehörte, ich tat sehr verkühlt und behauptete, schon geschlafen zu haben, und sie glaubte mir, versicherte mir ein weiteres Mal, dass sie mich liebe, dann legten wir auf, ich schaltete den Fernseher an und zappte mich durchs Programm, bis ich bei einem dieser verschlüsselten Pornos landete, aber an einem Tag wie diesem hatte ich daran kein Interesse, ich hatte bessere Bilder im Kopf und konnte sie jederzeit abrufen.

Am nächsten Morgen erwachte ich erfrischt und guter Laune, wie schon lange nicht. Ich legte Patti Smith auf (ziemlich laut, damit ich mitsingen konnte, ohne mich zu hören), machte mir Frühstück, las die Zeitung und ließ noch einmal den vergangenen Tag Revue passieren. Er war perfekt. Ein Glückstag. Der glücklichste Tag in meinem Leben.

Genau.

Der glücklichste Tag in meinem Leben.

Sofort bekam ich ein flaues Gefühl im Magen. Da wendet sich der Gast mit Grausen, diese Geschichte. Ich verfluchte meine

Deutsch- und Griechischlehrer. Hätte ich nie von Polykrates erfahren, alles wäre vielleicht nicht geschehen, ich hätte zufrieden leben können, die guten Tage genießen, herumvögeln, die Versicherungen bescheißen, aber so… Ein Tag wie dieser war einfach zuviel Glück. Die Sache musste einen Haken haben. Mein Blick fiel auf das Hemd, das Alice für mich ausgesucht hatte. Zugegeben, es war scheußlich, aber das war nicht Unglück genug, schließlich war ich nicht gezwungen, es anzuziehen. Es musste etwas anderes sein. Aber da war nichts, selbst mein Übermut, Alice aufzufordern, die Nacht bei mir zu verbringen, hatte mich nicht in Schwierigkeiten gebracht, sie selbst hatte abgelehnt. Was hatte sie gesagt? Zu früh? Was hatte sie damit gemeint, zu früh? Die Tageszeit? Mit Sicherheit nicht. Und dieses Horoskop? »Wenn Sie nicht wollen, dass eine gewisse Angelegenheit im Sande verläuft, müssen Sie jetzt alle Energie daransetzen.« Es war unter Beruf gestanden, nicht unter Liebe. Was hatte sie vor? Worauf hatte sie es abgesehen? Auf mich? Wollte sie irgendwann hier einziehen? Ritas Stelle einnehmen? War sie eine Heiratsschwindlerin? Unwahrscheinlich. Ein halbtags arbeitender Nachhilfelehrer war nicht unbedingt, wonach eine Heiratsschwindlerin suchte. Außerdem hatte sie glaubwürdig geklungen, als sie der Abmachung zugestimmt hatte, dass sie keine Ansprüche stellen würde, die über gelegentliche Treffen hinausgingen. Aber ich hatte ihr auch abgenommen, dass sie Schauspielerin war und ihre Großtante im KZ, also was hieß das schon? Glenn Close in *Eine verhängnisvolle Affäre* hätte man ihren Wahnsinn auch nicht zugetraut. Ich wünschte, dieser Film wäre nie gedreht worden, oder ich hätte ihn zumindest nie gesehen. Ich hatte ihn ohnehin nicht sehen wollen, es war Rita gewesen, die mich ins Kino geschleppt hatte, eine dieser Auseinandersetzungen über das Fernseh- oder Kinoprogramm, die sie immer gewann.

»›Virtuos spielt Regisseur Adrian Lyne mit den Emotionen

und Erwartungen der Zuschauer‹«, las sie aus der Zeitung vor. »Fünf Sterne, und Sylvia sagt, sie hat Michael Douglas noch nie besser gesehen.«

»Das sagt sie nach jedem Film mit Michael Douglas, ist dir das noch nicht aufgefallen? Vermutlich hat sie es auch nach jeder Folge von *Die Straßen von San Francisco* gesagt.«

Rita überging es. »Und Verena sagt, Albert sagt, genau genommen ist es eine fabelhafte Studie über eine Borderlinerin. Und der ist Therapeut.«

»Und ich sage, es ist ein Scheißfilm, und seine einzige Botschaft ist, Vögeln bringt dich in Lebensgefahr.«

»Ach? Hast du ihn gesehen? Hat ihn sonst jemand gesehen?«

»Niemand, den ich kenne, würde ihn sich ansehen.«

»Na also. Dann sehen wir ihn uns an, dann wissen wir, wer recht hat.«

Natürlich hatte ich recht. Rita hatte den Film ebenfalls beschissen gefunden, aber was nützte das jetzt noch? Ich hatte ihn gesehen, er war in meinem Gedächtnis, und das hatte zur Folge, dass der Gedanke, ich könnte mir Glenn Close eingehandelt haben, nicht mehr zu vertreiben war. Ich lenkte mich ab, indem ich den Tiefkühler abtaute, dann Bad, Klo und Küche einer Generalreinigung unterzog (mit Zahnstochern die Fettreste aus den Rillen von Mixer und Küchenmaschine, all das) und dann die wie neu glänzende Arbeitsfläche wieder verdreckte, indem ich die im Sommer tiefgekühlten Marillen, die längst verbraucht gehörten, zu Marmelade verarbeitete. Zwar hatten wir noch mehrere Gläser aus den vergangenen Jahren, wir aßen kaum Marmelade, aber zu irgend etwas würde sie schon gut sein. Vielleicht, dachte ich, liebte Alice Marillenmarmelade und ließ sich damit bestechen, und als mir klar wurde, dass sie mir selbst beim Marmeladeeinkochen nicht aus dem Kopf ging, ließ ich die Hausarbeiten, rief Richard an und vereinbarte für den Abend eine Partie Billard.

Das Café, in dem wir uns trafen, lag im Karmeliterviertel, es war düster und verraucht und hatte zwei Billardtische, von denen fast immer einer frei war. Richard erschien mürrisch und unausgeschlafen, er hatte die Nacht zuvor Dienst gehabt, ein Fahrgast hatte ihm das Taxi vollgekotzt, und den ganzen Tag war in der Wohnung über ihm gestemmt worden. Das bedeutete, ich würde auch diesmal keine Partie gewinnen und ihm, wenn ich Lust auf ein Gespräch hatte, jedes Wort aus der Nase ziehen müssen.

»Promigäste gehabt in letzter Zeit?« begann ich also, um irgendetwas zu sagen, »Juhnke vielleicht? War er es, der die Sauerei angerichtet hat?« Richard schüttelte wortlos den Kopf, versenkte die Sechs und die Dreizehn und scheiterte an der Sieben. Ich ebenfalls.

»Wie geht es Cora?« fragte ich. (Cora war Richards Freundin.)

»Wer ist Cora?« antwortete er und schwieg wieder. (Sie war nicht mehr seine Freundin.)

Vier Stöße später versuchte ich es erneut: »Habe ich dir den erzählt mit den zwei Zahnstochern, die auf einen Berg gehen?«

»Wenn ein Igel sie überholt, ja. Du bist dran.«

Ich spielte, eine für meine Verhältnisse lange Serie. Richard schien beim Zusehen langweilig zu werden. »Ich weiß auch einen«, sagte er. »Treffen sich zwei Eisenbahner – «

»Wer sonst?« fragte ich. (Richard erzählte ausschließlich Eisenbahnerwitze. Sein Vater war bei den ÖBB gewesen und hatte die Familie mit hohen Schulden sitzen lassen, als Richard noch ein Volksschulkind gewesen war. Sein Hass auf die Eisenbahner war fast so groß wie der auf Barry Manilow.)

»Willst du ihn hören oder nicht?« sagte er mürrisch. (Cora schien ihm mehr bedeutet zu haben, als ich gedacht hatte, also zog ich es vor, nicht zu antworten.)

»Treffen sich zwei Eisenbahner«, begann er noch einmal, »sagt der erste, unlängst fahre ich mit der Lokomotive, liegt neben

den Gleisen eine wunderschöne nackte Frau, habe ich nicht anders können, habe ich müssen aussteigen und sie vögeln. Verständlich, sagt der andere, hätte ich auch getan, und wie war sie? Super, sagt der erste, absolut unglaublich, und erst der Arschfick, Wahnsinn! Und wie hat sie geblasen, fragt der zweite, auch so gut? Und der erste sagt, weiß nicht, hatte keinen Kopf mehr.«
»Du bist ein Schwein«, sagte ich, nachdem ich gelacht hatte.
»Warum?« sagte Richard. »Cora hat ihn mir erzählt.«
»Bevor oder nachdem sie Schluss gemacht hat?«
»Bevor.«
»Und du hast gelacht?«
»Natürlich habe ich gelacht. Du hast auch gelacht.«
Er sah mich an. »Vielleicht hast du recht«, sagte er, »vielleicht wollte sie mich wirklich loswerden.« Er versenkte eine Kugel. »Und du? Will Rita dich auch loswerden?«
»Warum sollte sie?«
»Du treibst es mit anderen Frauen und trägst billige Adidas.«
»Ich treibe es nicht mit anderen Frauen. Okay, einmal. Aber ich werde sie nicht wiedersehen, und Rita wird nie davon erfahren.«
Richard beendete die Partie. »Du hast heute noch schlechter gespielt als sonst«, sagte er. »Zittern deine Hände noch vom Vögeln oder schon vor Angst, weil Rita zurückkommt?«

21

In Oberösterreich wird um diese Jahreszeit überall handgefertigter Christbaumschmuck angeboten, der wahrscheinlich von tuberkulösen asiatischen Kindern hergestellt wird und hauptsächlich für Ölmagnaten oder die Zillertaler Schürzenjäger gedacht ist, weil niemand sonst widerspruchslos solche Phantasiepreise dafür bezahlen würde, jedenfalls niemand außer Rita.

»Dafür hätten wir eine Eigentumswohnung gekriegt, oder irre ich mich?« sagte ich, nachdem ich die auf dem Küchentisch ausgelegten Stücke betrachtet hatte.

»Fang nicht so an«, sagte sie. »Es war mein Weihnachtsgeld, von dem ich es bezahlt habe. Sowas kauft man nur einmal im Leben. Das werden noch unsere Enkel an ihre Christbäume hängen.«

(Enkel?)

»Und warum haben *wir* dann nichts? Warum hast du nichts von deinen Großeltern gekriegt? Bei mir ist es klar. Wir hatten nie einen Weihnachtsbaum. Aber bei euch…«

»Meine Schwester ist gierig. Was es gab, schmückt heute irgendwelche Iglus.« (Ihre Schwester hatte nach Oslo geheiratet.) »Und ich will nicht, dass unsere Kinder so freudlos aufwachsen wie du.«

(Kinder? Was war los?)

»Und wann willst du mit dem Schmücken anfangen«, fragte ich, »gleich?«

Es sollte ein Scherz sein, aber Rita nickte, als wäre nichts selbstverständlicher. »Wenn wir es jetzt schon tun, haben wir mehr davon. Die Sachen waren teuer genug.«

Ich erstarrte. Ich wäre einverstanden gewesen, essen oder ins Kino zu gehen, aber den Christbaum zu schmücken hatte ich nicht die geringste Lust. »Und was wird dann aus der Weihnachtsüberraschung?« sagte ich. »Wenn er schon so lang vorher steht, haben wir uns am Heiligen Abend sattgesehen und sind frustriert.«

»Wir zünden die Kerzen ja erst dann an. Da sieht er völlig anders aus. Holst du ihn?«

»Und wie soll ich ihn festmachen? In den Boden nageln?«

Rita ging ins Vorzimmer und kam mit einer Plastiktasche zurück, aus der sie einen gusseisernen Christbaumfuß zog. »Das war der größte, der zu kriegen war.«

Kein Entkommen möglich. Ich trottete hinaus zum Gangklo, das wir als Abstellkammer nützten, und holte Ritas Scheiß-Liebhaber und wünschte mir, dass sie mit ihm nach Franz-Josef-Land durchbrannte und ein Tannenwäldchen gründete und ich die beiden nie wiedersehen musste.

Gemeinsam versuchten wir, den Fuß anzubringen, aber es war aussichtslos, der Stamm war zu dick, und mein Vorschlag, den Baum um einen Kranz Äste zu kürzen, rief bei Rita Empörung hervor, als hätte ich vorgeschlagen, ihren Freund zu kastrieren. Also holte ich das Beil und Schnitzmesser, legte ihn auf den Tisch, wies Rita an, ihn festzuhalten, und begann, sein unteres Ende in die richtige Fasson zu bringen. Ich war noch nicht sehr weit gekommen, da läutete es an der Tür. Rita ließ den Baum los und ging ins Vorzimmer. Ich versuchte, allein weiterzumachen, aber es gelang mir nicht, also lehnte ich ihn an die Wand und schenkte mir ein neues Glas Wein ein.

Draußen hörte ich die Tür und Ritas Stimme: »Was kann ich für Sie tun?«

Jedenfalls nicht Sylvia, dachte ich erleichtert, aber die Erleichterung wich augenblicklich Entsetzen, als die andere Person zu reden anfing.

»Ich komme von ÖSI, Österreichisches Sozialforschungsinstitut, schönen guten Abend. Hätten Sie wohl zehn Minuten Zeit, um einige Fragen zu beantworten?« Der Tonfall hatte etwas Seriöses, Offizielles, aber die Stimme gehörte unzweifelhaft Alice.
Rita war verärgert. »Ist Ihnen klar, dass heute Sonntag ist? Die Schulen sind geschlossen, die Geschäfte sind geschlossen, sogar die Likörstuben haben zu. Sind Sie sicher, dass das der richtige Tag für Meinungsumfragen ist?«
Kurzes Schweigen. Dann Alice, betreten: »Tut mir leid. Ich weiß, es ist kein günstiger Zeitpunkt. Aber wenn Sie nicht können, vielleicht hätte sonst jemand aus der Familie Zeit? Es dauert wirklich nur ein paar Minuten.«
»Wir haben wahrhaftig anderes zu tun, als an einem Adventsonntag Interviews zu geben! Und nun gute Nacht, junge Frau!«
»Bitte! Es ist sehr wichtig für mich. Es tut mir ja leid, aber wenn ich morgen nicht abgebe, fliege ich. Ich hatte Prüfungen diese Woche, ich bin zu nichts anderem gekommen. Bitte. Wenn ich diesen Job verliere, weiß ich nicht, wie es weitergehen soll.«
»Du liebe Zeit!« Rita seufzte. »Na gut, weil Weihnachten ist. Aber machen Sie schnell.« Sie kam wieder ins Zimmer, gefolgt von Alice, die stark verändert aussah, in Anorak und Pudelmütze und mit einer riesigen Hornbrille, die die Hälfte ihres Gesichts einnahm. »Soll ich die Schuhe ausziehen?« fragte sie.
»Nein«, sagte Rita, »außer Sie sind in Scheiße getreten«, und zu mir: »Sie kommt von ÖSI, ich muss ihr ein paar Fragen beantworten, sonst schläft sie morgen in der Gosse. Wir gehen in mein Zimmer.«
»Ein wunderschöner Baum«, sagte Alice mit schüchternem Lächeln, nachdem sie mir einen Gruß genickt hatte – ihre Schauspielerei war erstaunlich gut, mir schien sogar, es gelang ihr,

ein wenig rot zu werden –, »aber Sie haben auch die passende Wohnung dafür. Bei mir müsste ich nach oben durchbrechen, um so etwas aufzustellen.«
»Ja, schön, nicht wahr?« Das Lob des Baums hatte Rita ein wenig sanfter gestimmt. »Wir schmücken ihn jetzt schon, damit wir länger etwas davon haben.«
»Gute Idee«, sagte Alice. »Hier entlang?«
»Ja. Bringen wir es hinter uns.«
»Darf ich Ihren Gatten hinterher vielleicht auch belästigen?«
»Darf sie dich hinterher auch belästigen?« fragte Rita.
»Wenn es nicht zu lange dauert… Auf uns wartet noch eine Menge Arbeit.« Ich hielt die Flasche hoch. »Wollt ihr ein Glas Wein?«
»Danke, für mich nicht«, sagte Alice. »Auf mich wartet auch noch eine Menge Arbeit.«
»Vielleicht sollten Sie sich in Zukunft Ihre Zeit besser einteilen«, sprach die jüngste Administratorin von Wien, dann verschwanden sie in ihrem Zimmer.
Ich holte ein Bier und setzte mich an die Theke. Weiter Wein zu trinken schien mir zu gefährlich. Ich hatte allen Grund, nervös zu sein, und wenn ich nervös war, trank ich schnell, und wenn ich schnell trank, ging meine Konzentration flöten, und die würde ich brauchen, wenn Alice wieder fort war und Rita sich über die Desorganisiertheit der Studenten ausließ.
»Es ist immer dasselbe. Sie wissen die Prüfungstermine Monate vorher, aber sie warten bis zum letzten Moment, und dann kriegen sie die Panik. Wir hätten ihr das Interview verweigern sollen, damit sie lernt, sich ihre Zeit einzuteilen.«
»Sei nicht so streng. Wir waren auch nicht anders.«
»Haben wir je wildfremde Leute an einem Adventsonntag überfallen?«
»Es waren doch nur ein paar Minuten. Und sie war nett und höflich.«

»Du fandest sie also nett?«
»Ja.«
»Hat dir gefallen, wie?«
»Nicht besonders.«
»Lüg nicht. Sie war hübsch.«
»Möglich. Nicht mein Typ. Viel zu breit unten rum. Ein Arsch wie Jessye Norman.«
»Ach? Kennst du sie näher?«
»Natürlich nicht.«
»Woher weißt du dann, dass sie einen Arsch hat wie Jessye Norman?«
»Das konnte man sehen.«
»Man konnte überhaupt nichts sehen, so wie sie angezogen war.«
»Männer haben einen Blick dafür.«
»Quatsch. Wenn jemand etwas von Ärschen versteht, dann wir Frauen. Und ich sage dir, man konnte ihren überhaupt nicht beurteilen. Außerdem hast du die ganze Zeit nur auf ihre Titten gestarrt. Und sie ist rot geworden, als sie dich gesehen hat, ist dir das aufgefallen?«
»Nein.«
»Aber mir. Du kennst sie, nicht wahr? Gib es zu.«
Usw.
Ich stellte das Bier zurück in den Kühlschrank, machte Kaffee und überlegte, was Alice mit ihrem Auftauchen bezweckte. Vermutlich gar nichts. Reine Neugier. Sie wollte wissen, wie Rita aussieht, sie musste Interviews machen, um ihre Miete zu bezahlen, und sie hatte die Angewohnheit, das Angenehme mit dem Nützlichen zu verbinden. Aber warum diese Verkleidung? Wollte sie tatsächlich Schauspielerin sein? Glenn Close? Ich sah die Szene vor mir. Die Tür zu Ritas Zimmer flog auf, und Alice trat heraus, irrer Gesichtsausdruck, blutverschmiert, in der Hand ein bluttriefendes

Küchenmesser. Instinktiv wandte ich mich um, um nachzusehen, ob alle an ihrem Platz waren. Auf dem Geschirrspüler saß Arschloch.

»Hallo, Einstein«, sagte er.

»Hau ab«, sagte ich, »das ist meine Wohnung.«

»Mag sein. Aber es ist mein Mädchen, das du fickst, und das gefällt mir nicht.«

»Sie hat dich abserviert, schon vergessen?«

»Sie hat Launen, wie alle Frauen. Man darf das nicht ernst nehmen. Sie braucht mich. Ich bin der einzige, der weiß, wie man mit ihr umgeht. Wie man sie richtig fickt.«

»Ich tue mein Bestes, keine Sorge.«

Er lachte. »Ach, Einstein, was versteht ein Schwanzreinhalter wie du vom Ficken?«

»Hör auf, so zu reden. Das ist widerlich.«

»Ficken, Einstein, hörst du? Ficken, ficken, ficken, Tag und Nacht, in ihre Muschi, in ihr Maul, in ihren Arsch, in ihre Nasenlöcher, in – «

»Hör auf!« Ich warf die Kaffeetasse nach ihm. Sie knallte gegen die Fliesen und zerbrach. Ich presste meine Hände gegen die Schläfen und atmete durch. Nach einigen Sekunden hatte ich mich so weit beisammen, dass ich darangehen konnte, die Scherben einzusammeln. Ich hatte mich gerade zum zweiten Mal geschnitten, als die Frauen aus dem Zimmer kamen.

»Mit wem redest du?« fragte Rita erstaunt.

»Mit dem Scheiß-Baum. Er nervt. Will nicht gradestehen. Und dann wollte ich mir Kaffee machen und habe eine Tasse ruiniert.«

»Ich gehe dann wohl besser«, piepste Alice im Hintergrund, aber Rita hielt sie zurück. »Nein nein, warten Sie. Du machst doch das Interview, Artur, nicht wahr?«

»Meinetwegen«, sagte ich. »Aber zuerst brauche ich ein Pflaster. Du kannst ja inzwischen mit dem Baum weitermachen.

Pass aber auf, die Axt ist scharf, und für heute reicht es mir mit Blut.«

Ich war selten in Ritas Zimmer, und es war mir nicht angenehm, an ihrem Schreibtisch zu sitzen, der Frau gegenüber, mit der ich sie betrog und die weiterhin, obwohl wir allein waren, die seriöse Studentin und ÖSI-Mitarbeiterin gab und mir einen Fragebogen erklärte, der dazu diente, den Fastfood-Ketten Informationen zu liefern, wie sie uns am wirkungsvollsten dazu bringen konnten, uns mit ihrer Scheiße vollzustopfen. Ich behauptete, mich hauptsächlich von rohem Fleisch, Kaviar und Gemüsesäften zu ernähren, und gab Alice, die mir jede Frage gewissenhaft vorlas, ebenso gewissenhaft Antwort, während ich auf einen Zettel »Was soll das?« kritzelte und ihn ihr hinschob.
»Ich wollte Dita kennenlernen«, schrieb sie zurück, »außerdem muss ich dich früher wiedersehen.«
Ich korrigierte das D zu einem R und fügte hinzu: »Ich rufe an.«
»Telefon gesperrt. Du musst können. Ich muss dir etwas sagen«, war die Antwort.
»Abends meist eine Karotte und ein paar Tomaten«, sagte ich laut, »dazu eine Scheibe Vollkornbrot und ein Glas Milch«, und schrieb, nachdem ich zu dem Schluss gekommen war, dass es vernünftiger war, mich so bald wie möglich mit Alice auszusprechen, als zu riskieren, dass sie unter irgendeinem Vorwand wiederkam: »Mittwoch, 10 Uhr, das Café in Favoriten.« Alice las es, lächelte und schob den Zettel zu ihren Unterlagen, stand auf und dankte mir förmlich, dass ich mir die Zeit genommen hatte. Rita saß an der Theke, ein Glas Wein vor sich. »Haben Sie alles, was Sie wollten?« fragte sie, als wir eintraten, und rutschte vom Hocker, um mit uns ins Vorzimmer zu gehen.

»Sie haben mir sehr geholfen, vielen Dank«, sagte Alice. »Hoffentlich habe ich weiterhin so viel Glück. Darf ich noch Ihre Toilette benützen?« Sie zeigte auf die Toilettentür.

»Na klar«, sagte Rita, »wollen Sie eventuell auch duschen?«

Alice wurde rot. »Ich bin unverschämt, ich weiß. Tut mir leid«, und verschwand aufs Klo.

»Nettes Mädchen, wie?« sagte Rita, als sie endlich fort war und wir uns wieder dem Baum zugewandt hatten.

»Ganz nett, ja«, sagte ich.

»Hat dir gefallen, nicht?«

»Ganz nett, sage ich ja.«

»Kennst du sie?«

»Nein, warum?«

»Weil sie behauptet hat, dich zu kennen.«

»Tatsächlich? Mir hat sie nichts gesagt.«

»Sie sagt, sie kommt manchmal in den Copyshop.«

»In den Copyshop kommen viele. Kannst du schauen, ob der Baum gerade steht?«

Rita trat einen Schritt zurück. »Er hängt ein bisschen nach links.«

Ich drückte gegen den Stamm und drehte an den Schrauben.

»Besser?«

»Ja, perfekt. Du hast sie wirklich noch nie gesehen?«

»Nicht wissentlich, nein.«

»Komisch.« Rita nahm einen Schluck Wein. »Bist du sicher, dass sie noch niemals hier war?«

»Spinnst du?«

»Sie weiß, wo bei uns das Klo ist.«

(Schlimmer als die Polizei, habe ich es bereits gesagt?)

»Was sollte da sonst sein?« sagte ich.

»Das Bad zum Beispiel. Ein Abstellraum.«

»Ist aber nicht. Das Klo ist da, und genau das hat sie vermutet, und sie hat richtig vermutet. Können wir jetzt mit dem Schmücken anfangen? Ich möchte irgendwann ins Bett.«

Rita begann, Kerzen in Kerzenhalter zu stecken. »Komisch ist es trotzdem« sagte sie nach der zweiten. »Komisches Mädchen. Aber hübsch, nicht wahr?«

»Das hast du mich bereits gefragt, und ich habe gesagt, nicht mein Typ.«

»Das hast du nicht gesagt.«

(Sie hatte recht. Ich hatte es nicht gesagt, jedenfalls nicht zu Rita.) »Dann sage ich es jetzt. Sie ist nicht mein Typ, und ich habe sie noch nie vorher gesehen. Zufrieden?«

Rita war bei der achten Kerze, sie hatte kaum zugehört. »Hübsches Gesicht, gute Frisur, alles tadellos... Aber dieser Hintern... Hast du diesen Hintern gesehen?«

22

Mittwoch rief ich in aller Frühe meine Mutter an, mit krächzender Stimme, um ihr mitzuteilen, dass sich meine Krankheit verschlimmert hätte und ich sie auch diese Woche nicht besuchen kommen würde. Im ersten Moment dachte ich, sie versuche, mich zu parodieren, als sie mir ebenso krächzend antwortete, sie fühle sich auch nicht wohl, habe wohl zu lange auf dem Balkon mit dem neuen Gewehr gearbeitet und sich eine Verkühlung geholt. Man habe ihr Medikamente gegeben, aber die habe sie weggeworfen. »Du musst mir versprechen, dass du nicht zulässt, dass sie mich ins Krankenhaus bringen, Artur. Ich weiß, dass sie das wollen, und ich weiß auch, warum. Hier geht etwas vor, und ich werde es herausfinden. Versprich es, Artur. Und versuch, so bald wie möglich zu kommen.«
Ihre Paranoia hatte sich offensichtlich verschlimmert. Ich versprach also, sie zu besuchen, sobald meine Grippe abgeklungen war (meine Grippe würde nicht abklingen), dann endlich konnte ich fragen, was mich tatsächlich interessierte: »Was ist das für ein Gewehr, von dem du redest?«
»Na, das du mir durch deine Kollegin hast schicken lassen. Es funktioniert sehr gut. Ich erwische die Tauben auf eine Entfernung von drei, vier Metern.«
»Kollegin? Was für eine Kollegin? Marlene?«
»Ich glaube nicht, dass sie ihren Namen gesagt hat.«
»Wie sah sie aus? Groß, schlank? Es war doch nicht Rita?« (Wer weiß, wie zerrüttet ihr Geist schon war, manchmal geht es schneller, als man denkt.)
»Nein, sie war klein. Hübsch. Ganz anders als Rita. Und so höflich.«

»Und sie hat dir ein Gewehr gebracht? Eine Pumpgun?«
»Ich weiß nicht, wie man es nennt, aber es war genau, was ich wollte. Sie sagte, du hättest es ihr aufgetragen. Hast du nicht?«
»Doch doch doch. Ich hatte es völlig vergessen. Sie ist nett, nicht?«
»Sehr höflich. Findet man kaum noch heutzutage.«
»Was hat sie dir erzählt?«
»Nichts. Nur dass du sie gebeten hast, mir das Gewehr zu bringen. Dann hat sie mich ausgefragt.«
»Über mich?«
»Nein. Sie wollte wissen, was ich hauptsächlich esse. Warum sollte sie mich über dich ausfragen? Du – « – ein Hustenanfall unterbrach sie. Ich hustete ebenfalls. »Sie ist doch nur eine Kollegin, Artur, oder? Du weißt, ich habe nicht viel übrig für Rita, aber das hätte sie nicht verdient.«
»Mama, bitte! Natürlich ist sie nur eine Kollegin. Ganz neu in der Firma. Sie arbeitet nebenher in der Meinungsforschung. Ich hatte völlig vergessen, dass ich sie gebeten hatte, dir das Gewehr zu bringen. Sie wohnt nicht weit vom Kühllagerhaus.«
»Nenn es nicht immer Kühllagerhaus.«
»Okay. Brauchst du sonst etwas? Rita oder meine Kollegin könnte es dir bringen, solange ich außer Gefecht bin.«
»Nein. Sorg nur dafür, dass ich nicht ins Krankenhaus komme. Und, Artur: Wenn du das nächste Mal herkommst, gebe ich dir das Sparbuch mit. Ich will es nicht mehr hier haben, und es ist sowieso für euch gedacht. Wenn ich einmal nicht mehr bin – «
»Bitte, Mama!«
»Sei still und hör zu. Du machst dir keinen Begriff, was hier vorgeht. Erst gestern hat es wieder einen Todesfall gegeben.«
»Das ist nicht ungewöhnlich in einem Altersheim.«
»Es ist ungewöhnlich, und ich werde es beweisen. Aber, Artur, falls mir vorher etwas zustößt, musst du als erstes nach dem

Sparbuch fragen. Es liegt in meinem Kasten, im obersten Fach, ganz hinten, unter den Taschentüchern. Hast du gehört?«

»Ganz hinten unter den Taschentüchern, ja. Warum gibst du es nicht in den Tresor?«

»Der Tresor ist noch unsicherer. Darum will ich ja, dass du es mitnimmst. Rita muss nichts davon wissen. Was du damit machst, ist allein deine Sache. Aber bis dahin ist es mein Notgroschen, und du bist der einzige, dem ich ihn anvertrauen kann.«

»Deine Wertschätzung meiner Frau ist bemerkenswert.«

»Ich traue niemandem mehr. Schon gar nicht, wenn es um Geld geht.«

»Warum ziehst du nicht in eine eigene Wohnung, wenn du im Heim niemandem traust? Du bist nicht krank, du hast Geld, wir würden nach dir sehen.«

»Ich will niemandem zur Last fallen. Ich komme schon zurecht. Sieh nur zu, dass es dir bald besser geht, und dann komm mich besuchen.«

Ich versprach es.

Alice hatte mich bereits seit einiger Zeit erwartet, wie das fast leere Teeglas erkennen ließ, das vor ihr stand. »Ich habe tolle Neuigkeiten«, sagte sie.

»Du hast meine Mutter kennengelernt und hast ihr eine Pumpgun mitgebracht, stimmt's?«

»Das auch. Sie ist sehr nett. Und du siehst ihr total ähnlich, weißt du das?«

»Soll das ein Kompliment sein?«

»Ja. Sie ist eine großartige Frau.«

»Sie war die gefürchtetste Lehrerin der ganzen Schule. Alle haben sie gehasst.«

»Lehrer müssen streng sein, sonst wird nichts aus den Kindern. Zu mir war sie jedenfalls total nett.«

»Wenn wir verheiratet wären, würdest du eine andere Seite von ihr kennenlernen.«
»Das glaube ich nicht. Ich bin sicher, es liegt an Dita.«
»Sie heißt Rita.«
»Ich weiß. Aber Dita passt besser zu ihr.«
»Okay. Was sind die tollen Neuigkeiten, wenn es das Gewehr nicht ist?«
»Fall jetzt nicht in Ohnmacht.«
»Warum sollte ich in Ohnmacht fallen?«
»Ich bin schwanger.«
»*Was?*«
»Ja. Freust du dich?«
»Aber du kannst nicht schwanger sein!«
»Natürlich kann ich schwanger sein. Ich bin eine Frau.«
»Okay, du kannst schwanger sein, aber auf keinen Fall von mir!«
»Außer mit dir habe ich mit niemandem geschlafen in letzter Zeit.«
»Das ist nicht einmal zehn Tage her! Wie kannst du da wissen, dass du schwanger bist?«
»Ich habe es im Gefühl.«
»Gefühl! Wie wäre es mit einem Schwangerschaftstest?«
»Dazu ist es noch zu früh.«
»Außerdem hast du gesagt, du verhütest!«
»Habe ich ja. Es scheint nicht funktioniert zu haben.«
Ich atmete durch. Ruhe, Ruhe. Noch war nichts geschehen. Keine Frau konnte zehn Tage nach dem Geschlechtsverkehr mit Sicherheit sagen, dass sie schwanger war, auch nicht wenn sie verrückt war und Löwin.
»Trinken wir einen Tequila«, schlug ich vor.
»Ich will keinen Alkohol mehr trinken«, sagte Alice. »Das ist nicht gut für das Baby.«
Ich bemühte mich, weiter ruhig zu bleiben. »Alice«, sagte ich,

»du bist nicht schwanger. Jedenfalls sehr wahrscheinlich nicht. Es ist erst zehn Tage her, dass wir miteinander geschlafen haben, und du hast verhütet. Aber selbst wenn es so sein sollte: Du kannst dieses Baby nicht bekommen. Ich lasse mir nicht mein Leben ruinieren, nur weil du gerade Lust auf ein Kind hast! Du bist jung, du kannst in deinem Leben noch zehn Kinder kriegen. Aber dieses nicht! Sowas ist keine Affäre heutzutage. Ich sorge dafür, dass du in gute Hände kommst.« (Fleischmarkt, schoss es mir durch den Kopf, auch das passte zu Wien, die Abtreibungsklinik auf dem Fleischmarkt.)
»Es ist mein Kind«, sagte Alice. »Wenn du es nicht willst, okay. Du zahlst, was zu zahlen ist, und einmal im Monat kommst du uns besuchen. Mehr verlange ich nicht.«
»Mehr verlangst du nicht?!« schrie ich, so laut, dass die Gäste an den Nachbartischen sich nach uns umdrehten. »Und was ist mit Rita?«
»Sie muss nichts wissen«, sagte Alice ruhig. »Schließlich weiß sie auch nicht, dass wir uns gerade treffen, oder?«
»Aber ein Kind ist etwas anderes! Ein Kind hat man ein Leben lang!«
Alice blickte mich an. »Das mit uns hatte also von vorn herein ein Ablaufdatum«, sagte sie, »und zwar ein ziemlich kurzes. Sehe ich das richtig?«
»Nein. Ich wollte damit nur sagen –«
»Hör auf, dich zu rechtfertigen.« Sie stand auf und zog ihren Mantel an. »Wenn von uns beiden jemand ein Lügner ist, dann du. Du hast gesagt, du liebst mich, aber – «
»Bitte, Alice, ich – «
» – du liebst mich überhaupt nicht.«
»Natürlich liebe ich dich!«
»Quatsch! Ich war für dich nichts als eine kleine Abwechslung zwischendurch! Ich hatte einen Früchtetee. Frohe Weihnachten. Grüß deine Mutter von mir.«

Sie hängte ihre Tasche um, und ab.
Der Kellner trat an den Tisch. »Keine Sorge, die kommt wieder«, sagte er.
»Ich bin nicht sicher, ob ich das will«, sagte ich und bestellte einen Tequila.
»Pardon«, sagte er, »in diesem Fall: Keine Sorge, die kommt nicht wieder.«

Rita war schon aus der Schule zurück, als ich nach Hause kam. Sie saß mit einem Glas Wein in der Wohnküche und betrachtete den Weihnachtsbaum.
»Wo warst du so lange?« fragte sie nach dem Begrüßungskuss.
»Ich habe mit Marlene einen Punsch getrunken. Weihnachtsfeier.«
»Marlene trinkt Punsch? Kann sie danach noch forschen?«
»Heute wohl nicht mehr. Sie hat ein Taxi genommen. Ziemlich starker Punsch in der Freyung.« (Ich wurde immer besser im Lügen.) »Und du? Wolltest du nicht erst um fünf hier sein?«
»Ich habe es mir anders überlegt.«
»Geht es dir nicht gut? Du bist doch nicht krank?«
»Im Gegenteil.« Sie schenkte ein zweites Glas Wein ein und reichte es mir. »Fall nicht gleich in Ohnmacht«, sagte sie. »Ich bin schwanger.«

23

»Es wird einiges an dir hängenbleiben«, sagte Rita, als wir abends im Bett lagen. »Ich gehe auf jeden Fall so bald wie möglich wieder arbeiten. Ich bin auf dem richtigen Weg, in vier Jahren kann ich Direktorin sein. Außerdem hast du immer gesagt, du übernimmst das.«
»Das sage ich immer noch«, sagte ich. »Wir werden ein wundervolles Kind haben, und du wirst in vier Jahren Direktorin sein und in zehn Jahren Unterrichtsministerin.«
»Ich will nicht Unterrichtsministerin werden. Direktorin reicht.«
»Was willst du, Bub oder Mädchen?«
Sie überlegte kurz. »Mädchen. Mädchen schaffen die Matura, Buben fallen durch.«
»Na gut, Mädchen. Wann, glaubst du, ist es passiert?«
»Wann ist was passiert?«
»Wann haben wir unser Mädchen gezeugt?«
»Keine Ahnung. Ist das wichtig?«
»Nein. Denkst du, es war nach dem Vorhänge-Aufhängen?«
»Schon möglich«, sagte Rita und drehte das Licht ab.

Ich lag lang wach in dieser Nacht und rechnete nach, wann Rita zum letzten Mal ihre Tage gehabt hatte und wann und wie oft wir miteinander geschlafen hatten. Schließlich kam ich zu der Überzeugung, dass nicht ich Rita geschwängert hatte. In einer von Sylvias Kolumnen – »Weibliche Fortpflanzungsintelligenz« war der Titel gewesen – hatte ich gelesen, dass der Anteil der Männer, die sich für die leiblichen Väter ihrer Kinder hielten und es nicht waren, bei zehn Prozent lag.

Ich vermutete, dass der Kindsvater Albert war, Verenas Mann. Vielleicht waren sie sich im Konzertsaal nähergekommen (ungarische Musik gilt als ausgesprochen erotisch), und nach der Pause waren sie auf der Damentoilette verschwunden und hatten Bartók Bartók sein lassen. Und alle weiteren Konzertbesuche waren nur ein Vorwand gewesen um weiterzuvögeln, und im Seminarhotel in Oberösterreich hatten sie wahrscheinlich schon ein Zimmer geteilt und während der Vögelpausen über Koedukation aus psychotherapeutischer Sicht diskutiert. Ich hätte wütend sein müssen auf Rita, aber ich war es nicht. Im Gegenteil, Ritas Affäre war Glück. Wenn sie sich von einem anderen schwängern ließ, würde sie mir wegen Alice kaum Vorwürfe machen können. Ich fand das so beruhigend, dass ich beschloss, auch im für mich günstigsten Fall – Rita schwanger, Alice nicht –, meinem Verdacht nicht weiter nachzugehen, sondern das Kind zu akzeptieren, egal ob es von mir war oder nicht, jedenfalls sofern es nicht Albert wie aus dem Gesicht geschnitten war.
Diese Überlegung machte mich ruhiger, sodass ich gegen zwei Uhr früh doch noch einschlief und am nächsten Tag ausgeruht in den Copyshop kam. Es war nicht mehr viel Betrieb so kurz vor Weihnachten, die Studenten waren schon in den Ferien, die Chorleiter hatten das Notenmaterial für die Weihnachtsfeiern schon im Oktober kopiert. Ich konnte in Ruhe nachdenken und versuchte mir vorzustellen, wie unser Leben aussehen würde, wenn wir ein Kind hatten. Ich übersprang die Kleinkindphase und sah mich mit einem Schulkind, das mir sehr ähnlich sah, Brettspiele spielen oder Hausaufgaben machen. Er (es handelte sich um einen Knaben mit lockigem Haar, das lag wohl an der Berieselungsmusik) hatte eine schöne Handschrift und schrieb phantasievolle Aufsätze, für die wir beide von Rita gelobt wurden. Dann fiel mir nichts mehr ein, und ich begann einen Sketch zu schreiben über ein Kind,

das ständig bemüht ist, sein Wissen zu erweitern. Immerzu brütet es über Lexika, macht Experimente, seziert Frösche. Irgendwann stößt es auf die Darstellung des menschlichen Körpers mit allen inneren Organen, Adern, Muskeln, Nerven und so weiter, und ist total fasziniert, vor allem vom männlichen Geschlechtsorgan. Es kann sich nicht vorstellen, was in dem kleinen Ding alles enthalten sein soll, Harnröhre, Samenleiter und all das, und holt eine Rasierklinge und schneidet seinen Schwanz in der Mitte auseinander und ist entsetzt, dass das alles in Wirklichkeit ganz anders aussieht als auf dem Bild, und vor allem über das viele Blut.

»Das ist ja widerlich«, sagte Marlene, die mir schon längere Zeit über die Schulter geschaut hatte, ohne dass ich es bemerkt hatte.

»Findest du?« Ich drehte den Zettel um. »Es ist nur ein Entwurf.«

»Du solltest dich ein wenig ablenken, bevor es akut wird. Gehen wir auf einen Punsch in der Mittagspause?«

»Du trinkst Punsch? In der Mittagspause?«

»Jeder hat seine Abgründe. Und nun mach schon, de Sade.«

»Nach Ihnen, Mrs. Hyde.«

Ich hatte leichte Schlagseite, als ich nach Hause kam. Rita war noch nicht da und würde spät kommen, es gab eine Weihnachtsfeier in der Schule, und sicher würde sie anschließend noch mit Kolleginnen auf die große Neuigkeit anstoßen. Ich versuchte, Alice anzurufen, aber das Telefon war tatsächlich gestört, vermutlich hatte sie die Rechnung nicht bezahlt. Also machte ich ein Bier auf, legte mich aufs Bett und sah die Post durch. Werbung, Werbung, und ein Brief von Richard. Das beunruhigte mich ein bisschen. Zwar war ich daran gewöhnt, Ansichtskarten von ihm zu bekommen, wenn er, wie er das nannte, auf Urlaub war, in der Steiermark oder in Niederösterreich, um in billigen Pensionen Schachbücher zu lesen und in den umliegenden Wirtshäusern die Mittagsmenüs zu probieren, einen Brief allerdings hatte er mir seit Jahren nicht geschrieben, und ich fürchtete daher, er könne unangenehme Nachrichten enthalten. Aber Richard berichtete nur von einem Spiel, das er kennengelernt hatte. »Du musst es spielen«, schrieb er, »aber ehrlich, Punkt für Punkt. Es hat keinen Reiz, wenn man zwischendurch die Auflösung betrachtet. (Sie steht auf dem letzten Blatt.)« Ich zog das letzte Blatt hervor. »Ich kenne dich lang genug, du Arsch«, stand da. »Die Lösung steht auf dem vorletzten Blatt. Glaub mir, das Spiel ist erstaunlich.«

Also spielte ich. Die Aufgabe war, die Ziffern von eins bis elf in einer Reihe untereinander zu schreiben und dann neben jede von ihnen nach einem bestimmten System wiederum eine Ziffer zu setzen, oder auch den Namen einer Person, einen Filmtitel, Liedtitel, und wenn man damit fertig war, musste man sich etwas wünschen. Ich wünschte mir, dass Alice nicht schwanger war und Ritas Kind nicht aussehen würde wie Verenas Mann, dann, nachdem ich noch einmal überprüft hatte, ob ich korrekt vorgegangen war, machte ich mich an die Auflösung.

»Die Person an Stelle drei ist die Person, die du liebst«: Alice.

»Die Person an sechster Stelle kennt dich sehr gut«: Tim Buckley. Schwer möglich, schließlich war Tim Buckley gestorben, als ich noch ein Kind war. Andererseits konnte das Ergebnis dadurch verfälscht worden sein, dass ich, bevor ich den Brief geöffnet hatte, *Jungle Fever* aufgelegt hatte, und man das Spiel sehr rasch spielen musste, innerhalb von drei Minuten. Die Forderung hatte gelautet: »An die Positionen vier, fünf und sechs schreibe Namen von Personen des eigenen Geschlechts.« Ich hatte geschrieben: Richard, Athan, Tim Buckley.

»Der Filmtitel an Stelle sieben steht in Zusammenhang mit

der Person an Stelle drei«: *Near Dark*. Nicht unbedingt ein angenehmer Zusammenhang. Kennen Sie *Near Dark*? Ich habe das Video sicher zwanzig Mal gesehen. Eine Gruppe von Vampiren im zeitgenössischen Amerika muss nachts Menschen umbringen, um an Blut zu kommen, tagsüber finstere Unterschlupfe suchen für ihren Kleinbus oder die Fenster mit Alufolie zukleben, wegen der Sonne. Ständig ist man ihnen auf den Fersen, sie haben es wirklich schwer. Sie würden gern sterben, aber der Überlebensdrang ist stärker. Zu Beginn verliebt sich ein junger Mann in ein Vampirmädchen und wird von ihr gebissen, aber nicht getötet, weil sie ihn auch liebt. Weil er es nicht über sich bringt, Menschen zu ermorden, erledigt sie das für ihn und lässt ihn dann von ihrem Blut trinken, die beiden sind total süß. Am Ende explodieren die Vampire einer nach dem anderen, bis auf das Liebespaar. Das wird gerettet durch einen Blutaustausch, wie ihn heutzutage jedes Provinzspital durchführt. So einfach ist das, man muss es nur wissen.

Jedenfalls: Alice / *Near Dark*. Ich revidierte meinen Wunsch (niemand würde das je erfahren, in mein Hirn schauen konnte auch Richard nicht) und wünschte, dass Alice und ich nicht explodieren würden, sondern gerettet werden durch ein ebenso einfaches, im Grunde völlig logisches Verfahren.

»Die Nummer fünf bringt Glück«: Athan. (Kein Kommentar.)

»Der Song an Stelle zehn steht im Zusammenhang mit der Person an Stelle zwei«: Rita / *Lovely Rita*. Das war tatsächlich verblüffend. Rita okay, aber wie war ich auf *Lovely Rita* gekommen? Ich hasste die Beatles. Die einzige Erklärung, die ich hatte, war, dass ich nicht noch einen Tim Buckley-Titel hatte hinschreiben wollen und mir, da ich »Rita« schon geschrieben hatte, in der Eile nur *Lovely Rita* eingefallen war.

»Der Song an Stelle neun drückt dein Lebensgefühl aus«: *Song to the Siren*. Daran können Sie sehen, dass das Spiel Schwachsinn war. Reiner Zufall. Hätte ich drei Minuten später mit dem Ausfüllen begonnen, hätte ich *Moulin Rouge* geschrieben, den Titel der darauf folgenden Nummer. (Oder doch nicht? Ich weiß es nicht.)

Vorletzter Punkt: »Der Filmtitel an Stelle acht sagt am meisten über dein Wesen aus«: *Orlacs Hände*. Ich hatte Lust, den Wisch zu zerreißen.

»Kopiere nun das Spiel und schicke es an so viele Personen, wie du an Stelle eins geschrieben hast. Wenn du das heute noch tust, wird dein Wunsch am nächsten Tag in Erfüllung gehen. Wenn nicht, geschieht das Gegenteil.«

Stelle eins: 11 594.

Nun zerriss ich den Brief wirklich, und wäre Richard zugegen gewesen, ich hätte ihn ebenfalls zerrissen. Mir einen verdammten Kettenbrief zu schicken! Ich fragte mich, warum ich das nicht sofort erkannt hatte. Es lag an Richard. Nie im Leben hätte ich erwartet, dass er so etwas tun würde. Einen Augenblick lang überlegte ich, den Brief tatsächlich elftausendfünfhundertvierundneunzig Mal zu kopieren, um zu verhindern, dass Alice und ich explodierten, dann aber verwarf ich den Gedanken und rief Richard an.

»Du bist der größte Arsch«, sagte ich, »Du weißt genau, dass ich abergläubisch bin.«

»Dann schick den Brief eben weiter.«

»Elftausendfünfhundertvierundneunzig Mal?«

»Du solltest eine Ziffer zwischen eins und neun hinschreiben. Du hast schlampig gelesen. Nimm einfach die Einerstelle.«

»Macht es das Spiel nicht ungültig, wenn man einen Fehler macht?«

»Tut mir leid. Aber du musst den Brief nur viermal – «

»Das werde ich nicht tun! Ich habe noch nie einen Kettenbrief weitergeschickt. Ich hätte dir nicht zugetraut, dass du das tust.«

»Normalerweise tue ich es auch nicht. Ich lese sie, spiele die

Spiele und werfe sie weg. Aber diesmal war es etwas anderes. Ich hatte mir gerade die Leberwerte ziehen lassen und – «

»Hast du den Befund schon?«

»Sie sind hervorragend.«

Scheiße. Das bedeutete, dass Alice und ich explodieren würden. Oder dass Alice schwanger war und Ritas Kind aussehen würde wie Verenas Mann.

»Was macht dich so nervös?« fragte Richard.

»Ich will den Brief nicht weiterschicken und ich will nicht, dass das Gegenteil von dem eintritt, was ich mir gewünscht habe.«

Richard lachte. »Keine Sorge. Es funktioniert nicht.«

»Deine Leberwerte sind also nicht hervorragend?«

»Meine Leberwerte sind immer hervorragend. Ich habe mir etwas anderes gewünscht. Als ich den Befund abgeholt habe, lief im Wartezimmerradio gerade »Mandy«, also habe ich mir gewünscht, dass Barry Manilow aus einem Flugzeug fällt und im Fallen von einem Blitz getroffen wird.«

»Und?«

»Falls die Plattenfirma nichts verschweigt, lebt er noch.«

»Und deswegen musst du mir einen solchen Schrecken versetzen?«

»Darauf kann ich keine Rücksicht nehmen. Ich würde alles tun, was dazu führt, dass Barry Manilow aus einem Flugzeug fällt und von einem Blitz getroffen wird.«

»Tu das nie wieder. Jedenfalls nicht mit mir.«

»Ich musste den Brief fünfmal kopieren. Und sehr viele Leute kenne ich nicht. Nimm es als Rache für die billigen blauen Adidas.«

»Dafür hast du eine Flasche Wodka bekommen.«

»Aber kein Menü.«

»Du hättest mich nur daran zu erinnern brauchen.«

»Es ist dir hiermit erlassen.«

Ein wenig war ich beruhigt. Aber am nächsten Tag, als ich die Zeitung kaufte, fürchtete ich, als ich sie aufschlug, die Schlagzeile zu lesen: »Barry Manilow aus Flugzeug gestürzt und von Blitz getroffen«.

24

Es machte mich nervös, dass Alice nicht zu erreichen war und auch im Copyshop keine Nachricht hinterließ, offenbar war sie mir immer noch böse. Also beschloss ich, selbst etwas zu unternehmen und ging in das Café, in dem wir uns zuletzt getroffen hatten, in der Hoffnung, sie dort entweder anzutreffen oder durch das Fenster beobachten zu können, wenn sie aus der U-Bahn-Station kam oder durch die Fußgängerzone ging. Ich las die Tageszeitungen und Illustrierten (Harald Juhnke war wieder ausgeflippt, Alice war zu optimistisch gewesen mit ihren Prognosen), trank Kaffee und Bier, aber sie erschien nicht. Der Kellner betrachtete mich ein wenig mitleidig, enthielt sich aber jeden Kommentars, und auch ich hatte keine Lust, ein Gespräch zu beginnen oder nach Alice zu fragen. Schließlich hatte ich genug, zahlte und nahm die Gelegenheit wahr, wenn ich schon hier war, Weihnachtsgeschenke einzukaufen, was ich sonst immer erst am Vormittag des Heiligen Abends erledigt hatte. Ich kaufte eine Halskette mit einem goldenen Anhänger für Rita (so viele Jahre hatte sie keinen Schmuck von mir bekommen, sie würde begeistert sein) und einen bunten indischen Schal für Alice. Meiner Mutter hatte ich die Pumpgun schenken wollen, aber das war nun nicht mehr möglich, also stöberte ich mich durch einen Buchladen und fand einen Bildband über die Geschichte des Burgtheaters, der noch vor Beginn der Direktion Peymann endete. Dann, nach einem neuerlichen erfolglosen Anruf, ging ich zu Alices Wohnung. Diesmal war es eine schwergewichtige, verhärmt aussehende ältere Frau, die als erste das Haus verließ, möglicherweise Srbals schlagkräftige Gattin. Sie roch nach Haarspray und würdigte mich keines Blicks, als ich mich an ihr vorbeidrückte. Vor der Wohnungstür angekommen, klopfte und läutete ich längere Zeit, aber Alice schien tatsächlich nicht zu Hause zu sein, also gab ich bald auf, klemmte das Päckchen mit dem Schal zwischen Türknauf und Türrahmen und machte mich auf den Weg zur U-Bahn.

Rita war schon daheim, als ich ankam, und sie war nicht allein. Athan saß ihr gegenüber in der Wohnküche und trank Cola. »Hi«, sagte er zwischen zwei Schlucken, griff nach einer in Weihnachtspapier verpackten Flasche, die vor ihm stand, und überreichte sie mir. »Meine Eltern wünschen schöne Weihnachten und lassen sich vielmals bedanken«, sagte er. »Sie sagen, du sollst ihn ein paar Jahre liegen lassen, damit er richtig ist.«

»Danke«, sagte ich und nahm das Geschenk entgegen, »ich werde daran denken. Allerdings habe ich jetzt das Problem, dass ich nichts für dich habe. Ich könnte dir höchstens eine Nachhilfestunde umsonst geben, was hältst du davon?«

Athan grinste. »Leider muss ich dringend gehen.«

»Okay. Aber sag es wenigstens auf Englisch.«

»I'm sorry, but I must go… dringendly?«

»Du machst Fortschritte. Ich wünsche dir schöne Weihnachten. Grüß deine Eltern und erhol dich gut.«

»Meine Mutter sagt, ich muss jeden Tag eine Stunde üben.« Er reichte Rita die Hand zum Abschied und ging ins Vorzimmer, um seine Reeboks anzuziehen. Ich begleitete ihn.

»Was machst du in den Ferien?« fragte er.

»Wir bleiben zu Hause und machen es uns gemütlich.«

»Cool«, sagte er, »Super-Baum übrigens«, und war schon draußen, da drehte er sich noch einmal um und fügte hinzu: »Schönen Gruß an deine Schwester.«

»Okay«, sagte ich und drückte die Tür zu. Aber es war zu spät.

»Was für eine Schwester?« fragte Rita, die eben, auf dem Weg zum Klo, aus der Wohnküche kam.

»Keine Ahnung«, sagte ich.

»Warum hast du nicht nachgefragt?«

»Warum sollte ich? Vermutlich bringt er etwas durcheinander. Bei den vielen Nachhilfelehrern, die er hat, kein Wunder. Außerdem wollte ich, dass er endlich geht.«

»Das ist mir aufgefallen.«

»Wolltest du dich noch mit ihm unterhalten? Ich kann ihn zurückholen.«

»Nein, danke. Ich würde nur gern deine Schwester kennenlernen.«

»Rita, bitte! Es gibt keine Schwester! Er bringt etwas durcheinander! Wenn er nach den Ferien kommt, fragen wir ihn, okay?«

»Vergiss es bloß nicht.«

»Ich vergesse es nicht. Und nun lass uns den Wein aufmachen.«

»Soll der nicht noch ein paar Jahre liegen bleiben?«

»Wir haben keinen Weinkeller.«

»Aber vielleicht willst du ihn mit deiner Schwester trinken?«

»Dann eben nicht«, sagte ich und verzog mich in mein Zimmer.

Der Anruf aus dem Kühllagerhaus kam am nächsten Tag frühmorgens, kurz nachdem Rita in die Schule aufgebrochen war. Zwar waren schon Ferien, aber sie behauptete, sie sei wegen des Seminars mit der Arbeit in Verzug und könne das an einem Tag wie diesem, wenn im Konferenzzimmer Ruhe herrsche, am besten erledigen (und vielleicht musste sie ja mit Albert noch ein paar Kleinigkeiten besprechen). Die Leiterin selbst war am Apparat. »Ich muss Sie bitten, so rasch wie möglich zu kommen«, sagte sie, »Ihrer Frau Mutter geht es schlecht. Wir tun, was wir können, aber es sieht nicht gut aus.«

Ich versuchte, meinen Kopf einigermaßen klar zu bekommen. »Aber ich habe doch erst vor zwei Tagen mit ihr gesprochen, sie war ein bisschen verkühlt, aber sonst... Das Problem ist, ich bin selbst krank, ich – «
»Es ist wirklich ernst. Sie muss sich eine Lungenentzündung geholt haben bei ihren Spielen auf dem Balkon. Wir haben ihr nahegelegt, ins Krankenhaus zu gehen, aber das wollte sie nicht, auch Medikamente hat sie verweigert. Sie wissen ja, sie hat in letzter Zeit Phantasien, was unsere Institution betrifft, die uns nicht unbedingt Freude bereiten. Aber so etwas kommt vor bei älteren Menschen, dagegen kann man nichts tun. Auch Ihre Bekannte hat gestern noch versucht, sie zu einer Behandlung zu überreden, leider ohne Erfolg. Ich habe überlegt, Sie selbst anzurufen, aber dann habe ich gedacht, zu den Feiertagen kommen Sie ohnehin. Niemand hat erwartet, dass sich die Situation so rasch verschlimmert.«
»Aber sie kommt doch wieder auf die Beine?« fragte ich. »Es besteht doch keine Lebensgefahr?«
Längeres Schweigen am anderen Ende der Leitung, dann: »Es wäre gut, wenn Sie so rasch wie möglich kommen könnten. Auf Wiederhören.«

Möglich, dass ich meine Mutter noch lebend angetroffen hätte, wenn es nicht in Strömen geregnet hätte, sodass alle Taxler sich in irgendwelchen Nebenstraßen herumdrückten, um zu verhindern, dass Fahrgäste einstiegen. Noch dazu hatte die Straßenbahn eine Störung, die uns über zehn Minuten in der Ausstellungsstraße festhielt, also stieg ich, als der Fahrer endlich die Türen öffnete, aus und ging den Rest des Weges zu Fuß. Völlig durchnässt kam ich im Seniorenheim an. Vor dem Eingang stand ein Rettungswagen, daneben eine der Schwestern. Sie schien mich erwartet zu haben. »Es tut mir leid. Ihre Mutter ist vor zehn Minuten gestorben«, sagte sie, während sie mir die Tür aufhielt, »wir sind alle völlig geschockt, es ist so schnell gegangen. Wir haben sofort einen Krankenwagen verständigt, als sich ihr Zustand verschlechtert hat, aber es war zu spät.«

»Aber woran –« Ich war unfähig weiterzusprechen, ein dicker Kloß saß in meinem Hals. Die Schwester reichte mir ein Handtuch, damit ich meine Haare abtrocknen konnte, ich tat es mechanisch, während ich versuchte, einen klaren Gedanken zu fassen. Meine Mutter war tot. Meine Mutter, die ich für unsterblich gehalten hatte, war tot. Ich hatte mich krank gestellt, damit ich sie nicht besuchen musste und mit Alice schlafen konnte, und nun war sie tot, und ich würde ihr nie wieder Apfeltaschen bringen und nie mein Weihnachtsgeschenk überreichen und nie wieder ihre Suada über den Niedergang der Wiener Theaterkultur über mich ergehen lassen.

»Der Arzt ist noch im Haus, er kann Ihnen sicher mehr sagen«, sagte die Schwester so leise, dass ich sie kaum verstehen konnte. »Wollen Sie sich nicht ein wenig setzen? Oder wollen Sie gleich zu ihr? Es ist die vierte Tür – ah, sehen Sie, da kommt der Arzt ja.«

Ein junger Mann in einer roten Jacke kam den Gang herunter, gefolgt von zwei Rotkreuzbediensteten. Die Schwester machte ihm ein Zeichen mit dem Kopf, dass es sich bei mir um einen Angehörigen handelte. Er streckte mir die Hand entgegen. »Darf ich Ihnen mein Beileid aussprechen« sagte er. »Ich kann Ihnen leider noch nichts Genaues sagen, aber ich nehme an, dass es sich um ein Aneurysma gehandelt hat, manches deutet darauf hin. Die genaue Ursache werden wir erst nach der Obduktion kennen.«

»Sie meinen… Sie meinen, Sie schneiden sie auf?«

»In Fällen eines plötzlichen Todes muss eine Obduktion vorgenommen werden, ja.«

»Und wann… werden Sie…?«

»Erfahrungsgemäß dauert es einige Zeit.«

Etwas an ihm piepste. Er holte mit der Linken ein Telefon aus der Brusttasche und streckte mir noch einmal die Rechte hin. »Es tut mir leid, ich muss leider… Noch einmal mein herzlichstes Beileid.«

Die Leiterin kniete neben dem Bett, als ich eintrat, offenbar betend. Sie nickte mir einen stummen Gruß, ließ sich aber ansonsten nicht stören. Erst nachdem sie das Kreuz geschlagen hatte, stand sie auf und sagte, ohne ihren Blick von der Toten abzuwenden: »Ich mache mir große Vorwürfe, dass ich Sie nicht früher verständigt habe, aber das war beim besten Willen nicht vorherzusehen. Ein Aneurysma, wenn ich den Doktor richtig verstanden habe, das mit der Lungenentzündung überhaupt nichts zu tun hatte. So etwas kommt leider häufiger vor, als man denkt.«
Ich nickte nur, unfähig, irgendetwas zu sagen. Meine tote Mutter lag vor mir, zugedeckt bis zum Hals, bleich im Gesicht, mit wirrem Haar und eingefallenen Wangen, die Augen geschlossen (wer hatte sie ihr zugedrückt?), aber mit einem friedlichen Gesichtsausdruck, der nicht zu ihr und diesem Tod passte. Ich konnte nicht verhindern, dass mir ihre Verdächtigungen in den Sinn kamen.
»Es wird eine Obduktion geben, habe ich gehört«, sagte ich.
Die Heimleiterin wandte sich erstmals mir zu. »Das ist die übliche Vorgehensweise«, sagte sie. Sie stand mir steif und hoch aufgerichtet gegenüber, mit strengem Gesichtsausdruck, und hatte, fiel mir plötzlich auf, große Ähnlichkeit mit Elisabeth Flickenschildt, Elisabeth Flickenschildt als Tante Frieda in den *Lausbubengeschichten*, den Fernsehnachmittagsfilmen meiner Kindheit. Sie reichte mir die Hand zum Beileidswunsch. »Ich lasse Sie jetzt allein, damit Sie sich verabschieden können. Nehmen Sie sich soviel Zeit, wie Sie brauchen. Wenn Sie nur so freundlich sein wollen und danach in mein Büro kommen,

leider ist in einem solchen Fall viel Papierkram zu erledigen. Wir sollten auch gleich die Wertsachen durchgehen, damit Sie sehen, dass alles seine Ordnung hat.«

»Aber ich bitte Sie, das ist doch nicht –«

»Es ist die übliche Vorgehensweise. Die endgültige Zimmerräumung kann bis nach Weihnachten warten.« Und draußen war sie.

Ich nahm mir einen Sessel, rückte ihn ans Bett und setzte mich, betrachtete einige Zeit das tote Gesicht meiner Mutter, strich dann mit der Außenfläche meiner Hand leicht über ihre Wange. Es erschreckte mich, wie kalt sie schon war, und ich zog die Hand zurück. Ich hatte Lust, ihr irgendetwas zu sagen, dass sie nun Papa wiedertreffen werde, dass sie eine gute Mutter war, dass es mir leid tat, dass ich sie angelogen hatte, irgendetwas Tröstliches, aber ich fürchtete, dass draußen jemand vorbeigehen und zuhören könnte, also ließ ich es bleiben. Auf dem Fensterbrett lag ein Kamm, damit frisierte ich sie ein wenig. Dann weinte ich.

Als ich mich wieder beisammen hatte, rief ich in der Schule an, in der Hoffnung, dass Rita tatsächlich dort war und abhob. Sie tat es.

»Meine Mutter ist gestorben«, sagte ich.

»*Was?* Du hast sie doch erst vor ein paar Tagen besucht und hast gesagt, es geht ihr gut?«

»Es ging ihr auch gut, bis auf ein bisschen Husten. Es ist ganz plötzlich gekommen, sagt der Arzt, ein Aneudingsbums wahrscheinlich.«

»Aneurysma. Scheiße. Haben sie sie denn nicht ins Krankenhaus gebracht?«

»Als der Krankenwagen da war, war es schon zu spät.«

Rita schwieg eine Weile, dann sagte sie: »Soll ich nach Hause kommen?«

»Das ist nicht nötig. Ich habe hier noch allen möglichen bürokratischen Kram zu erledigen.«
»Ich komme jedenfalls, sobald ich kann. Und wenn du vorher etwas brauchst, ruf an.«
Rita bemühte sich redlich, traurig zu klingen, aber vermutlich war sie eher verärgert über den Zeitpunkt, den ihre Schwiegermutter zum Sterben gewählt hatte. Sicher würde sie, kaum dass ich aufgelegt hatte, Sylvia anrufen: »Weißt du schon das Neueste? Arturs Mutter ist gestorben.«
»Gratuliere«, würde Sylvia sagen, »ein Ungeheuer weniger.«
»Es ist sowas von typisch, dass sie gerade heute stirbt. Einmal wollte ich richtig Weihnachten feiern, ich habe Tausende in den Baum und den Schmuck gesteckt, und jetzt muss ich froh sein, wenn Artur mir erlaubt, die Kerzen anzuzünden.«
»So war sie eben, hast du etwas anderes erwartet? Wenigstens kriegt sie nicht mehr mit, dass du schwanger bist. Wetten, sie hätte das gerochen, dass das Kind nicht von Artur ist?«
»Stimmt. So hat doch alles sein Gutes.« Und Sylvia würde zu lachen anfangen und Rita würde mitlachen und die beiden würden sich nicht mehr einkriegen vor Lachen und.
»Soll ich Ihnen ein Glas Wasser bringen oder einen Kaffee?« Es war die Schwester, und ich schrak hoch, als sie plötzlich neben mir stand.
»Nein danke, ich brauche nichts«, sagte ich und versuchte zu lächeln. Ich zeigte auf das Zimmer, in dem der Leichnam lag. »Was geschieht jetzt mit ihr?«
»Sie bleibt fürs erste bei uns, aber Sie müssen so rasch wie möglich die Bestattung kontaktieren. Die Frau Direktor wird Ihnen die nötigen Schritte erklären. Sie wissen, wo ihr Büro ist?«

»Ich habe alles vorbereitet«, sagte Elisabeth Flickenschildt, immer noch mit eisiger Miene, und schob mir eine Mappe über den Schreibtisch, auf der ein Etikett mit dem Namen und dem Geburtsdatum meiner Mutter klebte. »Ich habe eine Broschüre dazugelegt, aus der Sie ersehen können, welche Schritte zu unternehmen sind. Der Zeitpunkt ist leider sehr ungünstig, trotzdem wäre es wichtig, dass Sie das so rasch wie möglich erledigen. Die Papiere Ihrer Mutter sind vollzählig, Sie müssen also nicht mit irgendwelchen Komplikationen rechnen.« Sie stand auf. »Wenn Sie mir jetzt bitte zu ihrem Zimmer folgen wollen, damit wir ihre Wertgegenstände sicherstellen können.«

Auf dem Bett meiner Mutter saß die blöde Erlebach und stickte. »Frau Erlebach, das ist nicht Ihr Zimmer«, sagte die Leiterin, »das wissen Sie genau.«

Die blöde Erlebach lächelte: »Gut geschmeckt, danke, ja, sehr gut geschmeckt.«

»Das ist nicht Ihr Zimmer!« wiederholte die Leiterin lauter, »gehen Sie jetzt bitte raus!«

»Ich bin immer hier«, sagte die blöde Erlebach, »Sie hat gesagt, ich kann hier sein, wann ich will, und jetzt könnte ich doch das Zimmer ganz haben, es ist heller als meins.«

»Das können wir später besprechen. Sie gehen jetzt in Ihr Zimmer zurück und lassen uns hier in Ruhe ein paar Dinge erledigen. Schwester Aniko!« rief sie in den Gang, und wenig später erschien eine der Bediensteten. »Bringen Sie Frau Erlebach in ihr Zimmer und sorgen Sie dafür, dass sie dort bleibt.«

Schwester Aniko zog die alte Dame sanft hoch, begütigend mit ungarischem Akzent auf sie einredend, und führte sie hinaus. Als sie an mir vorbeigingen, berührte mich die blöde Erlebach an der Schulter und flüsterte: »Die Russen! Aufpassen! Immer aufpassen! Die Russen«, dann waren sie draußen, und die Tür wurde geschlossen.

»Es tut mir leid«, sagte die Leiterin, »Ihre Mutter war eine wichtige Bezugsperson für sie, es war auch für sie ein Schock.

Wollen Sie jetzt so freundlich sein, im Kasten nachzusehen, ob alles da ist?«

Es war alles da, und es rührte mich, wie wenig es war, Kleider, ein paar Bücher, Schmuck (hatte man ihr die Ringe schon abgezogen? Oder hatte sie sie in letzter Zeit nicht mehr getragen, auch den Ehering nicht? Ich hätte es nicht sagen können), das Sparbuch, von dem sie gesprochen hatte. Ich vermied es, es aufzuschlagen, steckte es ein und griff nach der Pumpgun, die im Kasten lehnte.

»Sie hatte viel Freude damit«, sagte die Leiterin, »Sie hätten sie sehen sollen, wie sie auf die Tauben losging. Aber es war wohl nicht besonders klug, das jetzt im Winter zu tun.«

Ich nickte. »Es ist alles da. Kann ich jetzt gehen?«

»Ein Protokoll muss noch angelegt werden«, sagte die Leiterin, »das müssen Sie unterschreiben.«

Am Nachmittag erledigte ich die nötigen Anrufe und verständigte die wenigen Verwandten, die den Kontakt mit meiner Mutter noch nicht endgültig abgebrochen gehabt hatten, und zwei frühere Lehrerkolleginnen, mit denen sie hin und wieder ins Kaffeehaus oder ins Theater gegangen war, bevor sie auch diese Aktivitäten eingestellt und sich auf ihre Spionagetätigkeit im Kühllagerhaus und den Kampf gegen die Tauben beschränkt hatte. Dann saß ich zu Hause und trank Wein, kramte in alten Fotos und unterhielt mich mit Rita, wenn sie aus ihrem Zimmer kam, um nachzusehen, wie es mir ging. Sie setzte sich zu mir, legte den Arm um mich und suchte nach etwas Nettem, das sie über meine Mutter sagen könnte, und da sie nichts fand, blieb sie stumm.

»Traurige Weihnachten«, sagte sie schließlich.

»Nein«, sagte ich, »es ist traurig, dass meine Mutter gestorben ist, aber wir kriegen ein Baby, das ist schön.«

»Es hätte nicht unbedingt gleichzeitig sein müssen«, sagte Rita.

»Deine Mutter hätte sich sicher gefreut, Großmutter zu werden.«
»Wer weiß«, sagte ich, »sie war unberechenbar in letzter Zeit.«
Wieder Schweigen, bis Rita mich schließlich auf die Wange küsste und aufstand, um wieder an ihre Arbeit zu gehen. Vor dem Baum blieb sie kurz stehen, ordnete ein paar Lamettastreifen neu und sah ihn verliebt an. Ich überlegte, meinen Sketch doch weiterzuschreiben. Die Frau wird schwanger, es herrscht große Freude, aber dann bringt sie eine Pappel zu Welt, und ihr Liebhaber verliert vor Schreck alle Nadeln. Ich fand auch das nicht komisch, also ließ ich es.
Weil die Stille nicht auszuhalten war, ging ich zum CD-Regal und legte *Last Goodbye* von Jeff Buckley auf (heute war der Tag der Söhne), schenkte mir den Rest des Weins ein, ging zurück zum Sofa und dachte: Glück gehabt. Meine Mutter war gestorben ohne zu leiden und bevor ihre Demenz für alle zur Qual geworden war. All die Gemeinheiten, die sie sich Rita gegenüber während deren Schwangerschaft ausgedacht hätte, blieben uns erspart, überdies nahm mir ihr Sparbuch die Sorge, wie ich, falls Alice tatsächlich ein Kind erwartete, unbemerkt die Abtreibung finanzieren sollte. Ich konnte es gleich nach den Feiertagen auflösen, die nötige Summe (und ein bisschen Taschengeld) zur Seite legen und mit dem Rest ein neues eröffnen. Rita gegenüber würde ich behaupten, meine Mutter habe vor ihrem Tod in ihrer Panik den Großteil ihrer Ersparnisse abgehoben und in ihrem Kasten versteckt, und es sei mir am vernünftigsten erschienen, alles wieder auf ein Sparbuch zu legen.
Ich spürte, dass der Wein mir zu Kopf zu steigen begann, und machte eine neue Flasche auf. Plötzlich Vollwaise zu sein, war ein guter Grund, sich zu betrinken, das musste selbst Rita einsehen. Tatsächlich blieb sie die meiste Zeit in ihrem Zimmer und ging schließlich irgendwann schlafen, nicht ohne mich

vorher noch einmal zu umarmen und zu bedauern und zu bitten, nicht noch eine Flasche zu öffnen.

Allein, begann ich mich nach Alice zu sehnen. Die Bekannte, die meiner Mutter am Tag vor ihrem Tod noch einen Besuch abgestattet hatte, konnte niemand anders gewesen sein als sie, und es hätte mir gut getan, mit jemandem zu sprechen, der meine Mutter gemocht hatte. Ich stellte mir vor, dass Alice jetzt neben mir lag, den Kopf auf meinen Oberschenkeln, ein Glas Wein in der Hand und nichts am Leib als eins meiner Hemden, und ich erzählte ihr von meiner Mutter und meiner Kindheit (was?), und irgendwann hörte ich auf zu erzählen, und sie zog meinen Kopf zu ihrem hinunter und küsste mich und zog das Hemd aus, und Eichhörnchenstellung, Eichhörnchenstellung, während Jeff Buckley genau wie jetzt *Hallelujah* sang.

25

»Wir feiern, wie wir es geplant haben«, sagte ich beim Frühstück, »du hast dir soviel Mühe gegeben mit dem Baum, ich will nicht, dass wegen meiner Mutter alles durcheinanderkommt. Nur eine Bitte: Keine Weihnachtsbesuche.«
Rita nickte. »Sylvia und Verena wissen Bescheid. Wir werden Ruhe haben. Übernimmst du die Küche?«
Ich nickte. »Aber ich muss vorher zur Bestattung. Keine Ahnung, wie lang das dauert an einem Weihnachtssonntag.«
»Soll ich mitkommen?«
»Nein. Ich muss mich nur erkundigen, was noch zu erledigen ist. Den Sarg aussuchen und all das können wir erst nach den Feiertagen. Lass uns inzwischen einfach tun, als wäre nichts gewesen. Schaffst du das?«
»Die Frage ist, ob *du* es schaffst. Immerhin war sie deine Mutter.«
»Ich denke, ich kriege es hin.«

Zehn Minuten nachdem ich eingetreten war, verließ ich das Büro der Städtischen Bestattung wieder mit einer Plastiktasche voll Informationsschriften und ohne dass ich mehr erfahren hatte, als dass man erst tätig werden konnte, wenn Weihnachten vorbei war. Von einer Telefonzelle aus versuchte ich noch einmal, Alice anzurufen, ohne Erfolg. Dennoch stieg ich beim Südbahnhof nicht in die Schnellbahn, sondern nahm die Straßenbahn Richtung Favoriten. Die Fußgängerzone war ausgestorben wie immer an Sonntagen, es war warm, trüb und regnete ein wenig, und die abgetakelte Weihnachtsdekoration ließ sie noch mehr als sonst aussehen wie einen Schauplatz für einen Herschell Gordon Lewis-Film. Nur ein Würstelstand und ein paar Espressos waren geöffnet, für die Obdachlosen und Selbstmordgefährdeten, die anderen Bewohner des Bezirks hatten sich offenbar schon in ihre Wohnungen zurückgezogen und verpackten Geschenke und schmückten Christbäume und verprügelten ihre Kinder, die die Bescherung nicht mehr erwarten konnten und ihnen auf die Nerven gingen.

Das Geschenk, das ich hinter Alices Türklinke geklemmt hatte, war nicht mehr da; falls es nicht gestohlen worden war, musste sie es also gefunden haben. Ich läutete und klopfte, niemand öffnete. Ich klopfte lauter, lauschte. Kein Geräusch. Aber sie musste zu Hause sein, sie konnte mich jetzt nicht allein lassen, ich musste mit ihr sprechen, ich brauchte sie! Es war sinnlos zu bleiben, dennoch klopfte ich weiter, rief ihren Namen. Ein Stück den Gang hinunter ging eine Tür einen Spalt weit auf, und ein kleines Mädchen lugte heraus. Sie hatte eine Coladose in der Hand und trug eine Brille, deren linkes Glas zugeklebt war. »Buh!« machte ich, und sie verzog sich rasch. Auch ich machte, dass ich wegkam, ich hatte keine Lust, ihren Eltern zu begegnen, denen sie drinnen vermutlich gerade Geschichten vom schwarzen Mann erzählte.

Das Café in der Fußgängerzone war geschlossen, also trank ich in einem der Espressos noch ein Bier und einen Tequila, ständig die Umgebung im Auge behaltend in der Hoffnung, Alice würde doch noch auftauchen. Dass das unmöglich gewesen wäre, konnte ich zu diesem Zeitpunkt nicht wissen.

Das Vorzimmer war hell erleuchtet, als ich nach Hause kam. Rita hatte aufgeräumt und Tannenzweige und Lametta auf der Fensterbank verteilt. Ein leichter Schnapsgeruch lag in der Luft, ich nahm daher an, dass Sylvia oder Verena doch auf einen Vorweihnachtsbesuch vorbeigekommen waren und die Flasche umgekippt oder ein Glas zu Bruch gegangen war. Aber man hörte niemanden sprechen, die Gäste schienen schon wieder fort zu sein, überhaupt war es ungewöhnlich still, auch kein Radio war angestellt, kein Fernseher lief, es herrschte so absolute Stille, dass ich kaum zu atmen wagte. Auf Zehenspitzen schlich ich in die Wohnküche. Der Christbaum lag auf dem Boden, umgeben von zersplittertem Weihnachtsschmuck, sonst war das Zimmer leer.

»Rita?«

Keine Antwort.

Ich umkurvte den Baum, darauf bedacht, nicht in die Scherben zu treten, und schlich weiter zum Schlafzimmer. Es war leer. Mein Zimmer: leer. Blieben nur noch das Bad und das Klo (beide leer) und Ritas Zimmer. Die Tür war angelehnt.

»Rita?«

Schweigen.

Ich drückte die Tür auf. Die Vorhänge waren zugezogen, es brannte kein Licht. Rita kauerte auf dem Boden neben dem Schreibtisch und rührte sich nicht.

»Rita? Was ist los?«

Keine Reaktion.

»Sag etwas! Bist du verletzt?«

Sie sah mich an und schüttelte den Kopf, dann wandte sie ihn nach rechts und hob kurz das Kinn. Ich sah hin. Beine. Wieder Beine, so wie damals in Alices Wohnung, nur dass es diesmal Frauenbeine waren. Der Rest war verdeckt von Ritas Abstelltisch, aber ich musste ihn nicht sehen um zu wissen, um wen es sich handelte.

»Was ist passiert? Wer ist das?«

»Ich denke, du kanntest sie besser.«

Ich tat, als hätte ich es nicht gehört. »Was ist mit ihr? Ohnmächtig? Hast du die Rettung gerufen?«

»Dafür war es zu spät.«

»Du meinst…?« Mir wurde schwarz vor Augen. Ich musste

mich am Schreibtisch festhalten, um auf den Beinen zu bleiben. »Aber wie ist das passiert?«

Rita begann zu heulen. »Ich habe keine Ahnung!« rief sie. »Sie hat geläutet, ich habe sie reingelassen, und kaum war sie in der Küche, hat sie begonnen, mich zu beschimpfen, und ist auf mich losgegangen! Wir haben gekämpft! Der Baum ist umgefallen!«

»Das habe ich gesehen.«

»Und dann hat sie versucht, mich totzuschlagen. Hiermit.« Sie hielt etwas hoch, und weil ich in der Dunkelheit nichts erkennen konnte, knipste ich die Schreibtischlampe an. Was sie in der Hand hatte, war ein Hockeyschläger.

»Wir müssen die Polizei rufen«, sagte ich und wollte aus dem Zimmer, aber Rita hielt mich zurück.

»Warte noch«, sagte sie, wieder ruhiger.

»Warum? Du bist überfallen worden!«

»Aber diese Frau ist tot, verstehst du? Und sie ist nicht an Altersschwäche gestorben. Was glaubst du, wird die Polizei denken, wenn sie das hier sehen?«

»Das, was du ihnen erzählst. Was war. Wie ist sie gestorben?«

(Genau. Wie war sie gestorben? Gestürzt? Schlaganfall? Modellflugzeug? Schon wieder dieses blöde Modellflugzeug?)

»Ich bin davongerannt, aber sie hat mich eingeholt und hat dauernd weiter versucht, mir den Schädel einzuschlagen. Sie muss ziemlich betrunken gewesen sein, so wie sie gerochen hat, und ich habe sie weggestoßen, aber sie hat sich an mich geklammert und mich mitgerissen, und dabei muss sie gegen die Schreibtischkante geknallt sein. Ich habe ihr den Schläger weggenommen und wollte ihr eins überziehen, bevor sie mich wieder angreift, aber sie ist nur dagelegen und hat so komisch gezuckt, und dann hat sie aufgehört, also habe ich es gelassen.«

Ich betrachtete Alice. Ein wenig Blut war in ihrem Haar oberhalb des linken Ohrs, vermutlich die Stelle, wo sie an der Tischkante aufgeprallt war (oder Rita sie mit dem Schläger getroffen hatte), und ihr Kopf war auf eine unnatürlich wirkende Weise zur Seite gedreht.

»Hast du sie danach noch berührt?« fragte ich.

»Ich kann mich nicht erinnern. Ich glaube, ich war kurz weggetreten.«

»Sieht aus, als wäre ihr Genick gebrochen.«

Rita zuckte mit den Schultern.

»Es muss ein ziemlich kräftiger Stoß gewesen sein.«

»Es war ein ziemlich kräftiger Stoß. Wenn dir jemand den Schädel einschlagen will, stößt du auch kräftig.«

»Und du weißt nicht, ob du sie danach noch einmal berührt hast?«

»Ich weiß es nicht, nein! Ich war verdammt nochmal unter Schock!«

»Denk nach! Wenn die Polizei kommt, werden sie sicher wissen wollen – «

»Hör endlich auf! Ich will keine Polizei!«

»Aber wir müssen die Polizei holen! Eine andere Möglichkeit gibt es nicht!«

»Und was soll ich ihnen sagen? Hm? Was sage ich?« Rita starrte mich hasserfüllt an, dann stand sie auf und trat auf mich zu. »Was soll ich sagen?« wiederholte sie und schlug mir ins Gesicht. »Das Flittchen, das mein Mann geschwängert hat, wollte mich umbringen und ist dabei so unglücklich ausgerutscht, dass sie gestorben ist, ist es das, was ich sagen soll? Hm? Klingt das gut?« Sie wollte ein zweites Mal zuschlagen, aber ich wehrte den Schlag ab und hielt ihre Arme fest.

»Hat sie das gesagt?« sagte ich. »Dass sie schwanger ist?«

»Das hat sie gesagt, ja. Das und noch mehr.«

»Es ist nicht wahr. Ich war ein paar Mal mit ihr zusammen, das war alles.«

»Ach, das war alles! Und dabei hast du zum ersten Mal im Leben erfahren, was es heißt, mit einer Frau zu schlafen, nicht?! Dass es etwas anderes ist als mit mir, nicht?! Nicht als würde man es mit einem Kilo Faschiertem treiben?!«
»Das hat sie gesagt?«
»Oh ja, das hat sie gesagt! Und sie hat noch ganz andere Dinge gesagt!« Sie versuchte, mich in Richtung des Leichnams zu drängen. »Geh doch hin zu ihr! Fick sie! Noch ist sie warm!«
Ich verstärkte meinen Griff, schüttelte sie und brüllte sie an. »Hör auf! Es ist nicht wahr, hörst du?! Es stimmt, ich habe mit ihr geschlafen, das war falsch, und es tut mit leid, aber sonst war nichts! Vermutlich wäre auch das nicht passiert, wenn du und Sylvia mich damals nicht aufgezogen hättet.«
»Ach, es ist also meine Schuld?«
»Nein. Außerdem war es längst vorbei. Ich wollte es ihr nach Weihnachten sagen.«
»Das wird ja nun nicht mehr nötig sein.«
Schweigen. Ich ließ sie los, und sie ließ ihre Arme sinken.
»Du bist ein Dreckschwein«, sagte sie und setzte sich auf den Bürostuhl vor ihrem Schreibtisch. Sie wirkte nun völlig ruhig. Ich räumte einen zweiten Stuhl ab und setzte mich ebenfalls.
»Darüber können wir später reden«, sagte ich. »Jetzt lass uns überlegen, was wir der Polizei sagen.«
»Ich will keine Polizei.«
»Sei vernünftig. Wir haben eine Tote in der Wohnung.«
»Sie werden glauben, ich habe sie umgebracht.«
»Warum solltest du sie umbringen?«
»Weil sie etwas mit dir gehabt hat? Weil du vorgehabt hast, mit ihr Schluss zu machen? Weil sie das nicht wahrhaben wollte? Weil sie mich totschlagen wollte? Sind das schlechte Gründe?«
»Nein. Trotzdem hast du sie nicht umgebracht.«
»Und du? Hast du ein Alibi?«
»Was?«

»Hast du eins?«
Ich überlegte. (Warum überlegte ich?) Die Kellnerin in dem Espresso? Würde sich sicher nicht an mich erinnern. Ich hatte keins.
»Willst du wissen, was ich tun werde, wenn du die Polizei rufst?« sagte Rita. »Ich werde sagen, ich bin eben nach Hause gekommen, der Baum war umgeworfen, und du bist neben einer Leiche gehockt.«
Ich starrte sie an. »Was?!«
»Ja«, sagte sie. » Genau das werde ich tun. Ich habe keine Lust, ins Gefängnis zu gehen, nur weil du dich mit diesem Scheiß-Flittchen eingelassen hast! Wenn ich mit ihr allein war, hält man mich für ihre Mörderin. Aber wenn du hier warst, bist du der Hauptverdächtige. Also werde ich das sagen.«
»Spinnst du? Gerade hast du gesagt, es war ein Unfall.«
»Es war auch ein Unfall. Aber wer glaubt das schon? Glaubst du es?«
»Du sagst, es war so, also glaube ich es.«
»Du bist nicht die Polizei. Die sind darauf trainiert, es nicht zu glauben. Und selbst wenn…« Ein Blutstropfen rann aus ihrer Nase. Sie wischte ihn weg. »Und selbst wenn sie es glauben, es würde uns nicht helfen. Die anderen werden es nicht tun. Die Nachbarn. Die Schüler. Die Leute werden reden. Uns aus dem Weg gehen. Nichts mehr mit uns zu tun haben wollen. Ich werde die Schule wechseln müssen. Vielleicht müssen wir überhaupt die Stadt verlassen.«
»Quatsch«, sagte ich, aber es klang nicht sehr überzeugend. Im Grunde wusste ich, dass sie recht hatte. Mein Blick wanderte zu Alice. Abgesehen von dem verdrehten Kopf, sah sie nicht tot aus. Für einen Moment hoffte ich, alles sei nur Komödie, die beiden Frauen hätten sich verbündet, um mir einen Schrecken einzujagen, und Alice würde plötzlich aufspringen, begeistert lachend, und rufen: »Habe ich es nicht gesagt? Er glaubt ein-

fach alles! Er hat mir auch geglaubt, dass ich Schauspielerin bin und meine Großtante im KZ war!«
Aber sie stand nicht auf. Es war keine Komödie.
Langes Schweigen, dann, ohne mich anzusehen, sagte Rita: »Artur?«
»Hm?«
»Wir müssen sie loswerden.«
Ich wandte mich wieder ihr zu. »Was meinst du mit ›loswerden‹?«
»So als ob sie nie hier gewesen wäre. Denkst du, jemand weiß, dass sie hierher kommen wollte?«
»Keine Ahnung. Ich glaube nicht, dass sie überall herumerzählt hat, dass sie hierher fahren will, um dich umzubringen.«
»Genau das denke ich auch. Und ich glaube auch nicht, dass sie im Haus jemand gesehen hat. Die meisten sind weg über die Feiertage, vielleicht sind wir überhaupt die einzigen, die heute hier sind.«
»Blassers haben Licht, und Hausmeisters bleiben meistens auch über Weihnachten.«
»Blassers rühren sich nicht aus der Wohnung, und Hausmeisters sind froh, wenn niemand etwas von ihnen will.«
»Aber wie stellst du dir das vor? Willst du sie in einen Teppich rollen? Runtertragen wie einen Sack Kartoffeln?«
Sie schüttelte den Kopf.
»Was dann? Kleinsägen und stückweise abtransportieren?«
(Kleinsägen und stückweise abtransportieren? Hatte ich das gesagt? Das war nicht mein Satz. Er gehörte Alice, sie hatte ihn gesagt, bei etwas, an das ich nie mehr hatte denken wollen. Etwas wiederholte sich, was sich nicht wiederholen durfte, schlimmer noch, ich war an Alices Stelle getreten, ich selbst hatte es gesagt, kleinsägen und stückweise abtransportieren, und Rita musste nun meine Stelle einnehmen und sagen, wür-

dest du das aushalten, na los, sag es endlich, du bist an der Reihe, würdest du das –)

»Ich denke, es ist die einzige Möglichkeit.«

»*Was? Was hast du gesagt?*«

Sie hob den Kopf und sah mich an. »Ich habe gesagt: Ich denke, es ist die einzige Möglichkeit.« Leise kam das, aber klar und sachlich, als habe sie nach eingehender Überlegung einen unverrückbaren Entschluss gefasst.

Ich starrte sie ungläubig an, unfähig, etwas zu sagen. Polykrates trat ins Zimmer. Ich hatte ihn nie zuvor gesehen, aber mir war sofort klar, dass er es war. Er sah aus wie Marlon Brando in *Der Pate*, nur trug er keinen Anzug, sondern eine Art Toga und einen goldenen Armreif, wie Peter Ustinov als Nero. »Artur, mein Lieber«, sagte er und legte mir den Arm um die Schulter, »du hast nicht im Ernst geglaubt, du würdest so einfach davonkommen, oder?«

»Ich will nicht«, sagte ich. »Hau ab.«

»Gern, Artur, mein Lieber.« Er tätschelte meine Wange. »Aber du weißt, du hast keine Wahl.«

»Aber ich will nicht! Ich will nicht!« schrie ich.

»Ich will auch nicht«, sagte Rita. »Und nun hör auf zu schreien und lass uns in Ruhe nachdenken.«

Polykrates stand hinter ihr und lächelte freundlich.

26

Sparsamkeit hat etwas Zwanghaftes, aber sie ist nicht immer von Nachteil. Im Sommer hatte ich mich über Rita lustig gemacht, weil sie nach dem Ausmalen alle noch brauchbaren Abdeckplanen einzeln abgesaugt und zusammengefaltet in der Gangtoilette verstaut hatte, ebenso übriggebliebene Klebebänder und sonstige Mal- und Maurerutensilien, nun war ich froh darüber. Von den dicken schwarzen Müllsäcken, wie man sie bei Umbauarbeiten für den Bauschutt benötigt, hatte es damals drei Packungen zum Preis von zwei gegeben, also hatten wir zugegriffen, und auch Küchenrollen waren wegen eines Sonderangebots bei BIPA im Überfluss vorhanden. Fast schien es, als hätten wir die längste Zeit nichts anderes getan als uns vorbereitet auf die Zerlegung eines menschlichen Leichnams.

»Bist du sicher, dass wir nicht doch die Polizei holen sollten?« fragte ich noch einmal, während wir diverse Toilettenartikel, die auf dem Badewannenrand standen, in einen Wäschekorb packten, um sie zusammen mit dem Hocker, dem Schmutzwäschebehälter und den Handtüchern in Ritas Zimmer auszulagern.

»Kannst du damit aufhören?« sagte Rita. »Wir haben es jetzt zwei Stunden diskutiert, und wir haben uns entschieden.«

»Ich bin noch immer nicht sicher.«

»Alles andere bringt uns in Teufels Küche.«

»Aber wenn es herauskommt, kriegen wir lebenslänglich.«

»Es kommt nicht heraus. Morgen abend sieht hier alles aus wie immer. Und in der Zwischenzeit wird nichts gewesen sein.«

»Warum bist du so sicher?«

»Weil ich daran glaube. Weil ich an mich glaube. Ich habe ein Ziel, verstehst du? In sieben Monaten werde ich Mutter sein und in vier Jahren Direktorin, und dein Flittchen wird mich nicht daran hindern.«
»Aber es ist unmenschlich!«
»Sie wollte mich totschlagen, schon vergessen? Das ist noch unmenschlicher. Und jetzt gib mir die Plane.«
Ich tat es, und wir legten den Badezimmerboden aus, klebten Plastikfolien an die Seitenwände, dann füllte ich zwei Eimer mit Wasser und stellte sie in die Badewanne, während Rita Küchenrollen und Müllsäcke bereitlegte. Als wir damit fertig waren, sah es aus, als erwarteten wir die Handwerker.
»Jetzt das Werkzeug«, sagte Rita.
»Welches?« fragte ich.
»Alles, was an Messern da ist. Das Beil kann nicht schaden. Der Seitenschneider. Und Schnur, um die Säcke zuzubinden.«
»Wir haben einen Seitenschneider?«
»Natürlich. Ich habe ihn gekauft, als du die Schlüssel für das Radschloss verloren hast.«
Ich erinnerte mich. Das Schloss war neu gewesen, und ich hatte beide Schlüssel in meine Jackentasche getan, statt einen von ihnen irgendwo sicher aufzubewahren. Die Jacke war mir in einem Billardlokal in Währing, das Richard hatte ausprobieren wollen, gestohlen worden, und Rita war sauer gewesen wegen meiner Schlamperei. Schon am nächsten Tag war sie nach Vösendorf gefahren und hatte den teuersten Seitenschneider und noch anderes Werkzeug gekauft, das seither unbenutzt in der Abstellkammer lagerte.
»Womit fangen wir das Blut auf?« fragte ich.
»Viel Blut wird es nicht geben. Handtücher und Küchenrollen werden genügen. Aber du solltest Gummihandschuhe anziehen.«
»Ich hasse Gummihandschuhe. Man schwitzt so.«

»Du wirst am ganzen Körper schwitzen. Bist du so weit?«
Ich nickte.
»Dann holen wir sie.«

Mir war klar gewesen, dass Alices Körper kalt sein würde, genau wie der meiner Mutter, dennoch konnte ich nicht verhindern, dass mich fröstelte und meine Knie nachgaben, als ich ihn unter den Schultern fasste und hochhob. Ihr Kopf fiel nach hinten und hing im rechten Winkel vom Körper ab, die Halswirbelsäule musste entzweigebrochen sein. Einmal mehr fragte ich mich, ob das tatsächlich die Folge ihres Aufpralls gegen die Schreibtischkante sein konnte oder ob Rita doch, vielleicht unter Schock, in einer Trance, nachgeholfen hatte.
Sie hatte Alice an den Beinen gefasst, und so trugen wir sie, ich rückwärts voran gehend, ins Badezimmer und legten sie auf der Plane ab.
»Noch können wir zurück«, sagte ich.
Rita schüttelte den Kopf. »Die erste Frage wäre, warum wir nicht früher angerufen haben.«
»Ich bin gerade erst nach Hause gekommen, und du warst unter Schock, wie wäre es damit?«
»Vergiss es.«
»Und wenn wir sie zwischen uns nehmen und tun, als wäre sie betrunken? Wir setzen sie ins Auto und – «
»Hör auf. Das funktioniert nicht.«
(Doch, es funktioniert, ich weiß es!)
»Sie muss verschwinden«, sagte sie, »so als hätte es sie nie gegeben. Und nun komm schon, ziehen wir sie aus.«
Alice hatte Jeans an und einen dunkelgrünen Rollkragenpullover, ein Silberkettchen um den Hals und um das Handgelenk ein Bernsteinarmband, das ich als erstes abzog und in den von Rita bereitgehaltenen Müllsack warf. Dann, nachdem ich auch die Kette abgenommen hatte – ein Anhänger mit ihrem

Sternzeichen baumelte daran –, löste ich ihre Schuhbänder und zog ihr die Schuhe aus, halbhohe, verschlissene Clarks. Geruch von Fußschweiß machte sich breit, sie schien längere Zeit nicht aus den Schuhen gekommen zu sein. Ich stellte mir vor, wie sie durch Favoriten irrte, in Nachtcafés saß und nachdachte und sich Mut antrank und zuletzt an einem Würstelstand bei einem letzten Wodka zu dem Ergebnis kam, dass es keine andere Möglichkeit gab, mit mir glücklich zu werden, als meine Frau zu töten.

»Mach schon«, sagte Rita ungeduldig – offenbar war ich untätig dagestanden und hatte den Leichnam betrachtet – , also zog ich Alice die Jeans aus, dann Stutzen und Strumpfhose, während Rita ihren Oberkörper ein wenig anhob und den Pullover über den herabhängenden Kopf zog. Ich reichte ihr die Hose, und sie durchsuchte ihre Taschen und fand Wohnungsschlüssel und ein Minifläschchen Wodka, das sie auf den Badewannenrand stellte, dann stopfte sie auch die Kleidungsstücke in den Müllsack und stellte ihn vor die Badezimmertür.

»Kann ich noch irgendwas für dich tun?«

Ich verstand die Frage nicht.

»Ich meine, ob ich irgendwas bringen soll.«

»Nein.«

»Dann lasse ich dich jetzt allein.«

»Was?«

»Ich kann das nicht. Was glaubst du, warum ich mein Medizinstudium nach zwei Semestern aufgegeben habe? Ich habe gelernt, wie es geht, aber ich kann es nicht tun.«

»Aber es war deine Idee!«

»Sie war dein Flittchen. Und sie wollte mich totschlagen. Es ist nur gerecht, dass du es machst.«

»Sie hat dich nicht totgeschlagen! Sie hat sich selber totgeschlagen!«

»Pech für sie.«

»Pech, ja. Unwahrscheinliches Pech, wenn man es genau nimmt.«
Sie sah mich an. »Ich dachte, du glaubst mir?«
»Ich glaube dir ja. Aber ich will sicher sein.«
»Es war, wie ich gesagt habe.«
»Sag es noch einmal.«
»Ich habe sie weggestoßen, sie hat sich an mich geklammert und mich mitgerissen und ist mit dem Kopf gegen die Schreibtischkante geknallt. Sieh nach. Vermutlich klebt Blut dort. Vielleicht sogar ein paar Haare. Es war kein schönes Geräusch.«
»Wir hätten die Polizei holen sollen.«
»Fang nicht schon wieder an.«
»Ich glaube, ich schaffe das nicht.«
»Artur. Wir haben uns entschieden. Tu es für mich. Für unser Baby.«
»*Unser* Baby?«
»Unser Baby, ja.«
»Bist du sicher?«
»Natürlich bin ich sicher.«
»Schau mich an.«
Sie tat es.
»Sag es noch einmal.«
»Was?«
»Unser Baby.«
»Unser Baby.«
»Für unser Baby.«
»Für unser Baby.«
Ich glaubte ihr.
»Geh raus«, sagte ich.
Sie ging zur Tür. »Fang mit dem Kopf an. Wenn erst der Kopf – «
»Sag mir nicht, wie ich es machen soll. Wenn ich etwas brauche, rufe ich.«

»Artur?« durch die noch einen Spalt geöffnete Tür.
»Was noch?«
»Ich liebe dich.«

Dann waren wir allein, Alice und ich. Die Frau, der ich die glücklichsten Stunden meines Lebens verdankte, lag tot vor mir, und ich hatte zugestimmt, ihren Körper in mehrere Teile zu schneiden, in Müllsäcke zu packen und zum Abfall zu werfen, als handle es sich um verdorbene Lebensmittel.
Ich kniete mich neben sie und zog ihr das Unterleibchen aus, betrachtete noch einmal, wie zum Abschied, den nackten Leib, dann nahm ich einen der Säcke, schüttelte ihn auf, stülpte ihn über ihren Kopf und machte ihn mit Klebeband unterhalb des Kinns fest. Es war eine spontane Entscheidung, aber sollten Sie je in die Situation kommen, einen Leichnam zerteilen zu müssen, rate ich Ihnen, es genauso zu machen. Es fällt weniger schwer, wenn das Gesicht verdeckt ist. Ein Körper hat nicht das Persönliche, das ein Gesicht hat, man kann sich einbilden, die Tote sei irgendeine Frau, eine Obdachlose, eine Selbstmörderin, und man selbst ein Medizinstudent bei seinem ersten Sezierkurs. Das jedenfalls war, was ich mir einredete, ich bin ein Medizinstudent bei meinem ersten Sezierkurs, vor mir liegt eine unbekannte Tote, die ihren Körper der Wissenschaft zur Verfügung gestellt hat, und ich mache meine ersten Gehversuche in Pathologie, ganz einfache Schritte, den Leichnam in leicht transportable Stücke zerteilen, mehr war nicht gefordert.
Ich wählte ein großes, spitzes Messer, damit stach ich Alice in den Hals, in der Mitte, zwischen den Schlüsselbeinen, wo er am weichsten ist. (Es war ein hochwertiges Messer, es gehörte zu einem Messersatz, den Rita mir vor zwei Jahren zum Geburtstag geschenkt hatte.) Ohne große Anstrengung legte ich Luft- und Speiseröhre frei und durchtrennte beide und die sie umgebenden Muskeln, sodass der Kopf nur noch an der Hals-

wirbelsäule hing, und die war gebrochen. Es war nicht schwierig, sie endgültig durchzuschneiden. Ich schloss die Augen, und als ich sie wieder öffnete, hielt ich einen blutverschmierten Müllsack in der Hand, schwerer als ich erwartet hatte, und während ich ihn zuband, ohne noch einen Blick hinein geworfen zu haben, bemerkte ich, dass mir Tränen übers Gesicht rannen. Ich stellte den Sack in die Badewanne, wusch meine Hände, die nun wieder zitterten (während der Arbeit waren sie völlig ruhig gewesen), und wurde von einem Weinkrampf geschüttelt, schlimmer als am Tag davor am Totenbett meiner Mutter. Als ich mich gefangen hatte, setzte ich mich auf den Wannenrand, öffnete das Wodkafläschchen und trank es in einem Zug leer.

Rita klopfte an die Tür. »Alles in Ordnung mit dir?«

»Das ist die idiotischste Frage, die mir je gestellt worden ist.«

»Ich meine, ob alles läuft wie geplant.«

»Es sieht Scheiße aus hier drin, falls du das meinst.«

»Ich helfe dir beim Saubermachen. Brauchst du was?«

»Haben wir Schnaps?«

»Tequila müsste da sein.«

»Okay.«

Wenig später klopfte sie wieder. Ich öffnete die Tür einen Spalt und nahm ihr die Flasche ab. Sie war nicht einmal zu einem Viertel voll.

»Trink nicht zuviel«, sagte Rita. »Wir brauchen einen klaren Kopf.«

»Mit klarem Kopf geht das nicht.«

Sie nickte. »Wenn ich noch etwas tun kann, ruf mich. Ich mache jetzt das Radio an. Die Leute sollen denken, wir sind bei Weihnachtsvorbereitungen.«

Ich sperrte die Tür ab, nahm einen tiefen Schluck und betrachtete Alice. Ein schwarzes Handtuch lag da, wo vorher ihr Kopf gewesen war, und eine Stimme hinter mir sagte: »Hallo, Einstein. Fröhliche Weihnachten.« Ich fuhr zusammen. Vor mir stand Arschloch, an den Türstock gelehnt, und nagte grinsend an einem Hühnerbein. »War nicht besonders klug von ihr, sich mit dir einzulassen, wie?« sagte er. »Und auch noch zu glauben, sie könne es mit deiner Frau aufnehmen… Aber Kompliment, du machst das gut, hätte ich selbst nicht besser machen können.« Er inspizierte den abgenagten Knochen, ließ ihn, da er nichts Essbares mehr an ihm fand, fallen und sagte: »Da fällt mir ein, kennst du den Witz: Treffen sich zwei Eisenbahner, sagt der eine, unlängst fahre ich mit der Lokomotive – « Ich hechtete auf ihn zu und versetzte ihm einen Faustschlag, aber ich traf nur den Türrahmen. Immerhin brachte es ihn zum Verschwinden.

Gleich darauf rüttelte Rita an der Tür. »Was ist los? Alles in Ordnung?«

»Jaja. Es ist nur nicht so einfach, wie du dir das vorstellst.«

»Ich stelle es mir nicht einfach vor. Warum hast du zugesperrt?«

»Ich will nicht, dass du das hier siehst.«

»Okay. Geht es wieder?«

»Ja.«

»Okay.«

Stille. Aus der Wohnküche war Musik zu hören, das Weihnachtsoratorium, Harnoncourt, Concentus Musicus, dieselbe Aufnahme, die wir gewöhnlich auflegten, wenn wir uns zum Weihnachtsessen setzten. »Jauchzet, frohlocket, auf, preiset die Tage«, jubelten die Sängerknaben, als ich das Messer wieder zur Hand nahm. Die Abdeckplane war glitschig und blutverschmiert, die Gummihandschuhe verklebt von geronnenem Blut, blutgetränkt auch das Handtuch, das ich unter Alices Hals gelegt hatte. Ich nahm es weg und warf es ins Waschbecken, ließ Wasser einlaufen und drückte es durch, wechselte mehrmals das Wasser, bis es sich nur mehr leicht hellrot färbte, dann legte ich es wieder unter und begann, das Schultergelenk freizulegen, mühte mich ab mit Sehnen und Muskeln, die sich als um einiges widerspenstiger erwiesen, als ich erwartet hatte. Harnoncourt war bei »Schlafe, mein Liebster«, ich musste fast eine halbe Stunde gearbeitet haben und war schweißgebadet, als der Arm endlich vom Körper getrennt war. Ich winkelte ihn am Ellbogen ab und band ihn so zusammen, dass die Hand auf die blutige Stelle am oberen Ende zu liegen kam, umwickelte ihn mit Küchenrolle und verstaute ihn ebenfalls in einem Müllsack. Dann nahm ich einen Schluck Tequila, machte ein bisschen sauber und begann mit dem zweiten Arm. Langsam bekam ich Übung, ich wusste, wo ich das Messer ansetzen, die Schnitte machen musste, um zu den Gelenken zu gelangen, und wunderte mich daher nicht, dass Rita mich lobte. »So ist es gut, weiter so«, hörte ich sie sagen, und ich nickte und arbeitete weiter, drehte den Arm nach oben, um leichteren Zugang zu haben, »o ja, du machst das gut, weiter so, weiter«, und mit einem Mal ging mir auf, dass es nicht Rita war, die sprach, es war Alices Stimme, und sie kam aus der Badewanne, aus dem Sack mit ihrem Kopf. Ich sprang auf, am ganzen Körper zitternd, und sah Arschloch zwischen ihren Beinen knien und ihre Muschi lecken, »weiter, weiter«, stöhnte Alice, während er an ihrer Klitoris lutschte und Zeige- und Mittelfinger in ihr hin und her bewegte, und ich holte aus und stach in seinen Nacken, so kräftig ich konnte. Die Klinge rutschte ab und drang so tief in meine Handfläche, dass ich aufschrie vor Schmerzen.

»Artur!« Rita hämmerte panisch gegen die Tür, »Artur! Was ist? Sag was! Sag endlich was!«

»Es ist nichts!« brachte ich heraus, »hab' mich geschnitten, geht schon wieder, mach dir keine Sorgen!« und goss Schnaps auf die Wunde und wickelte mir ein sauberes Handtuch um die Hand. Arschloch war verschwunden, und Alice schwieg wieder. Ihr Unterleib war voll Blut, ich hatte ihr einen tiefen

Schnitt an der Leiste beigebracht und musste mich abwenden, um mich nicht zu übergeben. Ich trank den restlichen Tequila und merkte, wie mir schwindlig wurde, also ließ ich kaltes Wasser über meinen Kopf laufen und bemühte mich, tief und ruhig zu atmen. Vier saubere Handtücher waren noch übrig, mit dem größten bedeckte ich Alices Schamgegend, um nicht sehen zu müssen, was ich angerichtet hatte, dann inspizierte ich meine Hand – die Wunde war nicht so tief, wie ich befürchtet hatte –, schnitt ein kleines Stück aus einem zweiten Handtuch und umwickelte sie damit, ehe ich einen frischen Gummihandschuh überzog und die Arbeit an Alices zweitem Arm beendete. Ich verpackte ihn genau so wie den ersten und stellte ihn zu den anderen Säcken in die Badewanne.
Die Plane war inzwischen zur Rutschbahn geworden. Auch mehrere Lagen Küchenrolle, die ich darüberlegte, waren rasch mit Blut getränkt, aber wenigstens halfen sie mir, mich sicherer zu bewegen. Weil ich das Handtuch über Alices Unterleib nicht entfernen wollte, wählte ich für die Beine eine andere Methode, als ich ursprünglich vorgehabt hatte. Statt wie bei den Armen das Gelenk freizulegen, machte ich am Oberschenkel knapp unterhalb des Beckens einen kreisrunden Schnitt bis auf den Knochen (auch das kleinere Ausbeinmesser war von erstklassiger Qualität), sodass ich den Seitenschneider einsetzen und den Oberschenkelknochen durchschneiden konnte. Das war nicht weniger anstrengend als das Durchtrennen der Sehnen (ich hatte keine Erfahrung mit diesem Werkzeug), aber es sparte Zeit. Kurz überlegte ich, das ganze Bein in einen Sack zu stopfen, aber um kein Risiko einzugehen (nicht auszudenken, wenn beim Transport einer der Säcke aufplatzte), wiederholte ich die Prozedur unterhalb des Kniegelenks und verpackte Unter- und Oberschenkel getrennt.
Mehr als anderthalb Stunden mussten vergangen sein, seit ich begonnen hatte. Das Weihnachtsoratorium näherte sich sei-

nem Ende, und aus dem leisen Geklingel, das in den Pausen zu hören war, schloss ich, dass Rita den Baum wieder aufgerichtet hatte und neu dekorierte. (Was für ein Sketch! Die Ehefrau amüsiert sich mit ihrem Liebhaber bei Klängen von Bach, und im Nebenzimmer ist der Ehemann damit beschäftigt, seine Geliebte zu tranchieren!) Während ich die Handschuhe wechselte, fiel mir auf, dass das Handtuch über Alices Unterleib bei der Beinabnahme verrutscht und ihr Geschlecht wieder unbedeckt war. Ich trat zu ihr, um es wieder zuzudecken, und bemerkte, dass ein Tamponfaden heraushing. (Sie hatte ihre Tage gehabt, sie war nicht schwanger gewesen! War sie deswegen gekommen? Um mir das zu sagen? Dass ich mir keine Sorgen zu machen brauchte? Nein, dazu hätte sie keinen Hockeyschläger gebraucht. Vielleicht hatte im Gegenteil die Enttäuschung, nicht schwanger zu sein, etwas ausgelöst in ihr, wie wenn ein Schalter umgelegt worden wäre in ihrem Kopf. Ja, das war die Erklärung, ganz offensichtlich war sie eine Psychopathin gewesen, schizophren, gespaltene Persönlichkeit, ein weiblicher Anthony Perkins. Ganz sicher hatte sie auch Arschloch umgebracht, vermutlich aus demselben Grund, warum sie nun Rita und mich hatte umbringen wollen. Wir konnten von Glück reden, dass wir ungeschoren davongekommen waren.)
Die Abnahme des zweiten Beins verlief problemlos, ich würde eine gute Note bekommen im Sezierkurs. Sieben schwarze Säcke standen in der Badewanne, in den achten wollte ich Alices Rumpf packen. Ich hob ihn an, und mir wurde schnell klar, dass das nicht möglich sein würde. Er war zu schwer, ich musste ihn in zwei Hälften teilen. Aber vorher brauchte ich eine Pause, musste zumindest für ein paar Minuten diesen Raum verlassen. Notdürftig reinigte ich Gesicht und Hände und zog Schuhe und Socken aus (ich hätte das gleich tun sollen, dachte ich, schade um sie), wusch meine Füße und trocknete sie mit dem vorletzten sauberen Handtuch.

»Rita?« Ich trat nach draußen.
Rita erschien in der Küchentür. »Bist du fertig?«
»Nein. Ich brauche noch Schnaps.«
»Wir haben nichts mehr.«
»Doch. Rum. Bei den Backsachen.«
»Okay. Ich mache dir einen Tee.«
»Keinen Tee. Nur Rum.«
»Du wirst umkippen.«
»Ich werde umkippen, wenn ich keinen kriege.«
Ich ging in die Küche. Der Fernseher lief, *Licht ins Dunkel.* Wieder die Sängerknaben, diesmal *Es ist ein Reis entsprungen.* Dazu auf dem Bildschirm Einblendungen, wer wieviel gespendet hatte. Ich wollte mich setzen, aber Rita hielt mich zurück und legte ein Geschirrtuch unter.
»Der Baum sieht gut aus«, sagte ich. »Willst du nicht die Kerzen anzünden?«
»Hör auf, zynisch zu sein.«
»Im Ernst. Der Geruch würde mir helfen. Es riecht Scheiße da drin. Und es wird noch schlimmer werden. Ich muss sie aufmachen.«
»Was meinst du mit ›aufmachen‹?
»Ich kann den Rest nicht als Ganzes einpacken. Ich muss ihn in zwei Teile schneiden.«
»Alles andere ist fertig?« Sie stellte ein kleines Glas mit Rum vor mich hin. Ich stürzte es hinunter.
»Alles andere ist fertig.«
»Das ist gut. Dann können wir sie noch heute Nacht – «
In diesem Moment läutete es. Und es läutete nicht an der Haus-, sondern an der Wohnungstür.

27

»Ja, ich weiß, ich sollte nicht kommen«, sagte Sylvia, »aber ich war in der Gegend, Mareike hat ihren Vater besucht – sag hallo zu Rita, Mareike –, und weil grad jemand aus eurem Haus gekommen ist, habe ich – «

»Hallo.«

»Hallo.«

» – habe ich gedacht, ich muss doch fragen, ob ich euch irgendwie helfen kann. Das ist ja furchtbar mit Arturs Mutter, und noch dazu zu Weihnachten! Ist Artur da? Wie geht es ihm?«

Beschissen, dachte ich, und seit du hier aufgetaucht bist, noch beschissener. Ich saß auf der Badewanne, die Rumflasche in der Hand, auf dem Boden neben mir die Überbleibsel der Frau, die ich geliebt hatte, während draußen die, die ich geheiratet hatte, versuchte, die abzuwimmeln, die ich hasste.

»Schlecht«, sagte Rita, »es hat ihn ziemlich mitgenommen. Er schläft jetzt, und ich will ihn nicht wecken.«

»Klar. Er ist sicher sehr gehangen an seiner Mutter. Alle Männer tun das.«

(Wirf sie raus! Sag, sie soll verschwinden!)

»Es war lieb von dir vorbeizukommen, aber ich denke, wir brauchen jetzt vor allem Ruhe.«

(Gut gemacht.)

»Klar. Wir sind gleich wieder weg. Aber du weißt, wenn wir irgendwie helfen können…«

(Hau ab!)

»Kann ich ein Glas Wasser?« Das war Mareike. Sie würde genauso wenig je einen vollständigen Satz zustandebringen wie Athan, reine Mädchenklasse hin oder her.

»Nimm dir eins«, sagte Sylvia. »Oder willst du Apfelsaft? Rita hat super Apfelsaft.«
»Nur Wasser.«
Pause. Wasserhahn. Dann wieder Sylvia: »Das ist für dich. Frohe Weihnachten.«
»Sylvia! Wir hatten doch ausgemacht…«
»Es ist nur eine Kleinigkeit. Mach schon auf!«
Ich nahm das Messer wieder auf und kniete mich, bemüht, jedes Geräusch zu vermeiden, neben die Überreste von Alices Leichnam.
»Ach, ist das süß! Woher hast du das?«
»Spittelberg. Sie haben unglaubliche Sachen heuer. Ich war in keinem einzigen Geschäft, ausschließlich Spittelberg.«
(Hier, unterhalb der Rippen, und dann einen Schnitt quer über den Bauch, so…)
»Mama?«
»Wir gehen gleich, Liebes.«
»Ich muss aufs Klo.«
(Scheiße!)
»Na, dann geh doch! Du weißt ja, wo es ist.«
Ja, sie wusste es. Und sie wusste auch, wo das Badezimmer war, wenn sie sich danach die Hände waschen wollte. Aber Rita war geistesgegenwärtig.
»Der Wasserhahn im Bad ist kaputt. Du musst dir die Hände in der Küche waschen.«
Ich hörte, wie Mareike die Toilette betrat und begann, ihr Geschäft zu verrichten. Alices Bauch war offen, zehn Zentimeter oberhalb des Nabels, aber um ihn aufklappen und die größeren Organe entnehmen zu können, musste ich einen zweiten Schnitt machen, senkrecht von unterhalb des Brustbeins bis zum Beckenknochen. Anschließend setzte ich mich wieder auf die Badewanne, Atem angehalten, und sah zu, wie Blut und andere Flüssigkeit aus Alices Körper auf den Boden tropfte.

Nebenan furzte und schnaufte angestrengt Mareike, draußen waren die Frauen damit beschäftigt, Sylvias Geschenk – offenbar Christbaumschmuck – am Christbaum anzubringen und zu bewundern. Dann endlich wurde die Spülung betätigt, Mareike verließ das Klo und versuchte gleich darauf, die Badezimmertür zu öffnen.
»Küche, Mareike!« rief Rita. »Badezimmer funktioniert nicht!«
»Warum ist zugesperrt?« fragte Mareike.
»Wir mussten die Fliesen abschlagen, es sieht furchtbar aus da drinnen.«
»Kann ich es sehen?«
»Nein, kannst du nicht«, sagte Sylvia. »Zieh dich an jetzt. Wir haben Rita schon lang genug aufgehalten.«
Sie gingen ins Vorzimmer, und als sie vom Bad aus nicht mehr zu hören waren, entschloss ich mich weiterzumachen. Ein unangenehmer Geruch lag in der Luft, ich wollte so schnell wie möglich fertig werden. Ich schnitt die Leber aus Alices Bauch, ein glitschiges dunkelrotes Ding, das mit den glatten, feuchten Handschuhen kaum zu fassen war, aber nach zwei Fehlversuchen hatte ich es in dem bereitgestellten Müllsack verstaut und ging daran, die Speiseröhre zu durchtrennen. Es gelang nicht gleich, ich säbelte an ihr herum, das Messer glitt ab und schnitt tief in den Magen. Sofort machte sich ein scharfer Gestank breit, von Wodka und unverdautem Essen, Speisereste quollen aus dem aufgeplatzten Organ in die Bauchhöhle und auf den Boden, ein gelbroter Brei, durchsetzt mit unzerkauten Stücken, Pizza, schoss es mir durch den Kopf, Alice musste kurz vor ihrem Tod Pizza gegessen haben, was für ein trauriges Weihnachtsessen, dann übergab ich mich lautstark ins Waschbecken.
»Artur?« Wieder wurde an die Tür gehämmert. »Artur, ist alles in Ordnung mit dir?«
»Es geht schon«, presste ich hervor. »Sind die Scheißweiber endlich weg?«

Kurz Stille, dann Sylvias Stimme: »Wir gehen schon, Artur. Ist wirklich alles in Ordnung?«
Ich hätte mich ohrfeigen können. »Ja. Ja. Es geht schon. Tut mir leid, Sylvia, ich wollte nicht… Aber ich… Ich bin…«
»Kein Problem. Ich muss mich entschuldigen. Wir hätten nicht kommen sollen.«
»Schon okay.«
»Du musst das verstehen«, sagte Rita. »Es war ein Schock für ihn.«
»Klar. Aber bist du wirklich sicher, dass er in Ordnung ist? Sollte man nicht lieber einen Arzt – …«
»Er soll wenigstens die Tür aufmachen«, sagte Mareike. Sie gab nicht auf. Ich bekam Lust, es tatsächlich zu tun, damit dieses Mädchen ein für allemal begriff, was für Folgen Neugier haben kann.
»Man muss ihn nur in Ruhe lassen«, sagte Rita, »ich kenne das. Ich kümmere mich um ihn, macht euch keine Sorgen.« Dann entfernten sich die Stimmen wieder, und zwei Minuten später klopfte es leise an die Tür. »Sie sind weg. Lass mich rein.«
»Glaub mir, du willst das nicht sehen.«
»Aber du brauchst Hilfe.«
»Ich brauche keine Hilfe. Jetzt nicht mehr.«
»Wie lang brauchst du noch?«
»Das hängt davon ab, wieviel Besuch noch kommt.«
»Artur, bitte!«
»Ich weiß es nicht. Eine halbe Stunde. Haben wir noch Küchenrolle?«
»Nein.«
»Dann bring Handtücher. Wir werden neue kaufen müssen.«

Es ging auf Mitternacht zu. Vierzehn schwarze Säcke standen auf einem alten Teppich in der Diele, zehn davon gefüllt mit Alices Körperteilen, eingehüllt in Handtücher und Küchenrolle, die anderen mit den restlichen blutgetränkten Handtüchern, meiner unbrauchbar gewordenen Kleidung und dem Plastik der Abdeckplane (Abdeckplane, dachte ich, was für einen anderen Sinn dieses Wort plötzlich bekommen hatte). Gemeinsam mit Rita hatte ich über jeden Sack noch einen zweiten, sauberen gezogen, das ganze Arrangement machte einen ordentlichen Eindruck, so als hätten sorgfältige Handwerker ihre Abfälle zum Abtransport bereitgestellt.

Mehr als eine halbe Stunde hatte es in Anspruch genommen, meinen und Alices Mageninhalt vom Boden und dem Waschbecken zu entfernen, nun waren noch die Fliesen und Armaturen zu säubern und der säuerlich-alkoholische Geruch mit Hilfe eines Raumsprays zu neutralisieren, den Rita in einem Winkel der Abstellkammer gefunden hatte. Wir hatten uns beide bis auf die Unterwäsche ausgezogen, um nicht noch mehr Gewand zu ruinieren, im Fernsehen lief noch immer *Licht ins Dunkel* – sicher würde wieder ein neuer Spendenrekord aufgestellt werden –, und ich saß, weil mir vom Schnaps und dem, was ich getan hatte, schwindlig war, auf der Badewanne und schaute zu, wie in der Waschmaschine Handtücher und Unterwäsche in rosarotem Waschmittelschaum rotierten.

»Wir dürfen sie erst morgen aufhängen«, sagte ich.

Rita unterbrach ihre Arbeit. »Was?«

»Wir dürfen die Wäsche erst morgen aufhängen. Wenn wir sie heute aufhängen, kommt die Wilde Jagd, und die Tödin wäscht sie noch einmal, und wir sterben, sobald wir sie verwenden.«

»Ich dachte, das gilt nur in der Silvesternacht?«

»Es gilt in allen Raunächten.«

»Andere Sorgen hast du nicht?«

»Doch. Aber wir dürfen kein Risiko eingehen.«

»Darf sie wenigstens in den Trockner?«

»Trockner ist okay. Aber nicht aufhängen.«

»In Ordnung. Willst du dich ein bisschen hinlegen?«
»Wenn ich mich jetzt hinlege, kriegst du mich nicht mehr wach. Lass uns das zu Ende bringen.«
Also machten wir weiter, bis keine Spuren mehr zu sehen waren von dem, was sich in diesem Raum vor drei Stunden abgespielt hatte, jedenfalls nicht wenn nicht ein Kommando der Spurensicherung danach suchte. Das letzte, was schließlich noch gesäubert werden musste, waren wir selbst.
»Du zuerst oder ich?« fragte ich Rita.
»Wie du willst«, sagte sie und legte ihre Arme um mich.

28

Der Schauspieler Emil Jannings soll sich, wenn auf seinem Landgut ein Schwein geschlachtet wurde und der Schlachter seine Arbeit beendet hatte, bei der er selbst niemals anwesend war, jedesmal in einer blutbefleckten Schürze und mit dem Schlachtermesser in der Hand vor dem toten Tier fotografieren haben lassen, weil er wusste, dass solche Fotos seine ohnehin starke Anziehungskraft auf Frauen noch erhöhten. Ich habe diese Geschichte nie recht glauben können, und hätte mir jemand vorhergesagt, dass Rita und ich nach dem, was wir gerade getan hatten, miteinander schlafen würden, ich hätte ihn für verrückt erklärt. Allerdings war es mit Sicherheit nicht das Blut oder der Gestank von menschlichen Innereien, was uns dazu gebracht hatte. Wir waren voll mit Adrenalin, wir hatten getrunken, mehr als wir vertrugen (Rita hatte sich an den Wein gehalten, der für das Weihnachtsessen gedacht gewesen war), das Ausschlaggebende aber war wohl der Wunsch, zumindest für die kurze Zeit unserer Vereinigung nicht an das denken zu müssen, was geschehen war. Schweigend lagen wir danach auf dem Bett und starrten an die Decke, Ritas linke Hand fest um meine rechte geschlossen.

»Ich danke dir«, sagte sie, und als ich weiter schwieg: »Sag etwas.«

»Was soll ich sagen? Gern geschehen?«

Rita drehte den Kopf zur Seite und sah mich an.

»Wann, glaubst du, werden sie zu suchen anfangen?«

»Keine Ahnung. Sicher nicht vor Ende der Feiertage.«

»Und du bist sicher, ihre Familie wird sie nicht vermissen?«

»Nein, ich bin nicht sicher. Aber falls sie nicht gelogen hat,

hatte sie keinen Kontakt zu ihrer Familie. Vielleicht war sie überhaupt ein Waisenkind.«
»Das wäre gut für uns, nicht?«
»Das wäre gut für uns, ja.«
»Wir mussten es tun, nicht?«
»Wir mussten es tun.«
»Für unser Baby.«
»Für unser Baby.«
Pause. Sie blickte wieder zur Decke. »Schaffst du es, mir beim Runtertragen zu helfen?«
»Heute noch? Ich weiß nicht, ob das besonders klug ist.«
»Die Tonne ist leer. Die meisten sind weggefahren. Blassers und Hausmeisters gehen früh schlafen. Und sie gehören nicht zu denen, die sich für fremde Abfälle interessieren. Mittwoch früh kommt die Müllabfuhr, dann ist es vorbei.«
»Aber sie wird zwei Tage da drin liegen.«
»Wäre es dir lieber, wenn wir sie über die Feiertage hierbehalten?«
»Nein. Aber sie wird stinken.«
»Nicht in zwei Tagen. Wir haben Winter. Es kommt eine Kaltfront. Hilfst du mir?«
Ich war erschöpft. Meine Hände taten mir weh. Wenn ich die Augen schloss, sah ich Blut.
»Okay«, sagte ich.

Der Transport verlief ohne Zwischenfälle, sah man davon ab, dass Arschloch rauchend neben der Mülltonne lehnte und mich zu provozieren versuchte. »In welchem Sack ist ihre Muschi? Lass mich raten.« Er fächelte sich Luft zu. »Ich kann sie riechen, weißt du, ich rieche ihre Muschi auf fünfzehn Meter Entfernung. Naja, zehn.« Er schnüffelte an der Tonne. »Aber hier… Nichts… Seltsam… Ist sie vielleicht gar nicht dabei? Hast du sie zur Seite geschafft? Ja, ich wette, so ist es, du hast

sie unterschlagen, Einstein, sie liegt in deinem Nachtkästchen, zwischen deinen Wichsvorlagen, stimmt's!«
Ich ignorierte ihn, bis er schließlich aufgab und verschwand. Nach einer halben Stunde waren wir mit der Arbeit fertig. Wir hatten die Säcke mit Alice zuunterst gelegt, darüber die leichteren mit den Handtüchern und den Planen, zuoberst platzierten wir den Teppich, ein wenig Hausmüll, alte Polster und einen zertrümmerten Sessel, so dass es aussah, als hätten wir die Feiertage genützt, um ein wenig zu entrümpeln. Die Tonne war leer gewesen, als wir angefangen hatten, nun war sie zu knapp zwei Dritteln gefüllt, Platz genug also für die anderen Parteien, ihre Weihnachtsabfälle unterzubringen, ohne dass sie überquoll und der Hausmeister womöglich auf die Idee kam, hineinzusteigen, wie er es manchmal tat, um den Müll zusammenzupressen und so Platz zu schaffen für neuen. Die Temperaturen waren tatsächlich, wie vorhergesagt, unter den Gefrierpunkt gefallen. Das Wetter war auf unserer Seite.

Ich erwachte mit dem Gefühl, mein Kopf stehe kurz vor dem Explodieren (der Rum, den wir zum Backen verwendeten, war billiger Fusel). Rita hatte Schlafmittel genommen, und ich ließ sie schlafen, während ich mir ein Frühstück aus schwarzem Kaffee und Aspirintabletten zubereitete. Nach einer halben Stunde begannen sie zu wirken, und ich konnte wieder halbwegs klar denken. Nicht unbedingt ein Vorteil in einer Situation wie dieser. Genau genommen, hatten wir keine Chance. Auch wenn Alices Eltern tatsächlich mit ihr gebrochen hatten und sich nicht mehr um sie kümmerten, eine junge Frau wie sie musste Freundinnen gehabt haben. Auch im ÖSI würde man sie vermissen, genauso in dem Café in Favoriten. Sicher hatte der Ober ein fotografisches Gedächtnis, wie alle Wiener Ober. Wenn sie längere Zeit nicht auftauchte, würde er irgendwann die Polizei anrufen. »Da ist was faul, Herr Kommissar, ich bin mir ganz sicher. Ihr ist was zugestoßen. Als ich sie zum letzten Mal gesehen habe, war sie mit so einem komischen Typen da. Ist mir gleich verdächtig vorgekommen. Der gehört nicht hierher, habe ich noch gedacht, der passt nicht nach Favoriten. Und prompt fangen die an zu streiten, sie ist aufgesprungen und davongerannt, und ich habe noch im Scherz zu dem Mann gesagt, die wird schon wiederkommen, und wissen Sie, was er geantwortet hat, Herr Kommissar? Wissen Sie, was er geantwortet hat? Er will überhaupt nicht, dass sie wiederkommt, hat er gesagt, er will, dass sie verschwindet! Das hat er gesagt. Er hat sie umgebracht, Herr Kommissar, da bin ich mir ganz sicher.«

Das Telefon unterbrach mich bei der Vorbereitung meiner Verteidigungsrede. Es war Richard. »Tut mir leid mit deiner Mutter«, sagte er. »Beileid.«

»Danke«, sagte ich. »Woher weißt du das?«

»Ich habe gestern angerufen. Wollte dir schöne Weihnachten wünschen. Du warst acht Öltanks nach dem, was Rita gesagt hat.«

»Man verliert nicht jeden Tag seine Mutter.«

»Ich weiß. Warst du dabei, als sie gestorben ist?«

»Nein. Ich mache mir Vorwürfe deswegen.«

»Das musst du nicht. Ich war dabei bei meiner. Sie hat nichts mitgekriegt.«

»Trotzdem.«

»Du solltest dich ablenken. Was macht ihr in den nächsten Tagen?«

(Spuren beseitigen. Falsche Spuren legen. Auf die Müllabfuhr warten. Vögeln. Vielleicht bringen wir uns um.)

»Es ist ziemlich viel Bürokratie zu erledigen, du kennst das.«

»Ja. Wenigstens ist man beschäftigt und denkt nicht dauernd dran.«

Er hatte recht. Nicht dran denken, das war es, was wir tun mussten. Uns ablenken. »Kommst du zu Silvester?« fragte ich.

Richard war verwirrt. »Silvester?«
»Ja. Hat Rita nichts gesagt? Wir haben ein paar Leute eingeladen. Wir würden uns freuen, wenn du auch kommst.«
»Aber – «
»Ja oder nein?«
Kurze Pause, dann: »Sicher, klar. Soll ich etwas mitbringen?
»Gute Laune.«
»Sehr witzig.«
»Stets zu Diensten. Wir sehen uns Sonntag um neun.«

»Spinnst du?« Rita schnappte nach Luft. »Wir können nicht jetzt eine Neujahrsparty veranstalten!«
»Doch. Gerade. Die Idee ist genial. Deine Idee übrigens. Du tust das nur für mich. Ich bin niedergeschlagen, verstehst du, der Tod meiner Mutter war zuviel für mich. Aber das Leben muss weitergehen. Alle werden das verstehen. Niemand wird wagen abzusagen. Marlene, Sylvia, Verena, alle werden kommen, jeder, den wir fragen. Vermutlich würde sogar deine Eskimoschwester anreisen, wetten?«
»Ich habe aber keine Lust zu feiern! Ich habe den Kopf voll mit anderen Dingen.«
»Genau darum geht es! Wir dürfen nicht dran denken. Wir tun, was noch zu tun ist, und dann gibt es nur noch Silvester. Was willst du essen? Fisch? Silvester muss man Fisch essen. Und Huhn. Unbedingt Huhn. Und zu Neujahr Schweinsbraten.«
»Hör auf!«
»Nein, ich höre nicht auf! Die Sachen zum Bleigießen dürfen wir nicht vergessen. Raketen. Tischfeuerwerk.«
»Hör auf!«
»Aber als erstes machen wir einen Spaziergang. Bis zur Jesuitenwiese und wieder zurück, so wie immer zu Weihnachten. Dann gehen wir in die Kirche und zünden Kerzen an für unse-

re Eltern. Und wenn es dunkel wird, fahre ich nach Favoriten und hole das Auto. Und wenn ich es habe, rufe ich dich an, und wir treffen uns und bringen es zur Donau, wie besprochen. Okay?«

Sie überlegte einige Sekunden, dann nickte sie. »Okay. Aber über Silvester reden wir noch.«

»Es ist eine geniale Idee, glaub mir.«

»Ich bin nicht sicher.«

»Ich schon. Mach eine Einkaufsliste.«

29

Die Straßen außerhalb der Fußgängerzone waren ausgestorben, nicht einmal die Obdachlosen waren zu sehen, offenbar war ihnen kalt geworden, und sie hatten sich in die Notschlafstellen verzogen. Die einzigen Menschen, denen ich begegnete, waren ein paar Jugendliche, die mit Schweizerkrachern nach mir warfen, aber da ich damit nicht zu beeindrucken war, hörten sie bald auf. Auch im Stiegenhaus war niemand, unbemerkt gelangte ich in Alices Wohnung. Der Plan war, ihr Auto irgendwo an der Donau abzustellen, damit es so aussah, als habe sie sich umgebracht, aber in ihren Kleidern hatten wir vergeblich nach dem Autoschlüssel gesucht.
Die Wohnung sah abscheulich aus, in der Abwasch Geschirr und Pizzareste, das Bett zerwühlt, eine leere Weinflasche auf dem Nachtkästchen, daneben, umgefallen, ein benütztes Glas. Die Rosen, die ich ihr vor Wochen geschenkt hatte, standen immer noch in einer Vase auf der Fensterbank, in einem winzigen Rest Wasser, abgeblüht, vertrocknet. Ich spürte, wie sich meine Augen mit Tränen füllten, also ging ich zurück in die Küche, öffnete den Kühlschrank in der Hoffnung, Wodka zu finden, aber er war leer bis auf ein Glas Essiggurken und eine halbe Extrawurst, die am Anschnitt dunkelbraun verfärbt war. Ich setzte mich und machte Atemübungen. Nach zwei, drei Minuten war ich ruhig genug, um mit der Suche zu beginnen. Zu sehen war der Schlüssel nirgends, und da er weder in dem Mantel noch in der Handtasche war, die an der Garderobe hingen, und es nichts gab, was einem Schlüsselkasten oder Schlüsselbrett ähnelte, fing ich mit den Küchenschubladen an. In einer war Besteck, in der anderen Zettel, Briefmarken und

Rechnungen, vermischt mit Bindfaden, Klebstoff und anderem Krimskrams. Die Küchenkästchen enthielten Geschirr, überraschend wohlgeordnet, wenn man den sonstigen Zustand der Wohnung bedachte, die einzelnen auf der Arbeitsplatte und dem Telefontischchen herumstehenden Schälchen bunte Steine, Modeschmuck, ein Cellophansäckchen mit Gras, aber keinen Autoschlüssel. Ich wechselte wieder ins Schlafzimmer. In der Kommode Unterwäsche, im Schrank Blusen, Jacken und Hosen, deren Taschen ich durchsuchte, ohne Erfolg. Meine Nervosität wuchs, ich hatte Rita um fünf anrufen wollen, vor zehn Minuten. Ich sah unter dem Bett nach, nichts. Auf dem Regal CDs, ein paar Bücher, Astrologie, Hesse, Tolkien, *Die Kraft des Mondes*. Von all ihren Büchern war *Schau heimwärts, Engel* das einzige, das auch ich lesenswert gefunden hätte, und von dem war wenig übrig. Ich holte es vom Regal und klappte es auf. Bambi lag immer noch drin. Ich nahm die Cassette heraus und steckte sie in den Hosenbund. Ich wollte nicht, dass sie den Polizeibeamten in die Hände fiel, wenn sie die Wohnung durchsuchten. Sicher hätten sie bei der Beweisaufnahme ihren Spaß damit gehabt. Das leere Buch hingegen würde sie vor ein Rätsel stellen, und sie würden sich schließlich damit abfinden, dass Alice ein tödliches Geheimnis mit ins Grab genommen hatte.

Ich ging ins Badezimmer. Auf dem Boden vor dem Waschbecken lag der Schal, den ich ihr zu Weihnachten geschenkt hatte. Ich hob ihn auf und steckte ihn ein. Die Trommel der Waschmaschine war leer, die Lade des Spiegelschranks vollgestopft mit Schmerz- und Beruhigungsmitteln. Ich setzte mich auf einen Hocker, der in der Ecke stand, und überlegte, wo ich noch nachsehen könnte. Ohne große Erwartungen schob ich den Duschvorhang zur Seite. In der Duschtasse Wollsocken, Turnschuhe und eine ziemlich schmutzige Trainingshose. Ich hob sie auf und schüttelte sie. Heraus fiel der Autoschlüssel.

Meine Hoffnung, das Haus genauso unbemerkt wieder verlassen zu können, wie ich es betreten hatte, erfüllte sich allerdings nicht. Kaum hatte ich die Wohnungstür abgesperrt und mich dem Stiegenhaus zugewandt, wurde die Tür ein Stück weiter den Gang hinunter einen Spalt weit geöffnet, und wieder erschien das Mädchen mit dem zugeklebten Brillenglas. Sie hielt einen rosaroten Stoffhund vor ihrer Brust.

»Hallo«, sagte ich freundlich.

»Grrrr«, machte sie. Es schien zu bedeuten, dass der Hund mich anknurrte.

»Braver Hund«, sagte ich.

»Grrrr! Wäffwäff! Wäff!«

»Was hat er denn? Er will mich doch nicht beißen?«

Sie nickte.

»Aber ich tue ihm nichts!«

»Böser Mann!« Sie blickte den Hund an und zeigte dabei mit dem ausgestreckten Finger auf mich. »Böser Mann!«

»Grrrr!« machte der Hund.

»Ich will nur vorbeigehen, okay?«

Schweigen. Ich ging zum Lift, ohne mich noch einmal umzudrehen.

»Wäff! Wäffwäff!« tönte es hinter mir.

Es dauerte fast eine Viertelstunde, bis ich den R4 gefunden hatte, drei Gassen von Alices Wohnung entfernt. Sie schien ihn länger nicht benutzt zu haben, denn seit Beginn der Weihnachtsferien gab es überall freie Parkplätze, sogar direkt vor ihrem Haus. Ich stellte Sitz und Spiegel auf meine Körpergröße ein, probierte den Starter (er funktionierte), dann rief ich von der nächsten Telefonzelle aus Rita an.

»Endlich!« sagte sie. »Ich habe mir Sorgen gemacht!«

»Der Schlüssel war gut versteckt. Alles ruhig zu Hause?«

»Ja. Wo treffen wir uns?«

»Maria Ellend, Ortseinfahrt. Du weißt, wo das ist?«
»Ich unterrichte Geographie, schon vergessen?«
Das Ausparken war kein Problem, aber als ich draußen war und in den zweiten Gang schalten wollte, machte der Wagen einen Ruck, und der Motor starb ab. Ich erinnerte mich an Alices Worte: Den R4 muss man behandeln können. Ich versuchte es noch einmal, vorsichtiger diesmal, aber der Vorgang wiederholte sich. Zum Glück waren keine Autos hinter mir, denen ich den Weg versperrte, denn das Ergebnis war auch beim dritten und beim vierten Versuch dasselbe. Offensichtlich war der zweite Gang defekt. Ich gab daher beim nächsten Mal mehr Gas, um direkt in die Dritte schalten zu können. Der Motor heulte auf, aber ich fuhr. Es war ein wenig mühsam, auf diese Weise aus Favoriten herauszukommen, erst auf der Autobahn konnte ich im vierten Gang bleiben und hatte keine Probleme mehr. Unangenehm war nur, dass ab der Abfahrt Schwechat Arschloch auf der Rückbank saß.
»Hallo Einstein«, sagte er. »Fröhliche Weihnachten.«
»Hast du mir schon gestern gewünscht«, sagte ich.
»Tatsächlich?« sagte er. »Ich werde vergesslich. Kein Wunder. Ich muss immer an sie denken, weißt du. Sie fehlt mir. Geht es dir nicht auch so?«
Ich konzentrierte mich aufs Fahren.
»Natürlich fehlt sie dir. Sie wird dir immer fehlen. Mit jedem Tag mehr. Kein Wunder, dass du ihre Muschi gestohlen hast. Hätte ich auch getan, wenn du mir nicht zuvorgekommen wärst. Naja, immerhin habe ich das hier. Komm, sag Hallo zu Einstein, wünsch ihm schöne Feiertage.«
Ich drehte den Rückspiegel so, dass ich ihn sehen konnte. Zwischen seinen Oberschenkeln stand Alices Kopf. »Hallo Artur«, sagte er mit kindisch verstellter Stimme.
Ich verriss das Lenkrad, der Wagen schleuderte, und es kostete mich einige Mühe, ihn wieder abzufangen. Der Fahrer hinter

mir drohte mit der Faust. Ich machte eine entschuldigende Geste, atmete durch und blickte in den Rückspiegel in der Hoffnung, Arschloch hätte sich verzogen. Er war immer noch da und streichelte Alices Haar.
»Einstein, Einstein«, sagte er, »du wirst uns noch alle umbringen.«
»Lass mich in Ruhe«, sagte ich.
»Gern. Ich unterhalte mich ohnehin lieber mit Alice. Dieser Langeweiler kann uns gestohlen bleiben, was, Alice?«
Er bewegte ihren Kopf, so dass es aussah, als ob er nicke, dann legte er ihn neben sich und machte sich an seiner Hose zu schaffen.
»Hör auf!« brüllte ich. »Ich warne dich!«
»Was willst du dagegen machen?« fragte er. »Du fährst auf der dritten Spur.«
Er hob den Kopf an den Haaren hoch, spreizte mit zwei Fingern den Mund auf und schob seinen Schwanz hinein.
»Oh, sie macht das phantastisch«, sagte er, während er den Kopf hin und her bewegte, »ahh… Ach, Einstein, wenn du mitmachen könntest… Unbeschreiblich…«
Ich riss das Lenkrad nach rechts und fuhr, ohne auf den Verkehr zu achten, quer über die Autobahn und machte auf dem Pannenstreifen eine Vollbremsung. Die Vorüberfahrenden hupten wütend, aber das war mir egal. Ich hatte nur ein Ziel gehabt, und das war erreicht: Arschloch war verschwunden.

30

»Wir brauchen ein neues Auto«, sagte Rita, nachdem ich den R4 neben unserem Toyota abgestellt hatte. »Es hat eine halbe Stunde gedauert, bis er angesprungen ist.«
»Würdest du den hier vorziehen?« Ich zeigte auf den R4.
»Ich rede von Autos, nicht von Schrott«, sagte sie. »Und unseres ist am Ende.«
»Es ist nicht einmal sechs Jahre alt. Es hat gerade hunderttausend Kilometer.«
»Aber es ist ein Toyota. Ich habe immer gesagt, kaufen wir einen VW.«
»Warum nicht gleich Rolls Royce?«
»Ich meine das im Ernst. Wir brauchen ein neues Auto. Jetzt, wo deine Mutter gestorben ist, muss doch Geld da sein.«
»Danke für die Anteilnahme.«
»Ist doch wahr! Auf den Sparbüchern muss mindestens eine Million sein. Was willst du tun damit? Weiter sparen?«
»Warum nicht? Wir bekommen ein Baby.«
»Genau. Und was unser Baby am dringendsten braucht, ist ein sicheres Auto.«
»Sind wir deshalb hierher gefahren? Um über ein neues Auto zu streiten?«
»Du hast gesagt, wir müssen uns ablenken. Ich lenke mich ab.«
»Okay. Trotzdem haben wir anderes zu tun. Können wir?«
Ich stieg wieder ein und wartete. Rita ließ den Toyota ein paar Mal absterben, um mir zu beweisen, dass sie im Recht war, dann fuhren wir los, weiter nach Haslau, wo es eine Straße bis zum Donauufer gibt. Als die Asphaltierung zu Ende war, machte ich Rita ein Zeichen, auf mich zu warten, und fuhr

weiter, überquerte einen schmalen Nebenarm und stellte den Wagen schließlich so nah wie möglich am Ufer ab. Ich stieg aus, brachte Sitz und Spiegel wieder in die ursprüngliche Position, nahm Alices Mantel und Schuhe von der Rückbank und warf sie in den Kies direkt am Wasser. Dann öffnete ich die Beifahrertür.

»Bist du so weit?« fragte ich.

Alice nickte.

Ich half ihr aus dem Wagen, umarmte sie ein letztes Mal und sah ihr zu, wie sie durch den vereisten Auwald stapfte, dann minutenlang am Ufer stand, zitternd vor Kälte, und ihre letzte Entscheidung traf. Sie nahm eine mit Steinen gefüllte Reisetasche und band sie sich um die Handgelenke (ich konnte nicht erkennen, wie sie das machte, aber sie schaffte es irgendwie) und schritt langsam, aber entschlossen hinein in die eiskalte Donau, bis sie von der Strömung erfasst und abgetrieben wurde und versank. Einige Sekunden waren Kopf und Haare noch zu sehen, dann war sie verschwunden, fort für immer.

Rita wartete auf einer Bank vor einem der Häuser. »Tut mir leid wegen vorhin«, sagte sie, »ich war nervös.« Sie stand auf und ging längere Zeit schweigend neben mir her.

»Bist du jemandem begegnet?« fragte sie schließlich.

»Nein«, sagte ich. »Oder doch, ja. Einem jungen Mädchen.«

»Hat sie dich gesehen?«

»Ich weiß es nicht. Sie hat sich eine Tasche mit Steinen um die Hände gebunden und ist ins Wasser gegangen. Seltsam, nicht?«

»Seltsam, ja. Junge Mädchen tun manchmal komische Dinge.«

»Vielleicht hätte ich sie zurückhalten sollen«, sagte ich. »Ihr helfen.«

»Manchen Menschen kann man nicht helfen«, sagte Rita. Sie legte ihre Arme um meine Hüften und drückte sich an mich.

Hätte uns jemand gesehen, er hätte uns für ein jung verliebtes Paar auf einem Weihnachtsspaziergang gehalten. Aber es sah uns niemand.

31

»Einkaufsliste?« fragte Rita, als sie am nächsten Morgen schlaftrunken in die Wohnküche trat und mich über ein Heft gebeugt beim Tisch sitzen sah.
Ich schüttelte den Kopf. »Ich schreibe es auf«, sagte ich.
»Was?«
»Alles.«
»Was alles?
»Was war. Vielleicht finde ich es so heraus.«
»Was?«
»Warum es passiert ist.«
»Warum was passiert ist?«
»Alles.«
Sie goss sich Kaffee ein. »Ich dachte, wir wollten nicht mehr daran denken«, sagte sie.
»Darum mache ich es ja. Vielleicht kann ich aufhören, daran zu denken, wenn ich es aufschreibe.«
»Wir werden nie aufhören können, daran zu denken.«
»Wir müssen aber aufhören können, daran zu denken. Wir werden sonst nicht damit leben können.«
»Menschen können mit Schlimmerem leben. Du als Historiker müsstest das wissen.«
»Wir sind keine KZ-Überlebenden.«
»Nein. Wir waren auch nicht an der Ostfront. Aber wir haben getan, was wir getan haben.« Sie zeigte auf das Heft. »Niemand wird das je lesen. Was für einen Sinn hat es also, es aufzuschreiben?«
Ich zuckte mit den Schultern. »Willst *du* es nicht lesen?«
»Nein. Mir reicht, was ich weiß.«

»Ich verbrenne es, wenn ich fertig bin.«
»Ich verlasse mich darauf«, sagte sie und wollte wieder ins Schlafzimmer, da läutete das Telefon. Rita nahm ab, meldete sich, und wurde bleich. Ihre Lippen formten stumm das Wort »Polizei«.
»Ich verstehe«, sagte sie, und ich sah, dass die Hand mit dem Hörer zitterte, »ich verstehe, ja... Ja...Tatsächlich?« (Dunkelgrüner R4? In Haslau? Wie ist der Name? Nein, sagt mir nichts. Und Sie sagen, die Brieftasche meines Mannes lag drin? Nein, keine Ahnung, wie die da hingekommen sein könnte. Aber) »Das fragen Sie ihn am besten selbst. Ja, er ist hier. Einen Augenblick bitte.« Sie hielt mir den Hörer hin. »Es geht um deine Mutter«, sagte sie. »Offenbar hat es im Heim irgendwelche Diebstähle gegeben.«

»Danke, dass Sie so schnell gekommen sind«, sagte der Beamte, ein großgewachsener Mann in Zivil mit Bürstenhaarschnitt und einer auffallenden Narbe unter dem linken Auge. Er hatte sich im Büro der Leiterin eingerichtet, und den Papieren nach zu schließen, die auf dem Schreibtisch ausgebreitet waren, war er schon längere Zeit hier.
»Tut mir leid, Sie am Feiertag zu stören«, sagte er, nachdem wir uns gesetzt hatten, »noch dazu wo Sie einen Trauerfall in der Familie haben. Ihre Mutter ist vor drei Tagen hier gestorben, wurde uns gesagt. Stimmt das?«
Ich nickte.
»Mein Beileid«, sagte er. »Haben Sie die Wertgegenstände Ihrer Mutter bereits an sich genommen?«
»Nur ein paar Schmuckstücke. Ein Sparbuch. Alles andere wollte ich nach den Feiertagen holen.«
»Haben Sie irgendetwas vermisst?«
»Nein.«
»Wurde von dem Sparbuch vor kürzerer Zeit abgehoben?«

»Ich glaube nicht. Ich habe nicht nachgesehen.«
»Was geht Sie das überhaupt an?!« fuhr Rita dazwischen.
Der Beamte blieb höflich. »Es gibt schwerwiegende Anschuldigungen gegen die Heimleitung, denen wir nachgehen müssen. Aber ich komme nicht vom Finanzamt, falls das Ihre Sorge ist.«
Rita wurde rot. Er würde sehr vorsichtig sein müssen von nun an.
»Es ist ein Diebstahl angezeigt worden«, fuhr er fort. »Eine der Bewohnerinnen vermisst Geld. Aber Sie sagen, Sie haben die Wertsachen ordnungsgemäß und vollständig in Empfang genommen, Schmuckstücke und ein Sparbuch?«
»Hat deine Mutter nicht immer von mehreren Sparbüchern gesprochen?« fragte Rita.
»Was?«
»Du hast jedenfalls immer von *den Sparbüchern* gesprochen, wenn wir darüber geredet haben.«
»Es war aber nur eines da.«
»Eben.«
»Und ich habe nicht von *den Sparbüchern* gesprochen. Ich habe von *dem Sparbuch* gesprochen.«
»Du hast gesagt, *die Sparbücher.*«
»Ich werde doch wissen, was ich gesagt habe!«
Der Beamte unterbrach uns: »Jedenfalls hatten Sie nicht den Eindruck, dass etwas gestohlen worden ist?«
»Nein, ich hatte nicht den Eindruck, dass etwas gestohlen worden ist.«
Er machte Notizen. Sein linkes Augenlid zuckte. Es hing wohl mit der Narbe zusammen. Gefährlicher Beruf, Polizist.
Rita stand auf. »War es das? Dürfen wir jetzt gehen?«
»Eine Minute noch, bitte.« Er wies lächelnd auf ihren Sessel. Seufzend setzte sie sich.
»War Ihre Mutter schon länger krank?« wandte er sich wieder mir zu.

»Nein. Es ist völlig überraschend gekommen. Ein… wie heißt es wieder?«
»Aneurysma«, sagte Rita.
Notizen. »Wurde eine Obduktion vorgenommen?«
»Nein, aber es soll – «
»Was hat das mit den Diebstählen zu tun?«
»Bitte, Gnädigste.« Der Mann war die Ruhe in Person.
»Es soll eine geben«, sagte ich, »aber ich glaube nicht, dass die Pathologen zu Weihnachten arbeiten. Stimmt denn irgendetwas nicht mit der Todesursache?«
»Ich weiß es nicht. Die bestohlene Person behauptet, es habe in letzter Zeit im Heim unerwartete Todesfälle gegeben. Ihre Mutter soll diesbezüglich beunruhigt gewesen sein, angeblich wollte sie Anzeige erstatten. Die Dame ist überzeugt, dass Ihre Mutter aus dem Weg geräumt worden ist, weil sie etwas über das Heim herausgefunden hat.«
Ich verdrehte die Augen. »Die blöde Erlebach«, sagte ich.
Der Beamte sah mich fragend an.
»Die blöde Erlebach«, wiederholte ich. »Eine Zimmernachbarin. Sie war ständig hinter meiner Mutter her. Senil, wenn Sie mich fragen.«
»Nun, was die Diebstähle betrifft, waren ihre Aussagen sachlich und zutreffend.«
»Vielleicht hat sie helle Momente, wenn es um Geld geht. Und im Grund hat sie recht, meine Mutter hat sich tatsächlich in den letzten Wochen in den Wahn verstiegen, dass im Heim Menschen ermordet werden, damit man von den neuen Bewohnern mehr verlangen kann. Ich habe versucht, ihr das auszureden, aber wenn sie sich einmal in etwas verrannt hatte, war es unmöglich, sie davon abzubringen. Sie war kein einfacher Mensch.«
»Sie denken also nicht, dass etwas dran ist an dieser Geschichte?«

»Meine Mutter hat drei Jahre hier gelebt, und es hat nie Beschwerden gegeben. Auch nicht von ihrer Seite. Bis eben auf die letzte Zeit.«
»Wann haben Sie Ihre Mutter zum letzten Mal gesehen?«
»Das muss vor zwei, drei Wochen gewesen sein. Aber wir haben kurz vor ihrem Tod noch telefoniert.«
»Frau Erlebach sagt, Ihre Mutter hat am Tag vor ihrem Tod Besuch von einer jungen Dame bekommen. Sie konnte uns aber keinen Namen nennen. Eine Verwandte vielleicht?«
Meine Schauspielkunst wurde auf eine harte Probe gestellt, aber ich denke, ich gab den Ahnungslosen nicht schlecht. »Eine junge Frau, sagen Sie?« Ich blickte zu Rita. »Die einzige junge Frau in unserer Verwandtschaft ist deine Schwester, und die lebt in Norwegen. Kannst du dir vorstellen, wer sie besucht haben könnte?«
Rita mimte scharfes Nachdenken und schüttelte den Kopf. »Tut mir leid.«
»Nicht so wichtig.« Der Beamte stand auf und reichte mir eine Karte. »Falls es Ihnen noch einfällt, rufen Sie mich an.«
Ich nahm die Karte. »Glauben *Sie* denn, dass irgendetwas dran ist an dieser Geschichte?« fragte ich.
Er zuckte mit den Schultern. »Seit dieser Lainz-Geschichte wittern viele alten Damen in jeder Schwester eine Mörderin. Aber man kann nie wissen. Nach der Obduktion wird man mehr sagen können.«

Wir gingen zu Fuß nach Hause, und weil wir schon lang nichts gegessen hatten, machten wir beim Würstelstand am Praterstern Station. »Die Gans schon verputzt?« fragte der Würstelmann, während er die Burenwürste aufschnitt.
»Die liegt im Abfalleimer«, sagte Rita. »Innen roh, außen verbrannt.«
»Das tut mir leid. Süß oder scharf?«

»Scharf. Was soll man machen? Manchmal hat man Pech mit dem Geflügel. Nächstes Jahr essen wir Faschiertes. Oder wir werden überhaupt Vegetarier.«
»Ich habe auch Tofu-Würste«, sagte der Würstelmann und drückte Senf auf die Pappteller, »aber wenn Sie mich fragen: Zum Kotzen.«
Das waren die Burenwürste auch, aber wir aßen sie trotzdem.
»Warum tust du das?« fragte ich Rita, als wir den Stand verlassen hatten. »Warum sagst du solche Sachen?«
»Ich weiß es nicht«, antwortete sie. »Mir war danach.«

32

Es war später Nachmittag, wir saßen in der Wohnküche bei der dritten Flasche Rotwein, müde und benebelt, und starrten auf den Christbaum. Er sah großartig aus im Kerzenlicht, wie aus einem Werbeprospekt des Familienministeriums.
»Ich verstehe, dass du dich in ihn verliebt hast«, sagte ich und legte meinen Arm um Ritas Schulter.
»Nicht wahr?« Sie lächelte. »Schade, dass soviel Schmuck kaputtgegangen ist.«
»Er ist trotzdem wunderschön. Und nächstes Jahr kaufen wir neuen. Sicher gibt es wieder ein Seminar in Oberösterreich.«
»Und du wirst nicht sauer sein?«
»Ich werde nicht sauer sein.«
Sie küsste mich. »Am teuersten waren die Giraffen«, sagte sie. »Aber sie sind unglaublich, oder?«
»Unglaublich, ja. Obwohl sie nicht unbedingt zu Weihnachten passen.«
»Diese schon. Sie haben Flügel. Es sind Engelgiraffen.«
»Ich mag den Bären mit dem Gesangsbuch.«
»Er singt *Stille Nacht*, ist dir das aufgefallen? Man kann die Noten erkennen.«
»Sollten wir nicht auch singen?« fragte ich.
»Nein«, sagte Rita. »Ich will nicht singen.« Sie nahm meine Hand und legte sie auf ihren Bauch.
»Morgen wird sie weggebracht«, sagte sie.
»Ich weiß«, sagte ich.
»Dann ist es vorbei, oder?«
»Dann ist es vorbei.«
»Sie werden sie nicht finden, oder?«

»Nein. Sie werden sie nicht finden.«
»Und es wird nichts übrigbleiben, oder?«
»Nein.«
»Gut. Gib mir noch Wein.«
Ich goss ihr nach, und wir tranken. Rita betrachtete wieder den Baum. »Eine Krippe brauchen wir noch«, sagte sie. »Als Kinder haben wir immer Krippen gehabt. Selbstgebastelte. Von meinem Onkel. Bei seiner letzten hatte Maria rote Haare und Josef eine Pfeife im Mund. Meine Mutter hat das total aufgeregt, aber mein Onkel hat gesagt, künstlerische Freiheit. Als er gestorben ist, hat sie die Krippen weggeworfen.«
»Vielleicht können wir auch eine basteln«, sagte ich.
»Vielleicht«, sagte sie. »Aber Josef muss eine Pfeife haben. Schaffst du das?«
»Vielleicht«, sagte ich und goss noch einmal nach.
»Wir sollten die Kerzen ausmachen«, sagte Rita. »Der Baum ist ziemlich trocken. Ich will nicht abbrennen.«
»Und wenn schon«, sagte ich. »Zuerst lass uns anstoßen.« Ich hielt ihr das Glas hin, und wir prosteten. »Ich habe ein Geschenk für dich«, sagte ich.
»Ein Geschenk?«
»Ja. Ich wollte es dir schon lange geben, aber ich bin nie dazu gekommen. Warte.« Ich ging nach draußen. Alices Schal war immer noch in meiner Manteltasche. Ich nahm ihn heraus, wickelte ein Ende zweimal um meine linke Hand und zog am anderen. Gutes Material. Und die Farbe passte genau zu Ritas Haaren.
»Mach die Augen zu«, sagte ich, als ich wieder ins Zimmer trat. Rita lächelte betrunken und glücklich und presste ihre Lider fest zusammen. Hinter ihr stand Polykrates, die Hände auf ihre Schultern gelegt, und nickte mir aufmunternd zu.